Marjorie Levasseur est née à Nevers. Grande bibliophage devant l'éternel, c'est à force de lectures et d'expériences vécues dans son ancien travail qu'elle décide de se lancer dans l'écriture. Les rencontres inattendues permettent à ses personnages attachants de surmonter des épreuves pour en ressortir grandis. Elle aime aborder des thèmes sérieux avec espoir et positivité. D'abord auto-édité, *Pardonne à la vie* est son premier roman publié aux éditions Hauteville.

Ce livre est également disponible
au format numérique

www.editions-hauteville.fr

Marjorie Levasseur

Pardonne à la vie

Hauteville

Hauteville est un label des éditions Bragelonne

ISBN : 978-2-38122-202-8

Bragelonne – Hauteville
60-62, rue d'Hauteville – 75010 Paris

E-mail : info@editions-hauteville.fr
Site Internet : www.editions-hauteville.fr

Si j'ai appris quelque chose de la vie, c'est que parfois,
les moments les plus sombres peuvent nous mener
aux endroits les plus lumineux.

Daniell Koepke – Internal Acceptance
Movement – 13 mars 2013

Prologue

Quelle que soit l'issue de cette opération, le visage souriant de mon père sera l'image qui restera gravée à jamais dans ma mémoire. Cet air serein et confiant qu'il m'offre juste avant qu'il disparaisse derrière les deux portes coupe-feu menant au bloc opératoire sera son plus beau cadeau… peut-être le dernier.
On va lui greffer un cœur tout neuf, un cœur censé lui donner un second souffle, une nouvelle vie. Il s'agira sans doute de quelques années supplémentaires, une décennie, tout au plus, mais tout est bon à prendre, pour lui comme pour moi. Nous avons perdu beaucoup de temps. Dix ans nous permettraient sinon de le rattraper, au moins de le passer ensemble.
Le risque de rejet n'est pas exclu. L'intervention peut aussi tout simplement échouer, mais j'ai envie d'y croire. J'ai BESOIN d'y croire. Je suis un fils. Je suis un homme, mais un homme qui requiert encore la présence de son père, parce qu'il m'a terriblement manqué pendant ces dix dernières années.
« Je t'aime, Papa. Accroche-toi, s'il te plaît… »

Extrait du manuscrit de Matthias Lacroix : *Si la vie tient ses promesses*

Chapitre premier

Chaque fois qu'Isa relisait ce passage du manuscrit, elle sentait l'émotion la gagner. Des frissons la parcouraient et des larmes s'invitaient pour lui brouiller la vue. Elle ne pouvait s'empêcher de penser qu'une part de ce récit, même s'il était de toute évidence romancé, ne relevait pas que de la fiction. L'intensité des sentiments du narrateur semblait beaucoup trop réelle pour avoir été seulement imaginée, et cela conférait encore plus de poids aux mots et à tout ce qu'ils traduisaient. La peur de perdre un être cher : l'auteur semblait bien connaître ce tourment. Sa sensibilité transparaissait à chaque page. Isa aurait donné n'importe quoi pour rencontrer cet homme en chair et en os et lui avouer combien cette histoire la touchait au plus profond d'elle-même. Malheureusement, ce Matthias Lacroix était aussi insaisissable qu'une ombre ; impossible de le joindre, ne serait-ce que par téléphone.

Depuis que le manuscrit avait atterri entre ses mains, elle ne cessait d'y penser. Il avait d'ailleurs séduit tous ceux qui l'avaient lu à L'Escapade littéraire, la maison d'édition dans laquelle elle travaillait depuis trois ans. Elle croyait dur comme fer au futur succès de cette histoire. Mais pour que celle-ci ait un jour la chance d'être connue du grand public, il fallait qu'elle soit publiée et disponible en librairies. Un récit qui faisait autant l'unanimité au sein d'une même équipe, c'était assez rare dans le milieu, surtout pour un primo-romancier, alors « pas question qu'un potentiel contrat d'édition nous passe sous le nez ! » dixit Érick Schneider, son patron. Elle devait donc tout mettre en œuvre pour entrer en contact avec Matthias Lacroix. Sa future promotion en dépendait. Son supérieur lui avait même laissé entendre qu'elle pourrait être l'interlocutrice privilégiée de cet auteur en herbe si elle parvenait à lui faire signer un contrat avec L'Escapade littéraire.

Tout au long de ces trois années passées à travailler à L'Escapade littéraire, on lui avait octroyé de plus en plus de prérogatives. Son statut et son salaire s'étaient nettement améliorés et elle était pressentie pour le poste de responsable éditoriale d'une collection qui allait bientôt être créée, une collection dont la ligne éditoriale correspondrait parfaitement à l'essence du manuscrit de Matthias Lacroix. Isa était fière que ses compétences soient enfin reconnues à leur juste valeur. Elle n'avait pas ménagé ses efforts depuis qu'elle officiait là, renonçant même à demander les congés auxquels elle avait droit ; cette promotion serait donc sa récompense ultime. Une récompense qu'elle n'obtiendrait pas si ce monsieur Lacroix continuait à faire le mort en ne prenant pas ses appels et en ignorant les nombreux messages qu'elle lui avait laissés.

Elle avait de plus en plus la certitude que pour atteindre son objectif, il fallait qu'elle aille plus loin, qu'elle sorte de son fonctionnement habituel et qu'elle rende directement visite à l'auteur, chez lui. Malheureusement, Chamonix se trouvait à des centaines de kilomètres de Paris. Il faudrait qu'on lui permette de s'absenter pour le rencontrer, ce qui n'était pas une mince affaire, même si ses journées de travail, ces derniers temps, étaient plutôt calmes. Isa se redressa soudain : une idée venait de germer dans son esprit. Et si tous ces congés non pris étaient la solution ? Elle n'aurait sans doute pas besoin de plus d'une ou deux semaines, après tout. Si ce Matthias Lacroix leur avait envoyé son manuscrit, c'était bien qu'il espérait une réponse, positive de préférence. Peut-être qu'elle avait joué jusqu'ici de malchance et l'avait à chaque fois appelé alors qu'il n'était pas chez lui, c'était tout à fait possible… même si un peu tiré par les cheveux, il fallait bien l'admettre.

De plus, elle s'était renseignée et le chalet dans lequel vivait Matthias Lacroix proposait deux chambres d'hôtes. Il avait apparemment créé cette activité un an auparavant. Elle avait fureté sur le Net en espérant glaner quelques informations supplémentaires sur cet homme mystérieux, mais son nom était vraisemblablement très courant, vu le nombre d'occurrences qu'elle avait trouvées. Impossible donc d'en connaître davantage sur cet énigmatique et talentueux auteur. Un petit séjour dans cette région dont elle était originaire lui ferait le plus grand bien, mais il restait encore un obstacle de taille : convaincre sa hiérarchie…

Essoufflée après avoir grimpé les quatre étages menant à son studio (elle ne se ferait jamais à cette absence d'ascenseur), Isa laissa claquer la lourde porte blindée de son logement. Ses lèvres s'étirèrent en un sourire extatique. On lui avait accordé cinq semaines ! C'était plus qu'elle avait espéré. L'intégralité de ses congés d'une année en une seule fois ! Elle n'avait pas intérêt à rater son coup ! Elle devrait se montrer très convaincante. Elle n'avait aucune idée de la personnalité de l'homme qu'elle allait rencontrer, mais quand on était capable de faire preuve d'autant de sensibilité dans ses écrits, on ne pouvait pas être mauvais, si ? L'Escapade littéraire s'était occupée de la réservation pour elle, les frais d'hébergement ne seraient donc pas à sa charge, les billets de train non plus, mais pour le reste, se restaurer par exemple, puisque le prix payé par sa maison d'édition n'incluait que les nuitées et les petits déjeuners, elle devrait se débrouiller... Pas de quoi fouetter un chat. Isa Marquez était plutôt du genre à économiser parcimonieusement son argent durement gagné. Cela n'allait pas jusqu'à la pingrerie, non, elle aimait se faire plaisir de temps en temps et offrir des cadeaux à ses proches, mais elle faisait attention à ses dépenses.

Elle habitait un studio de dix-neuf mètres carrés dans le Marais dont le loyer grevait déjà son salaire presque de moitié, mais pour rien au monde elle n'aurait renoncé à y vivre. C'était déjà une aubaine d'avoir réussi à coiffer au poteau tous ceux qui avaient eu des vues sur cette séduisante location située dans un des quartiers les plus prisés de la capitale. Elle en était tombée amoureuse dès qu'elle l'avait vue. Sa grande pièce à vivre, lumineuse, dont le parquet était en chêne, les murs d'une blancheur immaculée et les poutres apparentes lui conféraient un cachet indéniable. Elle adorait s'installer le soir sur son canapé convertible pour lire pendant des heures, avec la voix envoûtante de Janis Joplin en fond sonore, à la lueur de cette petite lampe style rococo qu'elle avait dénichée dans une brocante. C'était son havre de paix, son *home sweet home*, et elle s'y sentait bien.

Elle allait le quitter pour quelques semaines, mais c'était pour la bonne cause. Heureusement, elle n'avait ni végétaux ni animal de compagnie, ce qui la laissait libre de ses mouvements et lui permettait de partir de temps en temps loin de Paris sans contrainte. Elle n'avait jamais eu la main verte et chaque fois qu'un ami commettait l'erreur de lui offrir une plante, celle-ci mourait dans les jours qui suivaient, Isa omettant systématiquement de l'arroser. Quant à un compagnon à quatre pattes, elle y avait tout simplement renoncé. Elle avait une peur bleue des chiens depuis qu'elle avait été mordue, enfant, par le molosse de son oncle paternel, et un chat n'aurait pas été heureux dans son petit studio, seul toute la journée à attendre son retour.

Isa était célibataire et ses amis vivaient leur propre vie, elle ne manquerait donc à personne pendant cette courte absence… Enfin, courte, elle espérait en tout cas qu'elle le serait. Elle croisait les doigts pour que cette rencontre et les négociations qui s'ensuivraient portent leurs fruits. On lui donnait une véritable chance en lui attribuant cette mission, elle devait se montrer digne de la confiance de ses supérieurs. Le week-end arrivait à grands pas, elle devait commencer à préparer son départ. En effet, Érick Schneider, enthousiaste, lui avait asséné qu'il fallait battre le fer tant qu'il était chaud et partir sans plus attendre. Si jamais Matthias Lacroix avait envoyé son manuscrit à d'autres maisons d'édition, ce qui était probablement le cas, ils ne devaient pas perdre une minute. Isa n'allait certainement pas le contredire !

Euphorique, elle se mit à établir mentalement une liste de tout ce qui lui restait à faire avant son départ, à commencer par sa valise. Le printemps venait tout juste de pointer le bout de son nez, mais à Chamonix, cette jolie commune entourée par la montagne, les températures risquaient d'être beaucoup plus fraîches que dans la capitale. Il fallait donc qu'elle emporte quelques pulls bien chauds en prévision. Bien qu'originaire de la région Rhône-Alpes (devenue aujourd'hui Auvergne-Rhône-Alpes), Isa n'avait jamais mis un pied en dehors de Lyon, où elle était née, et de Grenoble. La Haute-Savoie demeurait donc une terre encore inconnue pour elle.

Elle ressentait un curieux mélange d'impatience et d'appréhension. Elle avait tellement hâte de mettre un visage sur ces mots qui l'avaient tant touchée, et en même temps si peur d'être mal accueillie par cet homme qui semblait prendre un malin plaisir à jouer les fantômes. Isa soupira. D'ici quelques jours, elle serait fixée. Le voile serait enfin levé et le mystère Matthias Lacroix, éclairci.

Chapitre 2

Sophie referma le carnet de réservation et le glissa dans le tiroir qui lui était dédié. Elle se félicita d'être passée dans l'entrée du chalet au bon moment. Si Matthias avait pris l'appel, l'employée de cette maison d'édition n'aurait jamais pu mettre les pieds ici. Lorsque le propriétaire des lieux avait appris que son père, avec la complicité de la jeune infirmière, avait fait parvenir son manuscrit à plusieurs éditeurs sans même l'en informer, il avait vu rouge. Elle, qui l'avait toujours connu doux et posé, n'en était pas revenue. Elle se rappelait encore la virulence de ses paroles :

« Mais de quoi je me mêle, bon sang ?! Ce texte est personnel, vous m'entendez : PERSONNEL ! Je n'avais absolument aucune envie de le rendre public. Comment avez-vous osé faire ça dans mon dos ?! Surtout toi, Sophie, tu me déçois… »

La jeune femme avait pris ce dernier reproche comme une gifle. Cela l'avait blessée qu'il s'emporte ainsi contre elle alors que l'idée même venait de Philippe, le père de Matthias. Bien sûr, elle n'aurait sans doute pas dû accepter de l'aider, il était presque certain que son ami n'apprécierait que très peu cette façon de faire. Elle avait d'ailleurs tenté de lui faire entendre raison, mais quand elle avait compris que Philippe était bien décidé à aller jusqu'au bout et qu'il trouverait un moyen d'envoyer ce manuscrit, avec ou sans son aide, elle avait préféré capituler.

De manière générale, Sophie avait beaucoup de mal à dire non à son patient, parce que finalement, Philippe Lacroix était beaucoup plus que cela. Il avait toujours été comme un père pour elle depuis qu'elle était toute petite, le sien ayant démissionné de son rôle quand elle avait quatre ans. De deux ans son aîné, son frère, Julien, le meilleur ami de Matthias depuis le jardin d'enfants, était beaucoup trop jeune alors pour remplacer cette figure paternelle dont elle avait tant besoin. Et Julien aussi, après tout, avait cherché à combler ce manque par la présence de Philippe.

Refuser d'accorder ce service à Philippe avait été d'autant plus difficile que son état de santé, déclinant à vue d'œil, le rendait vulnérable et de plus en plus dépendant des autres, ce qu'il avait beaucoup de mal à accepter. Sophie, en tant qu'infirmière libérale, passait plusieurs fois par semaine chez les Lacroix, pour assurer le suivi et le traitement de son insuffisance rénale. Elle s'était spécialement formée à la dialyse péritonéale [1] dans ce but, même si Philippe gérait la chose de façon très autonome. Mais elle leur rendait visite également par amitié, parce qu'elle était très attachée à ces deux hommes qui, après une longue séparation, avaient fini par se retrouver un an auparavant.

— Sophie ? Tu es encore là ?

La voix de Matthias tira la jeune femme de ses réflexions. Son visage était dégoulinant de sueur, il venait sûrement d'interrompre une séance de sport très intense.

— Euh… oui, je… je cherche mes clés de voiture, bafouilla-t-elle, nerveuse.

1. La dialyse péritonéale est une technique de dialyse continue qui se déroule au domicile des patients, qui peuvent être autonomes ou accompagnés par un(e) infirmier(e) libéral(e) ou un membre de la famille. (source : http://villedurein.renaloo.com/la-dialyse-a-domicile/la-dialyse-peritoneale/) (*NdA*)

Le jeune homme s'approcha lentement du bahut installé dans l'entrée pour accueillir les éventuels locataires des chambres d'hôtes et s'empara d'un trousseau qu'il lui tendit.

—Juste sous ton nez...

Sophie leva les yeux sur lui et se sentit rougir jusqu'aux oreilles. Elle ne savait décidément pas mentir. Elle lui adressa un sourire gêné.

—Oups, je crois que je commence à avoir de sérieux problèmes de vue, plaisanta-t-elle.

Les yeux bleus de Matthias la scrutèrent d'un air inquisiteur.

—Le téléphone ne vient pas de sonner ? J'ai cru l'entendre quand j'étais au sous-sol...

—Oui, oui, effectivement, mais c'était juste du démarchage, rien d'intéressant, lâcha-t-elle en évitant son regard.

La jeune femme s'empara de ses clés, récupéra le vanity-case contenant son matériel de soins, et se dirigea vers l'entrée en saluant rapidement son ami.

—Sophie, attends...

Elle se retourna, emplie d'appréhension. Est-ce qu'il savait qu'elle mentait ? Allait-il l'obliger à le regarder droit dans les yeux pour lui avouer la vérité ?

—Oui ? lâcha-t-elle d'une toute petite voix.

—Je... je suis désolé pour l'autre jour. Je n'aurais pas dû te parler comme ça. J'étais énervé... Je sais que ce n'est pas une excuse, mais...

—C'est oublié, Matthias, ne t'inquiète pas.

—Tu vois, ce texte, c'est... enfin c'est vraiment quelque chose d'intime pour moi...

—Je comprends Matthou, mais c'est si beau, tu as tellement de talent ! Ton père et moi, on ne pensait pas à mal, on n'a pas fait ça pour te blesser...

Matthias soupira.

—Je sais, Sophie, mais vous vous doutiez bien que je finirais par l'apprendre et que ça n'allait pas me plaire, non?

—Philippe se disait que tu n'osais simplement pas l'envoyer, que tu n'y croyais pas. Il a juste voulu te donner un petit coup de pouce.

—Je peux l'entendre... Mais à l'avenir, ne faites plus rien sans m'en parler avant, d'accord? Et laissez tomber cette histoire de maison d'édition, le sujet est clos, OK?

Prise de court, Sophie hocha vigoureusement la tête.

—Promis!

Mon Dieu, qu'est-ce que je viens de faire..., pensa-t-elle.

Matthias continua de fixer la porte du chalet de longues secondes après le départ de Sophie. Quelque chose dans l'attitude de la sœur de son meilleur ami le troublait. Elle était partie comme si elle avait le diable aux trousses, comme si rester plus longtemps en sa compagnie la mettait mal à l'aise. De plus, il avait remarqué qu'elle avait scrupuleusement évité de le regarder dans les yeux.

Il abandonna sa contemplation de la porte pour passer derrière le meuble où elle s'était trouvée quelques minutes plus tôt. Rien ne semblait clocher, tout était en ordre, même le téléphone était bien en place. Matthias secoua la tête, se reprochant sa paranoïa. Sophie lui avait promis de ne plus intervenir dans la lubie de son père, il n'avait aucune raison de ne pas la croire. Il avait en elle une confiance aveugle, égale à celle qu'il portait à Julien.

Chassant ses doutes d'un revers de main, il quitta l'entrée pour se rendre au sous-sol, bien décidé à poursuivre sa séance de cardio-training par un peu de lever de poids. Il était hors de question pour lui de faire preuve du moindre relâchement. Il ne voulait pas retomber dans ses travers et se laisser aller. Non, il devait continuer à s'astreindre à la discipline qui était la sienne depuis dix ans. C'était le prix à payer.

Sophie entra en trombe dans la petite maison qu'elle partageait avec son frère. Où était-il ? Il fallait absolument qu'elle lui parle. Aucune trace de lui dans le salon. Il devait encore être cloîtré dans sa chambre à travailler sur le projet de logo que la mairie d'une ville voisine lui avait confié une semaine auparavant.

Le logo d'une commune… Quel dommage de gâcher un talent pareil! songea Sophie.

La jeune infirmière était sa plus fervente admiratrice. Julien avait créé sa microentreprise tout seul, avec juste le bac en poche. Tout ce qu'il savait du graphisme et des logiciels professionnels qui y étaient consacrés, il l'avait appris sur le tas. Mais se bourrer la tête avec des connaissances ne suffisait pas, Julien avait un vrai don. Entre ses mains, des tracés basiques devenaient de véritables œuvres d'art. Il était capable de créer des choses tellement plus grandioses qu'un simple logo !

— Mon Juju, t'es où ?

— Dans la chambre, ma Fifi !

Les lèvres de Sophie s'étirèrent en un sourire, creusant ses joues de deux adorables fossettes. Ils avaient beau avoir grandi, ils s'affublaient toujours de ces surnoms ridicules. Elle avait tellement de tendresse pour son frère aîné qui avait su, dès sa majorité, prendre soin d'elle et de leur mère. Il avait renoncé à des études supérieures pour chercher du travail et ne s'était lancé dans sa propre carrière de graphiste free-lance que lorsqu'elle-même avait eu son premier poste en sortant de l'institut de formation en soins infirmiers. Il avait toujours fait passer sa famille avant ses intérêts personnels.

Sans plus attendre, elle se dirigea d'un pas rapide jusqu'à l'antre de son frère et poussa la porte sans frapper… Après tout, elle s'était déjà annoncée ! Elle fut accueillie en fanfare par Pixel, l'énorme leonberger qu'ils avaient adopté quelques années plus tôt alors qu'il n'avait que quelques semaines. Le mastodonte vint lui réclamer affectueusement une caresse, ce dont Sophie s'affranchit avec plaisir. Julien était, comme à son habitude, assis confortablement dans un large fauteuil de bureau, face à deux écrans d'ordinateur. La main gauche gantée et posée sur sa tablette graphique, il tenait fermement son stylet. Sophie se glissa derrière son frère, l'enlaça et lui claqua une bise sur la joue.

— Tu aurais une minute à accorder à ta petite sœur préférée ?

— En même temps, je n'en ai qu'une…, répliqua-t-il, railleur, en faisant pivoter son siège pour lui faire face. Bon, qu'est-ce que tu as encore fait comme bêtise ?

Sophie roula des yeux ronds comme des billes.

— Comment tu le sais ?

— Quoi donc ?

— Que j'ai fait une bêtise, pardi !

Julien gloussa sans retenue.

— Je n'en savais rien ! ricana-t-il. Bon, vas-y, crache le morceau.

— J'ai fait une bourde avec Matthias…

— Encore ?! Mais tu les accumules ces derniers temps ! Philippe a inventé quoi, cette fois-ci ? Un appel à Macron pour qu'il remette la Légion d'honneur à notre bon vieux Matthou ?

Sophie se mordit la lèvre.

— Non, là, j'ai agi toute seule…

— Fifi…, la gronda gentiment Julien.

— Je pensais que c'était une bonne idée ! Il raccrochait au nez des maisons d'édition et ne donnait pas suite à leurs messages, alors quand L'Escapade littéraire a proposé d'envoyer quelqu'un sur place, je me suis dit…

—Attends, tu as fait quoi ?!

—J'ai enregistré une réservation pour une certaine Isa Marquez, elle arrive dans deux jours…

Julien se prit la tête dans les mains.

—Il va te tuer…

—C'est peu dire, surtout que je viens de lui promettre que je ne me mêlerais plus de tout ça. Oh, qu'est-ce que je vais faire, Juju ?!

—Assume ! lâcha son frère en lui tournant le dos pour se remettre au travail.

—Ah merci, tu m'aides beaucoup ! Il est beau, l'esprit de famille ! ronchonna Sophie, les bras croisés sur la poitrine.

Chapitre 3

Isa arriva en gare des Praz-de-Chamonix à 20 h 32. Après deux correspondances et plusieurs heures passées dans les voitures de train, elle était éreintée… et affamée ! Le sandwich qu'elle avait acheté en route, s'il était déjà loin d'être fabuleux, n'avait pas non plus suffi à remplir son estomac. La jeune femme traîna sa lourde valise sur le quai goudronné de la gare, qui n'était en fait qu'une petite halte ferroviaire. Le chalet se situant à environ quinze minutes à pied de celle-ci, elle n'avait pas jugé utile de demander que quelqu'un vienne la chercher et la personne que la maison d'édition avait eue au bout du fil ne l'avait d'ailleurs pas proposé. Il n'y avait bien évidemment pas de station de taxis à proximité ; Isa se fit donc une raison, en se fustigeant d'avoir choisi des chaussures à talons pour faire le voyage.

Après être passée devant un hôtel-bar-restaurant et avoir traversé la voie en toute sécurité, Isa sortit son téléphone de sa poche et activa la fonction GPS. Le ciel était déjà sombre et elle n'arrivait à distinguer pour l'heure que les hautes silhouettes arborées des montagnes environnantes. Elle regretta presque que son employeur ait choisi une heure de départ si tardive, elle aurait beaucoup aimé pouvoir admirer le paysage en plein jour. Une réserve d'ondes positives n'aurait pas été de trop ce soir-là. L'appréhension d'être mal accueillie ne l'avait pas quittée, car après tout ce n'était pas Matthias Lacroix en personne qui avait pris la réservation, mais une charmante jeune femme aux dires de Laurence Cachin, l'employée qui s'était chargée des formalités. « *Une charmante jeune femme* »... Cet homme mystérieux serait-il marié, ou était-ce une simple collaboratrice ? Peu importait après tout, l'essentiel était qu'Isa puisse occuper sa chambre dès son arrivée, car elle avait vraiment besoin de repos.

Lorsqu'elle parvint, quelques minutes plus tard, en vue de l'imposant chalet situé dans le quartier des Bois, ses orteils douloureux demandaient grâce. Elle décida malgré tout de mettre ses souffrances de côté pour admirer la bâtisse et les environs, ou du moins ce qu'elle en voyait. Des palissades entouraient le chalet, mais elles n'étaient pas suffisamment hautes pour le dissimuler entièrement, aussi Isa pouvait-elle voir qu'un large balcon occupait toute la longueur du bâtiment à l'étage. La jeune femme songea que la vue devait y être vraiment magnifique. Elle espéra en son for intérieur que sa chambre bénéficierait de cet avantage.

Isa franchit le portail resté ouvert et se dirigea vers la porte d'entrée devant laquelle elle se tint quelques minutes. Après de longues inspirations, elle prit son courage à deux mains et frappa trois coups sonores sur le large panneau de bois. Elle n'eut pas à patienter très longtemps avant de le voir s'ouvrir sur un homme blond à la carrure athlétique, un peu plus grand qu'elle et son mètre soixante-douze. Sa coupe de cheveux, presque militaire, créait un contraste saisissant avec la douceur de ses traits.

— Bonsoir ! lança-t-elle en tendant la main. Je m'appelle Isa Marquez, je travaille pour la maison d'édition L'Escapade littéraire qui a dû réserver une chambre pour moi dans votre charmant chalet.

L'expression de son interlocuteur changea du tout au tout. Elle devint subitement dure et glaciale et lui fit froid dans le dos. Isa n'en fut pour autant pas moins surprise de voir la porte se refermer sur elle en claquant, sans autre forme de procès.

— Mais… mais c'est une blague…, murmura-t-elle, sidérée.

Philippe Lacroix regarda, médusé, son fils claquer la porte au nez de la jeune femme en bougonnant et se rendre au sous-sol d'un pas décidé. Il leva les yeux au ciel.

— Ça y est, c'est reparti pour un tour, murmura-t-il en se dirigeant, aussi vite que ses jambes pouvaient le porter, jusqu'à la porte d'entrée.

Sophie lui avait brièvement parlé de cette réservation, en lui demandant conseil. Il s'était dit qu'étant donné que tout venait de son idée à lui, il en assumerait les conséquences avec elle, même si, ce soir-là, Sophie n'était pas présente au chalet. Il ouvrit la porte en affichant un air contrit.

— Veuillez excuser l'attitude de mon fils, mademoiselle. Je vous en prie, entrez…

Isa Marquez avait l'air passablement choquée. Elle ne s'attendait certainement pas à un tel accueil. Philippe l'observa avec plus d'attention. Grande et élancée, des cheveux bruns ramenés en un chignon strict sur le sommet de son crâne, tirée à quatre épingles : tout dans son apparence rappelait la Parisienne légèrement guindée. Tout, hormis ce regard un peu perdu, d'une jolie couleur caramel, qui semblait dire : « Mais dans quel guêpier me suis-je encore fourrée ? » Cette pensée amena un sourire sur les lèvres du père de Matthias.

— Avez-vous fait bon voyage ?

— Un peu long, je l'avoue, dit-elle avec un sourire timide. Mais je me suis divertie avec un bon bouquin, alors ça va.

— Hum… et je suppose qu'après ces heures interminables, vous espériez un peu de calme et de repos…

— Il est certain que je ne m'attendais pas à… ça, tenta-t-elle de plaisanter.

— Matthias n'est pas un mauvais bougre, c'est même quelqu'un de très gentil en temps normal. Sa réaction peut s'expliquer, vous allez vite comprendre… Vous voulez boire quelque chose ? Café, thé, chocolat chaud ? s'enquit Philippe en l'invitant d'un geste à le suivre.

— Ma foi, je ne dirais pas non à la troisième proposition, répondit-elle en souriant.

L'attitude chaleureuse de Philippe Lacroix lui fit presque oublier l'accueil peu aimable de son fils, mais en écoutant les explications du patriarche, Isa en comprit effectivement sans mal les raisons. Matthias Lacroix n'avait jamais eu l'intention d'envoyer ce manuscrit à qui que ce soit. Nul ne savait dans quel but il avait écrit cette superbe histoire, mais il était désormais clair pour Isa qu'un miracle serait nécessaire à l'aboutissement de sa démarche, à savoir : la signature d'un contrat. Elle trouvait cela vraiment dommage, car elle croyait dur comme fer au talent de cet auteur, aussi bougon soit-il, et à l'accueil que le public ferait à ce roman.

— Vous pensez qu'il pourrait changer d'avis ? questionna-t-elle, pleine d'espoir, en reposant sa fourchette sur le bord de l'assiette qui contenait, quelques minutes plus tôt, la part de tarte aux pommes gentiment offerte par Philippe Lacroix.

Celui-ci lui sourit d'un air espiègle.

— Ne jamais abandonner, c'est ma devise. Peut-être que l'idée finira par faire son chemin dans l'esprit de Matthias. Et puis vous êtes une professionnelle, votre opinion pourrait avoir plus de poids que celle de ses proches, sait-on jamais.

— Alors vous croyez que rester quelques jours de plus ne serait pas inutile ?

— On vous a accordé cinq semaines, non ? Et après tout, ce sont des congés, d'une certaine façon. Pourquoi ne pas en profiter pour vous détendre et découvrir un peu le coin ? Nous allons laisser Matthias ruminer un peu, ça ne sert à rien de tenter de lui parler ce soir ou dans les vingt-quatre prochaines heures, et ensuite nous essaierons d'avoir une discussion… entre adultes, ajouta-t-il.

Reclus au sous-sol, Matthias ne décolérait pas. Il tapait depuis vingt bonnes minutes sans discontinuer sur un pauvre punching-ball en fin de vie et la sueur lui coulait dans les yeux. Énervé comme il l'était, la seule chose qui était capable de le calmer était de frapper sur ce truc de toutes ses forces. Ah ça, ils l'avaient bien eu ! *« Mais oui, Matthou, on laisse tomber cette idée saugrenue de maison d'édition, promis ! »* Tu parles ! Non contents d'envoyer son manuscrit sans sa permission, ils invitaient ces vautours ici, à Chamonix, chez lui ! Qu'est-ce qu'ils n'avaient pas compris exactement quand il leur avait seriné : *« Non, je ne veux pas que cette histoire soit publiée ! »* ? Il pensait pourtant avoir été clair avec son père et Sophie. Peu importait s'il avait ou non du talent, comme ils le prétendaient, ce bout de vie romancé qu'il avait couché sur le papier était intime, personnel. Il était vrai qu'il l'avait aussi un peu écrit pour son père, mais surtout pour lui-même, pour exprimer tout ce qu'il avait sur le cœur, comme une sorte de catharsis, pour exorciser ses propres peurs… celle de perdre trop tôt son père arrivant en tête de liste.

Matthias ne pouvait accepter qu'après leurs retrouvailles un an auparavant, la vie mettait une épreuve de plus sur leur route, une épreuve contre laquelle ni lui ni son père ne pouvaient lutter. La maladie dont souffrait Philippe Lacroix avait beaucoup trop évolué durant toutes ces années pour qu'un simple traitement médicamenteux puisse s'avérer efficace. Sophie l'avait prévenu : l'insuffisance rénale chronique de son père en était déjà au stade 4. Si la capacité de ses reins à éliminer correctement les déchets organiques continuait à diminuer, malgré la dialyse péritonéale, il n'y aurait qu'une seule solution : la greffe. Cela mettait Matthias dans un désespoir sans nom d'admettre que, en dépit de leur lien de parenté, il ne pourrait pas donner ce rein à son père, leurs groupes sanguins n'étant pas compatibles…

Ils avaient perdu tellement de temps ! Dix ans sans se voir, quand ils n'étaient même pas certains de ce qu'il leur restait à partager… c'était trop injuste ! Il aurait bien sûr pu lui en vouloir d'avoir quitté le foyer ce jour maudit où il était censé fêter ses dix-sept ans, mais non, même pas. Matthias ne désirait pas entretenir de rancœur stérile envers son père, ça ne servait à rien, ça ne l'aiderait pas. Non, tout ce qu'il souhaitait, c'était l'avoir à ses côtés pendant encore de nombreuses années et vivre une vie paisible. Pas qu'on jette en pâture ses sentiments en mettant l'histoire de sa vie, même romancée, sur la place publique…

Chapitre 4

Isa avait très peu dormi. À deux heures du matin, elle avait entendu Matthias monter l'escalier d'un pas lourd et passer devant sa chambre, faisant une courte halte devant sa porte avant de rejoindre ses pénates. Elle avait retenu son souffle quelques secondes en se demandant s'il n'allait pas la tirer de son lit en pleine nuit pour la virer comme une malpropre. Mais non. Cela ne devait pas l'étonner après tout, Philippe Lacroix lui avait certifié que son fils était quelqu'un de bien, qu'il finirait par se calmer. Ça ne signifiait pas pour autant qu'il allait lui faire de plates excuses dès le lendemain et lui préparer un petit déjeuner digne d'une reine, non, il ne fallait pas rêver. Mais il reviendrait à de meilleurs sentiments, elle devait juste lui octroyer un peu de temps. C'était en tout cas ce que lui avait assuré son père, un homme charmant au demeurant.

Isa avait remarqué qu'il avait pris sur lui pour rester avec elle la veille, pas qu'il n'en ait pas eu envie, mais il semblait vraiment très fatigué. Sa façon de se mouvoir, très lente, et les cernes creusés sous ses yeux laissaient penser qu'il était mal en point, mais elle ignorait de quoi il souffrait exactement. Cela la confortait dans son intuition qui lui soufflait que le manuscrit de Matthias contenait une grande part de vérité. Cette histoire d'un fils qui, après plusieurs années, retrouvait son père, touché par une maladie cardiaque qui nécessitait une greffe… cela ne pouvait pas être qu'un hasard.

La jeune femme laissa échapper un long soupir et repoussa drap et couverture avant de s'extirper de son lit. Le chalet était bien chauffé, mais Isa avait toujours été d'un naturel frileux, aussi se félicita-t-elle d'avoir embarqué son bon vieux pyjama en flanelle à carreaux, peut-être un peu trop masculin au goût de certains, mais chaud et confortable. En chaussettes sur le parquet, elle se dirigea à pas lents vers la fenêtre, tira le double-rideau et sourit. Son souhait avait été exaucé. Sa chambre donnait directement sur le grand balcon qu'elle avait repéré la veille au soir et le panorama était magnifique : les rayons du soleil nimbaient les arbres à flanc de montagne d'une lumière surnaturelle, presque mystique.

— C'est pas demain la veille que je verrai un tel spectacle en ouvrant la fenêtre de mon petit studio parisien…, murmura-t-elle, sous le charme.

Bien sûr, elle avait déjà eu l'occasion d'admirer la nature sous son meilleur jour lorsqu'elle avait vécu une courte période à Grenoble avec ses parents, mais ici, elle avait l'impression que tout était plus brut, plus épuré, plus sauvage, et elle en avait le souffle coupé.

Soudain, une savoureuse odeur de café parvint jusqu'à ses narines et son estomac se mit presque aussitôt à gargouiller. La délicieuse part de tarte aux pommes était la dernière chose qu'elle avait avalée et elle était littéralement morte de faim. Elle décida de prendre une douche et de s'habiller avant de rejoindre ses hôtes, en espérant que l'un d'eux l'accueille plus chaleureusement que la veille…

Philippe Lacroix lui avait expliqué que la chambre au rez-de-chaussée était la sienne et que la salle de bains qui y était attenante n'était utilisée que par lui et son fils. À l'étage, là où elle se trouvait, il y avait trois chambres : la sienne, celle de Matthias et une autre destinée à la location, pour le moment inoccupée. La salle d'eau à ce niveau du chalet ne servait, sauf exception, que pour les personnes réservant ces chambres. C'était donc là qu'Isa se rendrait ce matin-là.

— S'il te plaît, Matthias, fais comme si elle était une cliente comme une autre, d'accord ?

— Tu es gonflé quand même ! Vous me mettez cette fille dans les pattes et je dois faire comme si de rien n'était ?! Tu sais quoi ? Je vais faire encore mieux : je vais tout simplement l'ignorer, pesta Matthias.

— Hum… ça c'est une attitude très mature, fiston, je te félicite !

— Et faire des trucs dans mon dos, c'est mature, peut-être ?!

Philippe leva les yeux au ciel.

— Je t'en prie, Matthias, ose prétendre que tu n'as jamais rêvé d'être publié ! Tu te souviens des petites histoires que tu inventais quand tu étais gosse ? Des articles dans le journal du lycée… de tes études de journalisme qui t'ont mené à ton métier de reporter ? Tu as toujours adoré écrire ! Et quand on écrit, c'est pour être lu !

— Pas cette histoire-là, murmura Matthias. Elle était juste pour toi, Papa…

Philippe regarda son fils sans mot dire.

Pour lui ?

— C'est bien pour ça qu'il n'y a qu'à toi que je l'ai montrée d'ailleurs… Papa, franchement, tu n'as pas compris pourquoi je l'ai écrite ?

— Si, Matthias, bien sûr… Mais c'est pour ça qu'elle est aussi belle : parce qu'elle est vraie, parce qu'elle sort de là ! asséna-t-il en pointant un doigt sur la poitrine de son fils, à l'endroit où palpitait son cœur. Quand je ne serai plus là, elle deviendra quoi, cette histoire, hein ?

— Ne dis pas ça ! vociféra Matthias en se levant brusquement de sa chaise.

— Matthou, tu sais bien qu'il faut l'envisager…

Les yeux brillants, le jeune homme se contenta de secouer la tête, soudain incapable de prononcer un mot. Lui, il voulait encore y croire, garder espoir, il était même prêt à en avoir pour deux s'il le fallait. Il avait envie de l'expliquer à son père, là, maintenant, mais l'émotion qui l'étreignait était telle qu'aucun son ne parvenait à franchir ses lèvres.

Matthias ne pouvait pas rester dans cette pièce, son père ne devait pas le voir pleurer. La tête baissée, il quitta précipitamment le coin cuisine ouvert sur le salon et monta dans sa chambre. Dans l'escalier, il percuta de plein fouet Isa qu'il n'avait pas entendue arriver. Le choc faillit faire perdre l'équilibre à la jeune femme, mais Matthias, bien que bouleversé par sa récente discussion avec son père, eut tout de même le réflexe de tendre les bras pour lui éviter de tomber. Isa sentit la prise ferme, mais douce, de son hôte. Un peu sonnée, elle perçut son regard posé sur elle et leva la tête.

— M… merci, bafouilla-t-elle avant d'apercevoir une larme couler le long de sa joue. Vous… vous allez bien ?

Sa question, pourtant innocente, eut pour effet de le sortir instantanément de son trouble. Ses lèvres se crispèrent et il la lâcha.

— Ça irait beaucoup mieux si vous n'étiez pas là…, lui asséna-t-il avant de reprendre son ascension.

Si elle avait espéré un accueil matinal plus chaleureux, elle était servie…

Philippe observait Isa d'un air coupable. Cette dernière tournait inlassablement sa cuillère dans son bol de café au lait, perdue dans ses pensées. Il était arrivé dans le salon au moment où son fils reprochait sa présence à la jeune femme.

Celle-ci n'avait laissé transparaître aucune émotion devant lui, mais il sentait bien que l'attitude de Matthias à son égard la tourmentait.

— Je suis vraiment désolé, vous savez…

— Ne vous excusez pas, monsieur Lacroix. Je ne prends pas la réaction de votre fils comme une attaque personnelle. Il avait l'air tellement bouleversé quand il est sorti de la cuisine tout à l'heure…

— C'est vrai, il l'était, soupira-t-il. Et vous n'y êtes pour rien.

Devant la mine triste de son interlocuteur, Isa ne put s'empêcher de poser une main compatissante sur la sienne. Si l'affection que se portaient les deux hommes était clairement sincère, leurs rapports semblaient parfois compliqués.

— J'ai le sentiment qu'en demandant à Sophie d'envoyer ce manuscrit, j'ai fait de mon fils une bombe émotionnelle à retardement. Toutes ses frustrations et toutes ses peurs ressortent d'un coup et il est littéralement submergé. J'ai peut-être commis une erreur…

— Je ne suis pas d'accord avec toi, Philippe, tonna une voix masculine provenant du salon et qui se rapprochait. Matthou a besoin qu'on le secoue un peu, il s'endort sur ses lauriers et il oublie ses rêves. Salut, moi c'est Julien, lança-t-il en tendant la main à Isa.

Elle considéra, paralysée, l'énorme chien qui accompagnait ce jeune homme sorti de nulle part. Celui-ci sembla se rendre compte de son malaise et ordonna d'un geste à son compagnon à quatre pattes de rester près de lui. Le cœur battant, mais tout de même un peu rassurée, elle observa avec plus d'attention celui qui venait de prendre place à ses côtés en souriant. Un bonnet en laine grise retombait négligemment sur sa nuque, dissimulant l'intégralité de sa chevelure, mais vu la couleur de ses sourcils et de sa barbe de trois jours, elle imaginait qu'il devait être brun ou châtain. Ses yeux verts espiègles la fixaient résolument.

— Contrairement à Matthias, moi je ne mords pas, tu peux serrer ma main sans crainte, dit-il en riant.

Isa ne savait pas ce qui la mettait le plus mal à l'aise. La présence du molosse ? Non, étonnamment. Quelque chose entre l'usage inopiné du tutoiement et l'aplomb dont il faisait preuve en cet instant ? Très certainement. En tout cas, le moins que l'on pouvait dire était que ce Julien semblait avoir une personnalité aux antipodes de celle de Matthias. Il avait d'ailleurs l'air de bien le connaître. Gênée, elle accepta néanmoins la main qu'il lui tendait.

— Isa Marquez.

— « Isa »... « Isa »... Pour « Isabelle » ? insista-t-il, sans la lâcher.

— Juste... « Isa », répliqua-t-elle froidement.

— Pffiou... Les Parisiennes sont toutes comme toi ?! poursuivit-il, moqueur.

Isa retira brusquement sa main et lui demanda sèchement :

— Comme moi ? C'est-à-dire ? Précisez votre pensée...

Ce Julien avait l'air de follement s'amuser à ses dépens et cela ne lui plaisait pas du tout.

— Genre... avec un manche à balai dans le derrière ? répondit-il du tac au tac avant d'éclater de rire.

— Julien ! le sermonna Philippe qui tentait malgré tout de garder son sérieux. Ne sois pas vulgaire, s'il te plaît...

— Si j'avais été vulgaire, Philippe, je n'aurais pas employé le mot « derrière », répliqua-t-il en adressant un clin d'œil à Isa. Bon, c'est pas tout ça, il est où Matthou ? J'ai un truc à lui demander.

— À l'étage.

— OK. À plus... « Juste Isa » ! chantonna Julien avant de quitter la pièce, tout guilleret. Allez, viens Pixel !

Le gros chien jeta un dernier regard à Isa avant de suivre docilement son maître.

Que venait-il de se passer ?

Isa n'en revenait pas : mais quel grossier personnage !

Chapitre 5

Julien n'avait pas pu s'en empêcher. Bien qu'il ait affirmé à sa sœur qu'elle devait assumer ses actes, il était malgré tout venu voir son meilleur ami pour essayer d'arrondir les angles. Matthias ne l'avait écouté que d'une oreille et avait promis à son frère de cœur de faire un effort. Avant de partir, celui-ci lui avait fait jurer de ne pas révéler à Sophie qu'il était tout de même intervenu, alors qu'il lui avait assuré qu'il ne lèverait pas le petit doigt. C'était du Julien tout craché : impossible pour lui de laisser ceux qu'il aimait dans la panade.

« Au fait, si tu veux être débarrassé de ta Parisienne en goguette, je peux te confier Pixel. Elle a l'air d'avoir une sacrée frousse des chiens ! » lui avait-il lancé avant de prendre congé.

Et Matthias avait réussi à retrouver le sourire. C'était toujours comme ça depuis qu'il connaissait Julien et son humour potache. Peu importait la noirceur de ses états d'âme, son ami parvenait à les lui faire oublier avec ses blagues idiotes. Pour autant, cela ne lui avait pas fait passer cette impression étrange qu'il avait eue face à Isa Marquez. La veille au soir, avec l'obscurité ambiante, il n'avait pas bien distingué ses traits. Mais un peu plus tôt, grâce à la lumière du jour et au fait qu'il s'était tenu à quelques centimètres d'elle, il avait vu exactement à quoi elle ressemblait. Elle était très belle, il devait bien l'avouer, mais ce n'était pas ce qui l'avait le plus perturbé au moment où elle s'était retrouvée quasiment dans ses bras. Il avait ressenti un malaise diffus, comme si, ce visage, il l'avait déjà vu ailleurs et à une autre époque… Et il n'avait cessé d'y penser durant les longues minutes qu'avait duré le babillage de son ami. Matthias avait passé seulement quelques semaines à Paris, juste le temps d'y effectuer un stage pendant ses études de journalisme, mais il n'avait fait que très peu de sorties pour ses loisirs, préférant se consacrer à son travail. Leur rencontre ne devait pas avoir eu lieu dans la capitale. Non, il avait croisé ce joli minois dans une autre ville, c'était plus que certain, mais où ?

Il avait beau se creuser la tête, cela ne lui revenait pas. Tel qu'il se connaissait, la réponse lui viendrait au moment où il ne l'attendrait pas, cela serait d'autant plus facile qu'ils se trouvaient tous les deux dans la même maison pour quelque temps. Ils allaient se croiser régulièrement, du moins jusqu'à ce qu'elle comprenne que sa présence n'avait pas lieu d'être puisqu'il ne voulait pas rendre publique l'histoire qu'il avait écrite. Suivant le degré d'obstination de la jeune femme, leur promiscuité pourrait durer plusieurs jours, voire plusieurs semaines. Mais après tout, la réservation était payée, il n'avait rien à redire.

Depuis un an, les revenus engendrés par la location des deux chambres leur permettaient de subvenir à leurs besoins. Matthias avait mis sa carrière de reporter entre parenthèses lorsqu'il avait retrouvé son père. Il avait pris cette décision en pleine conscience quand il avait compris que son père était malade. Philippe avait besoin de quelqu'un qui l'oblige à s'occuper avec plus de sérieux de lui et de sa santé déjà déclinante. Il n'avait eu qu'un seul but pendant dix ans : rechercher celui qui était parti un soir de février, le jour des dix-sept ans de son fils, et qui n'était plus jamais revenu auprès des siens. Pourquoi ? Son père lui avait depuis donné des explications… et il lui avait pardonné, il ne pouvait pas en être autrement.

Matthias baissa les yeux sur ses poignets et suivit lentement du doigt le tracé des cicatrices qui en zébraient toute la largeur.

Non, il ne pouvait pas en être autrement…

Après avoir passé la matinée à lire dans sa chambre, Isa avait quitté le logis de son hôte pour visiter les alentours. Il lui fallait aussi dénicher un restaurant où l'on mangeait bien et à des prix abordables, restaurant qui pourrait devenir sa « cantine » régulière durant son séjour. Elle trouva un petit établissement sympathique qui remplissait tous ces critères à une vingtaine de minutes de marche du chalet. Cette fois, elle ne fit pas l'erreur d'opter pour des talons hauts et prit plaisir à cette courte promenade qui lui permettait aussi de changer d'air.

Après sa collision déplaisante avec le maître des lieux et sa rencontre avec ce Julien accompagné de son monstre poilu à quatre pattes, elle aspirait à un peu de calme. Philippe lui avait expliqué que Julien était le frère de cette fameuse Sophie à laquelle elle devait sa présence à Chamonix et aussi le meilleur ami de Matthias depuis la maternelle. C'était, selon lui, un « gars extra qui valait la peine d'être connu ». Bon, après tout, il n'était peut-être pas aussi irrécupérable qu'Isa l'avait cru, elle attendrait donc avant de se faire un avis définitif sur ce drôle de loustic.

Attablée dans la minuscule salle de l'établissement qui proposait aussi des plats à emporter, Isa terminait son café lorsqu'une conversation entre une cliente et le gérant attira son attention. Ce dernier demandait à la jeune femme des nouvelles d'un de ses patients, qui n'était autre que le père de son hôte. Celle-ci donna une réponse vague au restaurateur en lui assurant qu'elle lui passerait le bonjour. Isa sourit ; cette fille respectait scrupuleusement le secret professionnel, elle l'appréciait déjà ! La voyant prendre congé, elle se dirigea précipitamment au comptoir et régla son addition en laissant un généreux pourboire : si elle voulait pouvoir échanger quelques mots avec cette Sophie, elle n'avait pas le temps d'attendre qu'on lui rende sa monnaie.

Une fois dehors, Isa se rendit compte qu'elle ignorait le nom de famille de celle qu'elle s'apprêtait à interpeller. Gênée, elle décida donc d'appeler par son prénom l'infirmière qui se préparait à monter dans sa voiture.

— Sophie, attendez s'il vous plaît !

L'intéressée se retourna, surprise. Isa arriva devant elle et lui sourit, la main tendue.

— Bonjour, je suis Isa Marquez. Vous êtes sûrement pressée, mais je tenais à vous remercier…

Sophie lui rendit son sourire et sa poignée de main avec chaleur. Deux fossettes apparurent sur ses joues et Isa la trouva vraiment très jolie. Ses boucles châtain foncé encadraient son visage poupin et d'adorables taches de rousseur constellaient son nez. Ses yeux noisette étaient aussi rieurs que ceux de son frère… l'ironie en moins.

— Oh je suis ravie de vous rencontrer ! s'exclama Sophie, sincère. Euh… j'allais prendre ma pause justement. Ça vous dirait de m'accompagner au lac des Gaillands ? C'est à dix minutes en voiture. Enfin, si ça ne vous dérange pas de me regarder manger, ajouta-t-elle en pouffant.

La bonne humeur de l'infirmière était communicative. Isa répliqua qu'elle venait de toute façon de déjeuner et qu'un petit intermède en pleine nature ne lui ferait pas de mal. Sophie l'invita alors à monter à bord de sa citadine et les deux jeunes femmes partirent en direction du fameux lac, toutes deux heureuses de se trouver en bonne compagnie.

Installées au bord de l'eau sur un banc, les deux jeunes femmes discutaient à bâtons rompus. Isa s'étonnait même de la facilité avec laquelle elle se laissait aller à ses côtés. Cette fille était simple, gaie... un vrai rayon de soleil ! Au fur et à mesure de leur conversation, elle en apprit davantage sur l'amitié qui liait Matthias et Julien, l'affection qu'ils se portaient, et il lui parut évident que Sophie adorait son grand frère.

— Malgré ses airs un peu je-m'en-foutistes, il est très sympa, vous verrez ! lâcha la jeune infirmière, enthousiaste.

— À vrai dire... nous nous sommes croisés au chalet lui et moi, pas plus tard que ce matin...

— Et il vous agace déjà, pas vrai ? lança Sophie avec un sourire espiègle.

Isa rougit, embarrassée.

— Eh bien, disons qu'il est assez... spécial. Mais j'avoue qu'il m'a beaucoup moins impressionnée que le chien qui l'accompagnait, tenta-t-elle de plaisanter pour détourner la conversation.

— Pixel ?! s'étonna Sophie. C'est un amour ! Il ne ferait pas de mal à une mouche ! Le leonberger est connu pour être très affectueux, surtout avec les enfants. Et, entre nous, ce chien se comporte souvent bien mieux que mon frère.

— Ça, je veux bien le croire..., murmura Isa pour elle-même. Mais depuis toute petite, j'ai une peur viscérale des chiens, je n'y peux rien. Vous voyez la cicatrice, ici ? ajouta-t-elle en relevant la manche droite de son pull jusqu'au coude et en désignant deux longues balafres blanches. Mon oncle avait un beauceron assez agressif, j'ai voulu le caresser, j'ai toujours adoré les animaux, mais lui n'a pas apprécié...

— Il ne faut pas rester sur une expérience négative. Vous verrez, je suis certaine que ça va très vite coller entre vous et Pixel.

— Et avec Matthias ? rebondit Isa.

Un léger voile de tristesse vint assombrir le regard de Sophie.

— Matthias a toujours été quelqu'un de très sensible, il va lui falloir un peu de temps pour accepter votre présence… et encore davantage pour ne serait-ce qu'envisager de voir son manuscrit édité.

— J'ai l'impression qu'il n'en a aucune envie…

— Mais s'il veut rendre un véritable hommage à son père, il n'aura peut-être pas le choix…

— Un hommage ? Vous parlez de lui comme s'il était mort.

Sophie se mordit la lèvre, émue.

— Je ne peux pas vous révéler de quoi souffre Philippe, cela relève du secret médical, mais…

— Mais il est très malade, ça saute aux yeux. Je ne vous demanderai pas de trahir ce secret, n'ayez crainte. Mais j'imagine que si vous parlez de lui ainsi, c'est qu'il y a peu d'espoir.

Sophie ne répondit pas, elle n'en avait pas besoin, sa peine était évidente.

— Je suis désolée… Discutons d'autre chose, proposa Isa en posant une main amicale sur l'épaule de la jeune femme.

— Vous savez, notre propre père est parti quand nous étions petits, Julien et moi. Il avait six ans et moi seulement quatre. D'une certaine façon, Philippe a été la figure paternelle qui nous a manqué pendant de longues années… jusqu'à ce qu'il nous quitte à son tour et devienne introuvable pendant un bon bout de temps. Mais ne comptez pas sur moi pour vous en apprendre plus à ce sujet, ajouta-t-elle en voyant Isa sur le point de parler. C'est une chose qui ne regarde que Matthias et Philippe.

Si Sophie avait voulu piquer la curiosité d'Isa, elle ne s'y serait pas mieux prise. Cette dernière songea que, décidément, il y avait encore bien des choses qu'elle ignorait sur les Lacroix. Des choses que Matthias n'avait pas évoquées dans son manuscrit.

Chapitre 6

Lorsqu'Isa rentra au chalet après son escapade, Matthias était sur la terrasse, installé à une table entièrement recouverte de documents divers. Il poussait de longs soupirs trahissant à quel point la tâche à laquelle il s'était attelé l'agaçait. Philippe, quant à lui, était allongé sur un transat, un plaid recouvrant ses jambes, et lisait.

Isa, qui ne savait pas si Matthias nourrissait encore de sombres pensées à son égard, préféra ignorer le fils pour aller s'asseoir près de Philippe. Elle sentit le regard de Matthias peser sur elle. Le père de son hôte leva le nez de sa lecture et lui sourit.

— Vous avez fait bonne chère, mademoiselle Marquez ?

— « Isa »… appelez-moi « Isa », je vous en prie. Oui, je me suis régalée, merci. Et j'ai aussi fait une rencontre inattendue, mais très sympathique.

Elle perçut un mouvement léger du côté de Matthias, comme s'il s'était tourné vers eux, soudain intéressé.

— Une connaissance ? s'enquit Philippe, curieux.

— Sophie. Vous l'aviez mentionnée lors de notre premier échange. J'ai été ravie de pouvoir mettre un visage sur son nom. Elle est adorable. J'ai été surprise d'apprendre qu'elle n'avait que vingt-six ans.

— Pourquoi, surprise ? Matthias et Julien n'en ont que vingt-huit, après tout.

— Oui, enfin… c'est que nous avons le même âge, c'est pour ça…

— Sophie est en congé à la fin de la semaine. Puisque vous vous entendez bien, vous pourrez passer plus de temps ensemble. Vous êtes aussi en vacances, ne l'oubliez pas… même si elles sont censées être studieuses, ajouta-t-il en regardant son fils, qui eut soudain l'air fasciné par sa calculatrice. Tu t'en sors, Matthias ?

— Oui, je gère, Papa, ne t'en fais pas.

— Mon fils a toujours été plus doué avec les lettres qu'avec les chiffres, plaisanta-t-il. Mais, en même temps, c'est préférable pour un journaliste, non ?

— Vous êtes journaliste ? s'étonna Isa en interpellant spontanément Matthias.

Elle se mordit la lèvre. Peut-être était-il encore trop tôt pour s'adresser directement à lui ? Pourvu qu'il ne l'envoie pas sur les roses ! Contre toute attente, il lui déclara le plus calmement du monde, sans toutefois la regarder :

— Je l'étais.

— Tu as juste fait une pause dans ta carrière, Matthias, tu es toujours reporter, objecta Philippe. Mais il faut voir le bon côté des choses. Ça te donne plus de temps pour écrire…

Isa n'en croyait pas ses oreilles. Philippe enfonçait littéralement le clou, à se demander s'il ne tentait pas de pousser sciemment son fils dans ses retranchements. Matthias tressaillit légèrement, mais il ne répondit pas à la provocation de son père. La jeune femme posa les yeux sur la couverture du livre de son voisin de transat.

— *Sérotonine*… Je ne vous aurais pas cru fan de Houellebecq, déclara-t-elle.

Matthias gloussa sans vergogne.

— Lui non plus, se moqua-t-il.

— Oh, ça va, toi ! se vexa Philippe.

Isa regarda alternativement les deux hommes en souriant.

— J'ai loupé quelque chose ?

À sa grande surprise, le jeune homme se retourna et lui sourit franchement.

— Mon père déteste Houellebecq. Il a tout simplement perdu un pari contre Julien.

Isa ne parvenait pas à quitter Matthias du regard. C'était bien la première fois qu'il lui souriait depuis son arrivée... et quel sourire ! Doux, angélique... Avait-elle enfin face à elle le véritable visage de Matthias Lacroix ? Elle réussit tant bien que mal à sortir de sa contemplation.

— Eh bien, je suis ravie d'apprendre que je ne suis pas la seule victime des facéties de ce... Julien, plaisanta-t-elle.

— Et encore ! ronchonna Philippe. Vous, vous n'êtes pas obligée de vous taper du Houellebecq !

Matthias éclata de rire et Isa fut frappée de plein fouet par l'évidence. La colère n'était pas naturelle chez cet homme. Il n'aspirait qu'au calme et au bonheur d'une existence anonyme aux côtés des siens. Et elle, qu'est-ce qu'elle avait fait ? Elle s'était incrustée et avait mis sa routine sens dessus dessous, l'obligeant à faire face à des peurs qu'il avait jusqu'ici décidé de ne pas affronter. Elle comprenait qu'il lui en veuille : sa présence lui rappelait une réalité qu'il préférait ignorer. Elle comprenait, mais elle ne l'acceptait pas. Elle n'était pas responsable de tous ses malheurs. Elle avait pour seul but de l'aider à mettre en lumière son talent, mais jusqu'à présent il ne lui avait offert que sa part d'ombre. Mais il y avait eu ce sourire... Un sourire qui ne trompait personne. Elle avait du mal à le reconnaître, mais le frère de Sophie avait raison. Matthias avait renoncé trop facilement à ses rêves. Il appartenait maintenant à Isa de lui servir de guide. Il allait peut-être prétendre qu'il désirait la voir repartir à Paris, mais elle devait tenter le tout pour le tout et lui faire comprendre, clairement, qu'elle n'était pas son ennemie.

Sophie s'adossa à la porte d'entrée qu'elle venait de refermer avec un certain soulagement. À presque 21 heures, sa journée était enfin terminée. Elle adorait son travail : prendre soin des autres, échanger quelques mots avec des personnes isolées et âgées qui n'avaient que sa visite quotidienne comme distraction… C'était ce qu'elle aimait par-dessus tout. Mais elle avait sérieusement besoin de vacances et attendait la fin de la semaine avec impatience.

— Fatiguée, ma Fifi ? lança son frère depuis le canapé.

— Vannée…

Julien ouvrit grand les bras.

— Câlin ?

Sophie sourit et avança d'un pas traînant jusqu'au salon avant de se laisser tomber à ses côtés pour se blottir contre lui. C'était leur rituel. Quand l'un d'eux n'avait pas le moral ou la forme, il pouvait compter sur l'autre pour trouver du réconfort. Et depuis que Pixel était arrivé dans leur petite famille, le gros chien se joignait souvent à eux pour ce qu'ils appelaient « la minute câlin ».

— Merci, mon Juju.

— Les câlins seront toujours gratuits pour toi, sœurette.

— Non, je ne te disais pas merci pour ça, mais pour être quand même intervenu en ma faveur auprès de Matthias…

Julien se redressa d'un coup, tout en gardant ses bras autour de sa sœur.

— Le traître, il m'avait promis qu'il ne te dirait rien !

— Oh, mais il a tenu parole, c'est Isa qui m'a raconté qu'elle t'avait croisé au chalet ce matin.

Julien s'écarta brusquement de Sophie.

— Tu connais la pimbêche ? l'interrogea-t-il, surpris.

— La « pimbêche » ?! C'est quoi ce surnom débile ?! Moi je l'ai trouvée super sympa ! Mais j'imagine que tu t'es encore comporté comme un crétin...

— Oh, si on ne peut même plus taquiner les gens..., lâcha-t-il en se levant, écourtant du même coup ce moment de tendresse entre frère et sœur. Elle n'a pas d'humour, la Parisienne, ce n'est pas ma faute si elle prend la mouche pour rien !

— Hum, hum...

— Ça veut dire quoi, ça ?

Sophie se contenta de regarder son frère, amusée. Julien ne pouvait pas s'empêcher de mettre les gens en boîte, c'était en quelque sorte sa façon à lui, peu commune, d'engager la conversation avec des inconnus. Du coup, la première impression qu'il donnait se révélait souvent fausse, car il pouvait paraître moqueur et irrévérencieux alors qu'il était absolument tout le contraire. Si l'on avait demandé à Sophie de définir Julien, elle lui aurait trouvé toutes les qualités du monde, pas seulement parce qu'il était son frère et qu'elle pouvait, à ce titre, manquer d'impartialité, mais parce que c'était la réalité. Avec sa famille et ses amis, ceux qui comptaient vraiment pour lui, il était généreux, tendre, drôle et attentionné et se serait coupé en quatre pour leur faire plaisir. Face à des personnes qui lui étaient totalement étrangères, il revêtait son costume de clown railleur et un peu cynique... son costume... ou plutôt son armure.

— Ne juge pas les gens avant de les connaître, Julien. Tu n'aimes pas quand on te colle une étiquette, alors ne le fais pas non plus...

Puis elle se leva pour se rendre dans la cuisine. Julien ne répliqua pas. Au fond de lui, il savait bien que Sophie était dans le vrai. Isa Marquez n'avait pas voulu entrer dans son jeu, l'avait trouvé trop curieux et remis à sa place. C'était de bonne guerre après tout, mais ça l'avait un peu agacé et il l'avait mouchée. Il n'avait pas compris pourquoi elle avait refusé de lui donner son prénom. Parce qu'il était certain que ce n'était pas « juste Isa ». Qu'est-ce qu'elle avait, cette fille ? Elle n'aimait pas comment elle s'appelait ? La belle affaire ! Pas besoin d'être désagréable pour autant !

Julien soupira. Ça y est, il ruminait encore. Sophie avait sûrement raison. Si elle avait trouvé cette fille sympathique, c'était qu'après tout, elle ne devait pas être aussi inintéressante qu'il le pensait. Lorsqu'il la reverrait, il ferait amende honorable et changerait d'attitude… En tout cas, il essaierait.

Chapitre 7

Lorsqu'Isa ouvrit les yeux au petit matin, elle avait pris sa décision. Aujourd'hui, elle discuterait de son manuscrit avec Matthias. Elle n'aborderait pas le désir de sa maison d'édition de le publier, non, mais elle lui dirait sincèrement ce qu'elle en avait pensé, lui révélerait les émotions qui l'avaient animée tout au long de sa lecture. Elle lui en parlerait avec son cœur, voilà tout. Pourrait-il lui refuser cela ? S'il était bien l'homme que son père prétendait, elle n'avait aucun souci à se faire. Bien sûr, elle n'était pas une lectrice comme les autres, elle n'aurait jamais dû avoir ce manuscrit entre les mains. Mais il était parvenu jusqu'à elle et elle avait aimé cette histoire, elle était même littéralement tombée sous le charme. Elle avait besoin de dire à son auteur tout le bien qu'elle en pensait.

Isa avait constaté que Matthias était matinal et qu'il disparaissait régulièrement au sous-sol, apparemment pour faire du sport, pendant un bon moment, après être passé dans la chambre de son père. Elle décida donc de l'intercepter avant qu'il aille se réfugier dans son antre. Ce n'était peut-être pas une bonne idée de bouleverser une nouvelle fois sa routine quotidienne. Mais en cet instant précis elle était motivée, et elle se connaissait suffisamment pour savoir que plus elle attendrait, plus elle aurait de chances de se dégonfler, évitant ainsi le conflit. Elle sortit promptement du lit, extirpa de la penderie une paire de jeans, un T-shirt et un grand pull confortable. Elle s'habilla rapidement et enfila des baskets avant de descendre à la cuisine.

Elle y trouva sans surprise son hôte mais, contrairement à la veille, Philippe n'était pas présent à ses côtés.

— Bonjour ! s'exclama-t-elle.

Matthias, qui était en train de se servir un café, se tourna brièvement vers elle pour lui adresser un sourire poli.

Bon, on n'en est pas encore à la franche camaraderie, mais c'est un début…, pensa Isa.

— Votre père n'est pas là ?

— Il était fatigué, il prendra son petit déjeuner plus tard aujourd'hui.

— Oh… Alors, je crains que nous soyons obligés d'être en tête à tête, ce matin…

Mais pourquoi je lui dis ça ? Je suis idiote ou quoi ?! se morigéna la jeune femme.

Matthias arqua un sourcil.

— Je ne compte pas m'éterniser, je dois…

— … descendre au sous-sol pour votre séance de sport quotidienne, je sais. Mais j'avais pensé que nous pourrions parler un peu…

— De quoi ? l'interrompit Matthias, dont les traits s'étaient durcis. Vous savez bien que…

— Non, pas de ça. Je vous promets que je ne prononcerai pas les mots « maison d'édition » et « publication », je souhaiterais juste… comment dire… Je pensais que vous auriez aimé connaître l'avis d'une parfaite étrangère sur votre histoire.

— Pourquoi ça m'intéresserait ?

Isa dévisagea Matthias, déroutée.

— Je… j'avais simplement envie de vous faire part de ce que j'ai ressenti en la lisant. J'ai rarement autant été touchée, et… je… Je ne sais pas pourquoi j'essaie de vous convaincre, ajouta-t-elle en soupirant. C'est à croire que je suis un peu maso sur les bords... Vous vous en fichez royalement...

La jeune femme s'apprêtait à quitter la pièce. La faim l'avait désertée, tout comme le courage de persuader cet homme de l'écouter.

— Attendez...

Surprise, Isa fit lentement volte-face et patienta, nerveuse. Matthias la fixait d'un air méfiant.

— Ni « maison d'édition », ni « publication » ?

Elle lui sourit.

— Rien de tout ça, promis.

Matthias espérait ne pas regretter sa décision. Il avait laissé Isa déjeuner tranquillement après lui avoir proposé une balade qu'elle avait acceptée avec enthousiasme. En temps normal, et seul, il aurait sûrement suivi le circuit de la source de l'Arveyron, dont le départ se trouvait à proximité du chalet, mais il avait jugé que la randonnée pourrait s'avérer longue et difficile pour une novice. Il avait donc opté pour le Sentier du granit [1], avec un dénivelé moins important, en lui précisant qu'ils marcheraient à son rythme. Elle avait paru vraiment soulagée lorsqu'il avait mentionné ce dernier détail. Elle se voyait sans doute mal parler de son manuscrit avec le souffle court.

Si la vie tient ses promesses, c'était ainsi qu'il avait intitulé son histoire, semblait avoir réellement ému la jeune femme et s'il avait été de prime abord mal à l'aise à l'idée qu'une inconnue ait pu lire ses lignes et lui dise ce qu'elle en avait

1. Le Sentier du granit est un sentier à thème (secteur des tailleurs de pierre) situé près du quartier des Bois à Chamonix. La plupart des consoles, encadrements de fenêtre, marches d'escalier, pavages que vous pouvez voir en vous promenant dans les rues de Chamonix viennent de cette carrière. (source : www.chamonix.com) (*NdA*)

pensé, la curiosité avait fini par l'emporter. Il avait perçu le bouleversement dans sa voix, ses difficultés à trouver les mots pour le convaincre et cela l'avait perturbé de l'entendre lui asséner qu'il se fichait pas mal de ce qu'elle pouvait éprouver. Il avait toujours eu du mal à rester indifférent face aux tourments des autres. Il absorbait tout, le bon comme le mauvais. D'ailleurs, ses proches le comparaient souvent à une éponge émotionnelle et il l'était, c'était un fait. Il avait longtemps considéré cette hypersensibilité comme un handicap parce qu'elle le démarquait de ses pairs, ceux-là mêmes qui lui rendaient constamment compte de ce décalage, cette… différence. Et, de fait, cette propension à tout ressentir avec une puissance décuplée lui avait fréquemment posé problème dans sa jeunesse. La moindre critique, la moindre remarque le mettait à fleur de peau et le rendait vulnérable. Du reste, beaucoup en avaient profité…

Matthias et Isa avaient entamé « la montée du pépé », chemin qui menait au départ du parcours proprement dit, depuis à peine deux minutes lorsque la jeune femme s'immobilisa soudain, essoufflée.

— J'ai compris… En fait cette idée de balade était un piège, haleta-t-elle.

— Comment ça ?

— Vous… vous avez peut-être l'habitude, mais pour moi, la pente est vraiment raide… C'est un vrai défi. Je ne vois pas comment je peux vous parler alors que j'ai déjà du mal à reprendre mon souffle…

— Vous vous situez où, ordinairement, au niveau exercice physique ?

Isa grimaça, faisant mine de réfléchir.

— Euh… niveau moins un… moins deux ? Ça existe ?

Matthias sourit franchement.

—Je suis désolé, alors, je ne pensais pas que c'était à ce point… On va s'installer là-bas, annonça-t-il en lui indiquant un banc en bois à une cinquantaine de mètres. Le parcours thématique est un peu plus loin et sera plus facile. Mais on va faire une pause. Vous pouvez aller jusque-là ?

Elle lui jeta un regard noir.

—Je suppose que oui.

Quelques minutes plus tard, Matthias aida Isa à monter sur la butte où se trouvait ce siège inespéré et elle s'y laissa choir avec soulagement. Il sortit une bouteille d'eau de son sac à dos et la lui tendit.

—Oh… merci. Et vous ?

—J'en ai une deuxième, mais je n'ai pas soif pour le moment.

—Vous êtes prévoyant, je n'ai même pas pensé à en prendre une…

—Question d'habitude.

Isa but une gorgée tout en observant son compagnon de randonnée à la dérobée. Pratiquer une activité physique était clairement une chose essentielle pour lui. On voyait d'ailleurs que cela occupait une bonne partie de son temps, car contrairement à elle, il n'avait aucun mal à respirer normalement.

—Je ne sais pas comment vous faites pour avoir une telle discipline… Quand je me suis installée à Paris, j'allais courir deux ou trois fois par semaine, mais j'ai fini par laisser tomber.

—Pourquoi ?

—J'imagine que j'ai perdu toute motivation. Et mon boulot est devenu de plus en plus chronophage.

—Je vire dingue si je ne bouge pas. J'en ai besoin pour être bien dans mon corps et dans ma tête. Surtout depuis que je ne voyage plus à travers le monde.

— Ça ne vous manque pas ?

Matthias se tut quelques secondes avant de lui lancer :

— Vous ne vouliez pas me donner votre avis sur mon manuscrit ?

OK… Interdit de creuser le sujet, donc, songea la jeune femme.

— Si… C'est que je ne sais pas trop par où commencer. En fait, dès que je pense à cette histoire, je me retrouve un peu dans un autre espace-temps, une sorte de bulle. Je me souviens de certains passages et j'ai des frissons… ou les larmes aux yeux, lâcha-t-elle, le regard perdu au loin.

Il n'était pas évident pour Isa de mettre des mots sur les émotions qu'elle avait ressenties à la lecture de ce récit. La situation était perturbante pour elle : l'auteur de cette histoire qui l'avait tant bouleversée était assis là, à ses côtés, et écoutait religieusement ses paroles sans la quitter des yeux.

— Il y a beaucoup de choses qui m'ont touchée dans votre manuscrit, Matthias… Pardon, monsieur Lacroix…

— J'aime autant que vous m'appeliez Matthias. Monsieur Lacroix, c'est mon père, la taquina-t-il, certainement pour la mettre plus à l'aise.

Elle lui sourit avec gratitude. Après l'accueil glacial qu'il lui avait réservé à son arrivée dimanche soir, le jeune homme semblait revenu à de meilleurs sentiments et faisait preuve de sympathie à son égard. C'était sans doute ce dont Isa avait besoin pour surmonter ses appréhensions et lui parler à cœur ouvert. Elle lui avoua alors qu'elle avait ressenti tout l'amour qu'il portait à son père dans ce récit par le biais de son personnage principal, Daniel. Elle avait compris qu'il était impossible pour Matthias de rédiger un texte totalement autobiographique, pour se préserver, mais aussi pour ne pas faire de cette histoire un simple mélodrame. Son ton n'avait, à aucun moment, été pathétique. Il avait pu s'exprimer jusqu'au bout sur ce thème qui le concernait de près en gardant, en quelque sorte, une distance émotionnelle. Mais il avait réussi le pari d'écrire avec son cœur et de toucher la personne qui lirait ses mots. Et il était devenu évident pour Isa que cette dernière était son père, le seul à qui il pouvait dédier cette magnifique déclaration d'amour filial.

Le barrage s'était rompu. Isa parlait sans discontinuer de ces moments de pure magie qu'elle avait perçus durant sa lecture, non seulement ceux partagés entre un père et son fils, mais aussi ces instants où le héros semblait entrer en communion parfaite avec la nature. Une nature dont il paraissait ne pas pouvoir se passer au quotidien. Une nature qu'il respectait et dont il s'émerveillait chaque jour.

— Merci, Matthias. Merci, vraiment, d'avoir écrit cette magnifique histoire ! déclama-t-elle, les yeux brillants, la main posée sur l'avant-bras du jeune homme.

Celui-ci la fixa sans rien dire, touché plus qu'il aurait voulu l'avouer par la spontanéité et la sincérité de la jeune femme. En rédigeant ce manuscrit, il n'aurait jamais pensé pouvoir susciter autant d'émotions chez qui que ce soit… encore moins une parfaite inconnue.

Une inconnue dont le visage lui était de plus en plus familier à mesure qu'il la côtoyait.

Chapitre 8

Matthias raccrocha le téléphone, l'air pensif. Onze années s'étaient écoulées et s'il avait pardonné à son père d'avoir quitté le foyer sans prévenir au moment le plus critique de sa vie, Béatrice, sa mère, nourrissait en revanche toujours autant de rancœur envers son ex-mari. Chaque fois qu'elle appelait son fils, elle finissait invariablement par lui asséner que ce n'était pas son rôle de jouer les gardes-malade, que son père ne s'était pas gêné, lui, pour l'abandonner quand il était au plus mal.

Le jeune homme comprenait le point de vue de sa mère, mais si lui avait été capable de passer l'éponge, elle, non, même en ayant été mise au courant des explications de Philippe. Elle avait tiré un trait sur lui et ne voulait plus en entendre parler. D'ailleurs, elle avait refait sa vie. Après être restée sans nouvelles de son époux pendant plusieurs années, elle avait fini par se faire une raison. Et puisqu'on n'avait trouvé nulle trace de Philippe, une ordonnance de non-conciliation avait été rendue et la procédure de divorce avait suivi son cours. Béatrice s'était remariée deux ans auparavant avec un Breton pure souche et coulait depuis des jours heureux au fin fond du Finistère, à des centaines de kilomètres de son fils unique.

Matthias ne pouvait pas reprocher sa réaction à sa mère, elle aussi avait souffert de ce départ précipité à l'époque, mais il avait besoin de son père et il avait passé des années à le chercher sans relâche. Pour comprendre, pour cesser de s'en vouloir et de se sentir coupable de cette désertion. C'était une question de survie. Il n'avait pas seulement poursuivi des études de journalisme parce qu'il s'intéressait à tout et qu'il aimait écrire, il l'avait fait aussi parce que ce métier allait lui donner l'occasion de voyager, d'interroger les gens, d'avoir quelques passe-droits qui lui ouvriraient des portes pour atteindre son véritable objectif : retrouver son père.

D'aucuns diraient qu'il aurait été plus simple d'entrer dans la police ou de devenir détective privé pour arriver à ses fins, mais Matthias avait depuis toujours adopté le credo de son père : si tu t'engages dans un métier, choisis-en un dans lequel tu es certain de t'épanouir. « Fais de ton métier une passion ! » lui disait-il souvent. Alors il avait affronté ses vieux démons, relevé le plus important défi de sa vie et s'était jeté à corps perdu dans la bataille. Cela lui avait pris dix ans, mais il était parvenu à son but.

Matthias regarda, pensif, son reflet dans le miroir de l'armoire dans sa chambre. Il en avait bavé pour en arriver là…

Philippe traversa à pas de loup l'immense coin séjour du chalet, attentif au moindre craquement que produisait le parquet sous ses pieds. Il était plus de minuit, sa dernière séance de dialyse remontait à plus d'une demi-heure et la maisonnée paraissait endormie. Leur jeune pensionnaire avait végété tout l'après-midi sur un transat de la terrasse, peinant à se remettre de la promenade de santé à laquelle elle s'était soumise dans la matinée. Matthias avait pourtant choisi un sentier facile, mais visiblement pas assez pour une citadine comme Isa Marquez. Cela n'avait pas empêché cette dernière de raconter par le menu à Philippe les informations qu'elle avait glanées sur les tailleurs de pierre de granit durant le parcours. Elle avait été intarissable. Au-delà de l'effort physique que cela lui avait coûté, elle avait de toute évidence apprécié le fait d'évoluer parmi les blocs erratiques et d'apprendre ces techniques dont elle ignorait tout. Selon ses dires, Matthias avait su être patient et pédagogue. Elle avait d'ailleurs été bluffée par sa propre culture.

Le jeune homme semblait mieux accepter la présence d'Isa sous leur toit, mais Philippe sentait bien que la partie n'était pas encore gagnée et cela le tourmentait. Il aurait voulu « partir » en sachant la carrière d'auteur de son fils assurée. Il ne pouvait se résoudre à laisser l'entêtement de Matthias ruiner ses chances. Il avait du talent, pour lui c'était une évidence et cela paraissait également en être une pour Isa. Il pensait qu'avoir l'avis d'une professionnelle aiderait son fils à prendre conscience de la valeur et de la beauté de sa plume, mais celui-ci continuait à se braquer dès qu'on évoquait le sujet.

Philippe referma la porte coulissante vitrée derrière lui et avança sur la terrasse, avant de la quitter pour progresser jusqu'au fond du jardin, à une dizaine de mètres, afin de se mettre à l'abri des regards indiscrets… enfin plus exactement pour se soustraire à celui de son fils. Car si Matthias le surprenait à allumer une cigarette, il le tancerait tel un gosse. Et il aurait bien raison… C'était son tabagisme qui l'avait conduit là où il en était aujourd'hui. Il avait commencé comme beaucoup de gens, par mimétisme, pour s'intégrer, pour paraître « cool » aux yeux de ses pairs. Une première clope à quatorze ans et le processus était lancé. Philippe était devenu au fil des années ce qu'on appelle un gros fumeur. À trente ans, il en était déjà à plus de deux paquets par jour. Pourtant, malgré son vice, il était parvenu à passer entre les mailles du filet du cancer. Oui, il n'avait eu à se plaindre ni de sa gorge ni de ses poumons ; en revanche le tabac lui avait provoqué des soucis d'hypertension artérielle qui avait fortement endommagé sa fonction rénale. Son cœur tenait le choc, grâce aux médicaments, mais ses reins, eux, refusaient de faire leur travail. Il s'était laissé mourir à petit feu pendant plusieurs années sans se soucier de sa santé. Quand Matthias l'avait retrouvé, un an auparavant, il se rendait, depuis deux ans, trois fois par semaine dans un centre de dialyse : les dégâts étaient déjà irréversibles.

Il avait alors arrêté la cigarette, mais il était trop tard. Celle qu'il s'accordait ce soir-là était la première depuis des mois. Un préposé des postes remplaçant, qui ignorait tout de son état, lui en avait proposé une quelques jours plus tôt. Philippe n'y avait plus songé depuis… jusqu'à ce qu'il éprouve ce soir-là le besoin impérieux de s'en « griller une ».

Un clou de plus ou de moins au cercueil[1]…, s'était-il dit.

Quand Matthias avait été tenu au courant de son état de santé, il avait lâché séance tenante son métier de reporter afin d'être le plus présent possible pour son père. Philippe n'ayant pas réussi à le faire revenir sur sa décision, il avait alors étudié les solutions qui s'offraient à lui et opté pour la dialyse péritonéale continue ambulatoire. On l'avait formé aux gestes techniques pour qu'il soit suffisamment autonome, et Matthias avait lui aussi tenu à les apprendre, pour l'aider, si besoin. Sophie, quant à elle, venait régulièrement au chalet pour contrôler le bon suivi de la procédure et refaire, aussi souvent que nécessaire, le pansement entourant le cathéter de dialyse péritonéale qu'on lui avait chirurgicalement implanté. Trois à quatre fois par jour, Philippe suivait scrupuleusement toutes les étapes de son traitement.

1. Référence à une citation d'Humphrey Bogart : « Chaque fois que je fume un de ces trucs-là, c'est un clou de plus pour mon cercueil… » (*NdA*)

Ses reins étaient fichus et il le savait. Tout cela ne servait qu'à repousser l'inévitable. Dans peu de temps, le recours à une greffe serait indispensable et, malheureusement, il n'était pas le seul patient en France à avoir besoin d'un rein tout neuf. Philippe était d'ailleurs d'ores et déjà inscrit sur la liste d'attente nationale, mais il n'y croyait pas vraiment. Pour cette raison, il voulait que tout soit en ordre le jour où la grande Faucheuse lui tendrait les bras. Il souhaitait voir son fils vraiment heureux avant de l'abandonner de nouveau.

Matthias se réveilla en sueur. Il venait de faire un rêve étrange dans lequel il se retrouvait nu comme un ver en plein milieu d'une rue, entouré d'une foule hilare qui le pointait du doigt. Isa Marquez était présente et se joignait à la liesse générale, en première ligne. Il s'assit dans son lit et se passa les deux mains sur la figure en se demandant pourquoi des images aussi saugrenues lui étaient venues à l'esprit. Il était vrai que le visage de la jeune femme l'obsédait beaucoup ces derniers temps. Il cherchait encore d'où sortait cette impression de déjà-vu qui ne le quittait pas. Mais de là à ce qu'elle le poursuive jusque dans ses rêves !

Il se glissa hors de ses draps, se leva et enfila à la va-vite T-shirt et bas de jogging avant de délaisser sa chambre. Il ne portait rien pour dormir et ne voulait pas risquer de croiser sa charmante locataire dans le chalet. La situation aurait été aussi embarrassante que dans son rêve… Il marcha à pas feutrés dans le couloir en passant devant la chambre où logeait Isa et descendit à tâtons l'escalier qui menait dans le salon, guidé par la faible lueur de l'insert placé au centre de la pièce et dont le feu achevait de se consumer. Il s'apprêtait à se rendre dans la cuisine pour boire un verre d'eau lorsqu'il aperçut, en regardant machinalement dehors, une minuscule lumière rougeoyante qui brillait dans le jardin avec plus ou moins d'intensité. Il s'immobilisa.

— Qu'est-ce que…

Isa était-elle fumeuse ? Étrange… Il n'avait perçu aucune odeur de tabac sur elle, pourtant il l'avait côtoyée de très près dernièrement. Il s'approcha discrètement de la porte donnant sur la terrasse. L'extrémité incandescente de ce qu'il avait pressenti être une cigarette éclaira brièvement le visage du coupable. Le sang de Matthias se glaça. Il ne perdit pas une seconde. Il ouvrit avec fracas la porte vitrée et parcourut à grandes enjambées les quelques mètres qui le séparaient de son père.

— Mais t'es complètement irresponsable ! cracha-t-il en arrachant la cigarette des doigts de Philippe avant de l'écraser sur la palissade. C'est cette saloperie qui t'a rendu malade, bon sang !

Matthias tremblait de la tête aux pieds. De colère et de déception mêlées. Son père ne réagit pas, probablement aussi surpris que honteux d'avoir été pris sur le fait… par son fils de surcroît.

— Ça sert à quoi de te soigner si tu fais n'importe quoi ?!

— Je ne me soigne pas, Matthias, je gagne du temps. Tu sais aussi bien que moi que mes reins sont foutus…

— Et c'est une bonne raison pour aggraver les choses ?!

— Ce n'est qu'une cigarette, Matthias…

— Non, ce n'est pas qu'une cigarette, Papa ! Tu joues avec le feu, avec ta vie. T'es un putain d'égoïste !

Matthias aurait donné n'importe quoi en cet instant pour pouvoir frapper dans un punching-ball.

— Tu as raison, fiston. Je ne pense qu'à moi. Je n'avais pas le moral alors j'ai cru que cette clope me ferait du bien…

Le jeune homme fixa son père en arquant un sourcil.

— Tu sais bien que quand ça va pas, tu peux venir me voir… Et puis comment cette cochonnerie est-elle arrivée en ta possession, d'abord ?!

— Ça n'a pas d'importance… Je n'en ai pas d'autres de toute façon. Tu dormais, je ne voulais pas t'embêter… Et puis tu n'es pas en mesure de me rassurer.

— P… pourquoi dis-tu ça ? Bien sûr que je…

— Je m'inquiète pour toi, Matthias.

Le jeune homme eut un léger mouvement de recul.

— Comment ça, tu t'inquiètes pour moi ? murmura-t-il.

— Tu n'es pas heureux…

— Que… quoi ? Mais si, tout va bien, je…

— Non, c'est faux, Matthias. Tu penses trop à moi, pas assez à toi, fiston. Tu refuses tout ce qui t'est offert et qui pourrait faire ton bonheur. Je n'appelle pas ça vivre, moi, et encore moins « être heureux ».

— Si c'est encore cette histoire de manuscrit…

— Il n'y a pas que ça, Matthias. Tu as lâché un boulot que tu adorais. À vingt-huit ans, tu n'as pas de vie amoureuse…

— Je n'ai pas trouvé la bonne personne, c'est tout.

— Comment veux-tu que ça arrive, fils ? Tu passes ton temps entre t'éreinter dans ta salle de sport et jouer les gardes-malade.

— C'est toi ma priorité, Papa.

— Eh bien, ça ne devrait pas être le cas, bon sang ! On n'a qu'une vie ! Tu es jeune, moi j'ai vécu la mienne et si elle doit se terminer plus tôt que prévu, c'est que le destin l'a décidé !

— Tu n'as que cinquante-huit ans, ce n'est pas dans l'ordre des choses de mourir à cet âge-là ! répliqua Matthias, la voix tremblante d'émotion.

Philippe regarda son fils, l'air grave et triste.

— Ce qui n'aurait pas été dans l'ordre des choses, mon fils, c'est que toi, TOI… tu meures à dix-sept ans…

Chapitre 9

Julien et Pixel arrivèrent au chalet des Lacroix en même temps que Sophie, qui venait pour changer le pansement de Philippe. Dès qu'ils en franchirent la porte, ils comprirent, à la vue de Matthias plongé dans le registre des locations, que quelque chose n'allait pas. D'un regard entendu, le frère et la sœur décidèrent d'aller chacun s'enquérir de ce qui se passait auprès des hommes de la maison. Avant de se rendre dans la chambre de Philippe, Sophie planta une bise rapide sur la joue de Matthias pour lui dire bonjour.

— Salut Sophie…, murmura-t-il du bout des lèvres sans même poser les yeux sur elle.

Un peu désarçonnée par son attitude quelque peu indifférente, la jeune femme jeta une œillade équivoque à Julien avant de s'éclipser.

— Je t'ai déjà connu plus chaleureux, plaisanta l'ami de Matthias.

— J'ai la tête dans le sac, je n'ai pas beaucoup dormi cette nuit… Je suis sûr que Sophie ne m'en tiendra pas rigueur.

— Tu as envie d'en parler ?

Matthias leva les yeux vers son frère de cœur et soupira.

— Je ne saurais même pas par quoi commencer…

Pixel, qui piétinait d'impatience, lâcha un léger jappement. Julien ébouriffa affectueusement la tête de l'animal.

—Je te laisserais bien gambader, mais si la Parisienne est dans le coin, elle risque de faire une attaque, chuchota-t-il à l'adresse de son compagnon à quatre pattes.

Un sourire discret étira les lèvres de Matthias.

—Elle n'est pas là. Elle m'a demandé les horaires de train pour se rendre à Chamonix-Mont-Blanc.

—Hum… La demoiselle en a déjà marre de la verdure, elle a besoin de bitume et de bruit…

—Non, elle sait que même en ville, à Chamonix, c'est différent de Paris. Mais dis-moi, tu as une dent contre elle ? Qu'est-ce qu'elle t'a fait ?

—Je n'aime pas ce genre de nana, elle est trop guindée… Mais ne change pas de sujet, Matthou. Tu as besoin de vider ton sac et ton vieux pote est là pour t'écouter, alors vas-y, profites-en !

Julien lâcha le collier de son chien qui partit, sans demander son reste, en direction de la terrasse.

Tout en pratiquant avec minutie la réfection du pansement, Sophie observait avec inquiétude la mine défaite de son patient. Ses cernes, habituels, paraissaient plus creusés qu'en temps normal. Tout comme Matthias, il semblait avoir très peu dormi.

—Tout va bien, Philippe ?

—Tu veux dire, mis à part mes reins fichus ? sourit-il.

—T'es pas drôle, se renfrogna la jeune femme.

—Laisse-moi libre de pratiquer l'autodérision, Sophie. C'est presque tout ce qui me reste…

—Je n'aime pas t'entendre parler comme ça, Philippe.

—Allez, pas toi, Sophie. T'es infirmière, t'es lucide quant à mes chances de survie sans greffe…

—Je le suis, mais il faut garder espoir. Si on part battu d'avance, on perd le moral et le moral, c'est très important pour tenir le coup face à la maladie.

—Certes…

—Il s'est passé quelque chose avec Matthias ? s'enquit-elle, l'air de rien. Sa nuit semble avoir été aussi mauvaise que la tienne…

Philippe regarda Sophie avec tendresse. Cette jeune femme était la générosité même, toujours à s'inquiéter pour les autres et à vouloir prendre soin d'eux. Elle avait vraiment bien choisi son métier… Ou était-ce plutôt ce métier qui l'avait choisie ?

—On a eu… une petite divergence d'opinions, dit-il simplement.

Lui et Matthias s'étaient mis d'accord durant la nuit pour ne pas évoquer l'épisode de la cigarette avec Sophie. En tant que soignante et surtout amie, très attachée à Philippe, elle aurait été très peinée d'apprendre que celui-ci avait ignoré ses conseils en matière d'hygiène de vie. Jusqu'à maintenant, il les avait tous suivis à la lettre sans faillir et il prenait son traitement comme il le fallait. La faiblesse qu'il avait eue cette nuit-là face à cette cigarette était la seule erreur qu'il avait commise depuis des mois.

—Ça vous arrive souvent ces temps-ci, on dirait…, fit remarquer Sophie en retirant ses gants avant de les jeter avec le pansement souillé dans le sac prévu à cet effet.

—C'est vrai que depuis que je t'ai demandé d'envoyer ce manuscrit, tout va de travers… Je pense qu'il avait surtout besoin d'exorciser ses démons. Créer cette fiction qui parle d'un père et de son fils, ça avait surtout un but cathartique pour lui…

—Non, tu as eu raison de le faire. J'ai également lu ce texte, souviens-toi. Crois-moi, Matthias a un vrai talent…

Isa aussi en est persuadée et elle a l'air de bien connaître son métier.

— Reste à convaincre l'intéressé…

Plus qu'une envie de jouer les touristes, c'est la nécessité de s'éloigner un peu du chalet qui avait motivé Isa. Au-delà de la tension palpable entre les Lacroix ce matin-là, elle avait eu besoin de se mettre à l'abri d'oreilles indiscrètes. Depuis son réveil, en effet, son téléphone portable ne cessait de vibrer : sa maison d'édition cherchait à la joindre. Sa hiérarchie désirait sans doute savoir où elle en était de ses pourparlers avec Matthias. Cela faisait moins d'une semaine qu'elle était là et on lui mettait déjà la pression. Ils avaient l'air d'oublier que son absence était aussi due à sa prise de congés bien mérités. Elle pensait avoir réussi à les tranquilliser un peu en leur disant qu'elle était sur la bonne voie… Un pieux mensonge, mais elle n'avait pas le choix. L'idée d'une publication prendrait du temps à faire son chemin dans l'esprit de Matthias, mais elle ne devait pas renoncer. Pas seulement pour l'avenir de sa propre carrière, mais parce qu'elle croyait vraiment en lui.

Armée d'un plan du centre-ville que lui avait fourni Matthias, la jeune femme longeait la rue du Docteur Paccard, en direction de la place Balmat pour rejoindre l'office de tourisme. Elle passa devant la statue d'un homme et, curieuse, s'attarda sur la lecture de l'inscription située sur son socle qui lui apprit que le fameux docteur Paccard représenté sur cette œuvre, accompagné d'un certain Jacques Balmat, avait effectué la première ascension du mont Blanc en 1786. La silhouette du médecin était orientée de telle sorte qu'on avait l'impression qu'il portait son regard au loin, sur cette montagne majestueuse.

Quand elle arrivait dans une ville qu'elle ne connaissait pas, Isa aimait partir à la découverte de ses monuments qui lui en révélaient beaucoup sur le passé des lieux. Lorsqu'elle avait débarqué à Paris pour ses études, pendant son temps libre, elle avait pris plaisir à parcourir les quartiers les plus historiques de la capitale à la recherche de ces trésors culturels qu'elle affectionnait tant.

Elle ne perdait pas de vue qu'ici, elle était aussi en mission, mais elle s'arrogeait le droit de prendre aussi du bon temps en flânant dans les rues et en arpentant des chemins plus sauvages, comme elle l'avait fait la veille avec Matthias. Il avait été un très bon guide et avait su faire preuve de patience lorsqu'il l'avait sentie en difficulté. Plus elle le côtoyait, plus elle appréciait l'homme qu'il était. En tout bien tout honneur bien sûr, elle n'était pas là pour se laisser aller à une quelconque attirance, même si, elle devait bien l'avouer, Matthias Lacroix avait tout pour plaire à la gent féminine. Aussi bien physiquement qu'humainement, ses qualités étaient indéniables. Mais de toute façon, à aucun moment il n'avait eu la moindre velléité de tentative de séduction à son égard. Dans d'autres circonstances, les choses auraient peut-être été différentes, mais étant donné le contexte de leur rencontre, aucun rapprochement de ce genre n'était possible.

Isa ne croyait pas, comme beaucoup de romances qu'elle avait pu lire le laissaient penser, qu'une histoire d'amour puisse naître d'un antagonisme entre deux personnes. Cela semblait tellement « cliché » selon elle, et tellement prévisible. Le « Je t'aime, moi non plus »... très peu pour elle ! Matthias et Isa n'étaient pas des ennemis, du moins, elle, ne le considérait pas comme tel, mais dans l'esprit du jeune homme, il existait, elle en était sûre, une barrière qui l'empêchait de lui faire totalement confiance.

Isa secoua la tête. Elle ne savait pas pourquoi elle s'abandonnait à de telles digressions. Sans doute parce que depuis plusieurs mois, la solitude se faisait pesante dans sa vie et que cette idée de partage et de communion avec une personne du sexe opposé lui manquait. Elle n'avait pas connu de relation stable depuis son embauche à L'Escapade littéraire, donnant volontairement la priorité à sa carrière, mais ce célibat qu'elle s'imposait depuis lors lui pesait parfois. Il inquiétait aussi ses parents, qui auraient aimé la voir comblée aussi bien dans sa vie professionnelle que privée. Ils n'étaient pas encore à désespérer de devenir un jour grands-parents, après tout elle n'avait que vingt-six ans, mais ils auraient aimé la sentir totalement épanouie.

Elle entra enfin dans l'office de tourisme et s'approcha du grand présentoir chargé de brochures. Elle comptait bien profiter du temps qu'elle allait passer dans ce cadre idyllique pour en voir le plus possible.

Chapitre 10

Installé à la table de la cuisine avec l'ordinateur portable de Matthias, Julien mettait la dernière touche à son travail sur le site internet de la maison d'hôtes. Son vieux copain avait un peu laissé les choses en jachère, oubliant de lui demander un coup de main pour rendre la présentation des services plus attractive. En fait, Julien s'était légèrement vexé qu'il ne lui propose pas dès le départ de gérer ça car, après tout, s'il y avait une personne à même de s'en occuper, c'était bien lui. Tout ce qui touchait de près ou de loin à un ordinateur avait toujours été son domaine. Ses capacités ne se limitaient pas au graphisme, loin de là. Tout ce qu'il savait, il l'avait appris par lui-même, en potassant des bouquins et en furetant sur le Net pour trouver les tutoriels essentiels au développement de ses compétences. Il avait volontairement fait une croix sur ses études supérieures, mais il ne voulait pas que quiconque ait quoi que ce soit à lui reprocher dans son métier. Son absence de diplôme en graphisme ne signifiait pas un manque de compétences en la matière. Il avait bien conscience de devoir souvent mettre les bouchées doubles pour que son travail soit reconnu à sa juste valeur, mais à aucun moment il n'avait eu à regretter son choix.

Dès ses dix-huit ans, son bac en poche, Julien n'avait pas ménagé sa peine pour permettre à sa mère de lever un peu le pied et à sa sœur de poursuivre ses rêves sans aucune pression financière. Il détestait d'ailleurs quand on louait son prétendu sacrifice. Il estimait n'avoir renoncé à rien, sa famille passait avant tout, point final. Et aujourd'hui, il vivait sa vie comme il l'entendait et était heureux ainsi. Il était son propre patron, ne devait rendre de comptes à personne, à part à ses clients, bien sûr. C'était ainsi qu'il concevait son existence : il menait sa barque, libre.

Alerté par un bruit dans l'entrée, Julien leva la tête. Quelques secondes plus tard, il vit passer Isa. Celle-ci ne remarqua pas sa présence, tout absorbée qu'elle était par ce qui semblait être la lecture d'un message sur son téléphone. De toute façon, comme il était assis, elle n'aurait pu s'apercevoir qu'il était là. Il l'observa en silence. Contrairement au jour de leur rencontre, elle portait ses cheveux bruns détachés et de longues mèches tombaient en cascade sur un grand pull en laine. Il devait bien admettre qu'elle était attirante et que cette coiffure lui donnait l'air un peu moins revêche, mais il ne pouvait s'empêcher de penser à sa réaction hautaine quand il lui avait demandé son prénom complet et cela étouffait chez lui toute amorce de sympathie à son égard.

Il l'entendit pousser un léger soupir en éteignant son mobile. La teneur du message ne devait sans doute pas être à son goût. Elle glissa l'appareil dans sa poche et avança vers la porte vitrée de la terrasse, l'ouvrit et disparut bientôt de son champ de vision.

La terrasse…

Julien se redressa soudain.

— Merde, Pixel !

Isa sortit sur la terrasse et se dirigea vers l'escalier menant au jardin. Le regard rivé sur l'horizon, elle descendit la première marche. Elle inspira à pleins poumons et ferma les yeux, offrant son visage aux rayons du soleil de cet après-midi d'avril. Le bon air de la montagne… Ce n'était pas au quatrième étage de son immeuble parisien qu'elle trouverait une atmosphère aussi pure !

Soudain, une impression étrange lui fit ouvrir les yeux. Elle ressentait comme une présence, un regard posé sur elle. Un halètement distinctif attira son attention. À moins de deux mètres d'elle, une énorme boule de poils à quatre pattes ne la lâchait pas des yeux. De surprise et de peur mêlées, elle recula d'un pas, mais sa cheville heurta la marche et son corps partit en arrière… retenu par deux bras qui amortirent une chute quasi inévitable.

— Tu n'as rien à craindre. Il ne te fera aucun mal…

Cette voix masculine, chaude et rassurante, n'eut pourtant pas l'effet escompté ; Isa se mit à trembler comme une feuille. Julien prit place à côté d'elle sur la marche et saisit sa main. La jeune femme avait refermé ses paupières, espérant ainsi que l'occultation de cet énorme chien anesthésierait un peu sa peur.

— Pixel, doucement…, murmura Julien en invitant son compagnon à se rapprocher.

Isa ouvrit les yeux et sa main se crispa instantanément dans celle de Julien quand elle vit le leonberger avancer vers eux. Elle tourna un regard paniqué vers le jeune homme. Il lui adressa un sourire confiant. Elle ne vit, pour une fois, aucune ironie dans ce regard vert.

— N'aie pas peur, il veut juste faire ta connaissance.

N'aie pas peur, n'aie pas peur, il en a de bonnes, lui ! Je suis certaine que ce chien me dépasse quand il se met sur ses pattes arrière…, s'affola Isa.

Le leonberger marcha prudemment sans quitter Isa des yeux, puis s'immobilisa avant d'appuyer doucement sa tête sur ses genoux. La jeune femme retint son souffle et fixa d'un air craintif l'animal qui, selon toute vraisemblance, n'avait aucun désir de l'agresser. Sans brusquerie, Julien posa sa main qu'il tenait encore dans la sienne sur le crâne de Pixel. Contre toute attente, le contact du poil doux et chaud l'apaisa aussitôt. Comme si un flot d'ondes positives et bienveillantes passaient du corps du chien au sien. Le tempérament du molosse n'avait manifestement rien à voir avec celui du beauceron de son oncle.

— Incroyable..., lâcha-t-elle à voix basse en se mettant à gratter la tête de l'animal.

— Et encore, tu ne connais pas ses câlins magiques...

Isa se tourna vers Julien sans comprendre.

— Regarde... Pixel ? Câlin ? quémanda-t-il en ouvrant ses bras.

Ni une, ni deux, l'imposant leonberger délaissa la caresse d'Isa pour aller nicher son museau dans le cou de son maître, ses deux pattes avant posées sur ses cuisses. Julien ne sembla pas déstabilisé par le poids de l'animal, car son buste resta bien droit, et il ébouriffa le poil de Pixel avec affection en riant. Isa les observa, médusée. Les deux compères partageaient une merveilleuse complicité qui l'émut. Eh bien, elle n'était pas au bout de ses surprises avec cet homme... Il était autant capable de l'agacer que de l'attendrir. Un paradoxe à lui tout seul. Mais ce qu'elle retenait de cet intermède un peu étrange, c'était qu'il avait réussi en quelques minutes à balayer une peur qu'elle traînait comme un boulet depuis vingt ans.

Sophie posa son vanity-case sur la console de l'entrée, retira son caban et envoya valser sa paire de Converse à l'autre bout du salon. Elle mettrait de l'ordre plus tard ; pour l'heure, elle n'avait qu'une envie : s'allonger sur le canapé et fermer les yeux. Ce qu'elle fit sans attendre. Sa journée avait une fois de plus été chargée, mais le pire était cette inquiétude chevillée au corps depuis son départ du chalet des Lacroix. Elle avait senti que Philippe ne lui avait pas tout révélé concernant sa dispute avec Matthias, comme s'il tentait sciemment de lui dissimuler un fait qui, il le savait, la contrarierait. Sophie espérait désormais plus que tout que cette semaine se termine au plus vite ; elle aurait ainsi plus de temps pour leur rendre visite, comme l'amie qu'elle était pour eux, et dénouer le fond du problème.

Même si elle allait être officiellement en congé, elle ne comptait pas pour autant s'arrêter de prodiguer à Philippe les soins habituels. De toute façon, il ne supportait pas qu'une autre infirmière s'occupe de lui. Il devenait ingérable quand une soignante qu'il ne connaissait pas s'immisçait dans son intimité. Il pouvait bien se plaindre du caractère de cochon de son fils, au fond, il n'était pas bien différent. Au moins, l'attitude récente de Matthias pouvait s'expliquer : ses proches avaient agi derrière son dos, il s'était senti trahi. N'importe qui aurait mal réagi à sa place.

Sophie s'en voulut d'être aussi dure avec Philippe. Elle savait bien que sa maladie le rendait parfois irritable. Il s'estimait impuissant, n'avait aucun contrôle sur elle. Son sort dépendait du hasard… et d'une bonne dose de chance. Un véritable affront pour cet ancien chef d'entreprise qui avait toujours pris des décisions et faisait preuve d'une maîtrise sans faille dans tout ce qu'il entreprenait. Concernant son travail, oui… mais pour sa vie personnelle, il en était tout autrement. Surtout depuis le geste de Matthias, onze ans plus tôt…

Une larme s'échappa sans prévenir des yeux de Sophie. Elle s'empressait de l'essuyer lorsqu'elle entendit du bruit dans l'entrée. La porte claqua et un monstre à quatre pattes arriva comme une flèche pour se ruer sur elle et entreprendre de lui lécher consciencieusement le visage.

— Pixel, arrête ! rigola-t-elle en se débattant mollement. C'est dégoûtant, je vais être pleine de bave…

— Pas grave, tu comptais prendre une douche de toute façon, non ? ironisa Julien avant de se pencher pour embrasser sa sœur sur le sommet du crâne, peu désireux de toucher du bout des lèvres des endroits où son chien avait sévi.

Sophie réussit tant bien que mal à se débarrasser de l'énorme boule de poils et s'assit sur le canapé.

— Vous rentrez bien tard. Où vous étiez passés ?

— Chez Matthias, lança Julien depuis la cuisine. Pixou ne voulait plus lâcher sa nouvelle copine !

Sophie fronça les sourcils et se leva pour rejoindre son frère.

— Sa « nouvelle copine » ? répéta-t-elle.

Julien, son éternel bonnet fiché sur le crâne, ferma le frigo dont il venait d'extirper une bouteille de lait et fit face à sa sœur.

— Devine…, dit-il simplement avant de boire à même le goulot.

Sophie lui donna un coup de poing dans le bras.

— Je t'ai déjà dit de ne pas faire ça, c'est écœurant ! Et en plus ça coule sur ton menton… Pouah, quand est-ce que tu vas te décider à te raser ?!

Julien haussa les épaules, l'air blasé.

— À la vitesse où ça pousse, c'est une perte de temps !

— Eh bien ! Heureusement que tu n'as pas de petite amie en ce moment… Bon, qui c'est cette nouvelle copine ?

— La Parisienne.

Sophie eut un mouvement de surprise.

— Isa ? Elle n'a pas une peur bleue des chiens ?

— Effectivement, elle avait l'air complètement paniquée quand elle a rencontré Pixel sur la terrasse, avoua-t-il, soudain sérieux. Mais elle est tombée sous le charme, tout va bien maintenant, ajouta-t-il, satisfait, avant d'ingurgiter une nouvelle lampée de lait.

— Tombée sous le charme de qui ? plaisanta Sophie.

Julien avala de travers et se mit à tousser sans pouvoir s'arrêter. Ravie de sa blague, sa sœur vint lui donner de grandes tapes dans le dos.

— Hé, je rigole, je sais bien qu'elle n'est pas du tout ton type… Trop… Comment tu disais déjà ? Ah oui… « guindée » ! s'amusa-t-elle en lui faisant un clin d'œil. Bon, en tout cas, je suis heureuse que notre bon vieux copain poilu ait su briser la glace. Je n'en espérais pas moins de lui ! Hein mon Pixou ?! s'exclama-t-elle en s'agenouillant pour câliner l'intéressé.

Julien reprit son souffle et attrapa un torchon pour éponger les dégâts.

— Tu ne perds rien pour attendre, chipie…

Chapitre 11

La première semaine chamoniarde d'Isa touchait presque à sa fin et elle avait le sentiment de ne pas avoir avancé d'un pouce dans sa mission. Bien sûr, ses rapports avec Matthias étaient devenus plus cordiaux, le père et le fils l'avaient même invitée plusieurs fois à leur table au déjeuner et au dîner, alors que ces repas n'étaient officiellement pas compris dans sa location. Mais Philippe avait argué, en accord avec son fils, que s'il y en avait pour deux, il y en avait aussi pour trois. Ces réunions autour de bons repas lui avaient permis d'apprendre ce dont souffrait le père de Matthias. Philippe lui avait révélé, sans fausse pudeur, les séances de dialyse péritonéale auxquelles il se soumettait plusieurs fois par jour, le régime draconien qu'il suivait. Sa maladie avait été diagnostiquée sur le tard parce que, de son propre aveu, il ne s'était jamais réellement préoccupé de sa santé. Durant ses confessions, Matthias était resté silencieux, le regard perdu dans le vide. S'il n'approuvait pas que son père parle ainsi du mal qui le rongeait à une inconnue, en tout cas, il n'en avait rien montré.

Le sujet de la publication du manuscrit du jeune homme n'avait pas été remis à l'ordre du jour. À vrai dire, trop heureuse d'avoir désormais des échanges agréables avec celui-ci, Isa n'osait pas en reparler, de peur de jeter de l'huile sur le feu. Il fallait pourtant qu'elle trouve un moyen pour le convaincre qu'il avait tout intérêt à accepter la proposition de L'Escapade littéraire. Il lui restait officiellement un peu plus de quatre semaines pour le faire, mais elle craignait que la patience de sa hiérarchie ait ses limites. Érick Schneider attendait des résultats. Il lui avait fait confiance, alors qu'il aurait pu envoyer une personne plus expérimentée. Si elle échouait, il y avait un risque certain que non seulement la promotion lui passe sous le nez, mais qu'elle soit mise un temps « au placard », voire à plus ou moins long terme, poussée vers la sortie.

Sophie et Philippe partageaient le même objectif qu'Isa, mais ils n'étaient pas assez proches d'elle pour apaiser ses craintes et lui donner des conseils. D'autant plus que pour eux aussi le sujet avait été décrété tabou par Matthias. Ils n'étaient donc d'aucun secours, même si Isa savait avoir leur soutien inconditionnel. La jeune infirmière était venue plusieurs fois au chalet dans la semaine, plus souvent qu'à son habitude selon ses propres dires. Elles avaient chaque fois pu discuter et cela avait été un réel plaisir pour Isa de passer ces moments avec elle, comme elle aurait pu le faire avec une amie.

Julien était venu rendre visite à Matthias et Philippe aussi de temps en temps, la saluant de loin et laissant gambader Pixel à sa guise. La crainte qu'elle avait eue, au tout début, de cette grosse boule de poils s'était évaporée comme neige au soleil. Elle n'était pas encore prête pour « la minute câlin », mais acceptait volontiers que l'animal pose sa tête sur ses cuisses lorsqu'elle lisait, assise sur un des transats à l'extérieur, et le caressait, presque machinalement. Le chien respectait son rythme, il ne la brusquait pas et tout se passait bien entre eux désormais.

Isa resserra sa prise sur sa tasse de chocolat chaud. Il faisait plus frais ce jour-là, mais s'asseoir sur la terrasse lui faisait du bien, l'appel de la nature était trop présent entre ces jolies montagnes pour qu'elle renonce à mettre le nez dehors.

— Bonjour !

La jeune Parisienne se retourna pour faire face à l'arrivante qui la saluait.

— Bonjour mademoiselle… Sophie, dit-elle en souriant. Je suis désolée, je ne connais toujours pas votre nom de famille, admit-elle.

— Charpentier. Mais Sophie me convient très bien. Je me disais même qu'on pourrait se tutoyer…

Elle prit place sur le banc entourant la petite table aux côtés d'Isa et celle-ci lui sourit en signe d'assentiment.

— Bien sûr. Donc… ça y est, tu es en congé ?

— Oui, enfin ! s'exclama Sophie. J'adore mon métier, mais j'ai vraiment besoin de vacances… Et toi, est-ce que tu parviens quand même à profiter un peu des tiennes ?

Isa grimaça.

— Pas vraiment… J'ai du mal à me déconnecter du travail.

— Oui, je comprends. Tes congés sont… un peu studieux, c'est vrai. Tu as l'impression d'avancer avec Matthias ?

— Non, je n'ai fait aucun progrès depuis la dernière fois que tu m'as posé la question, plaisanta-t-elle. En fait, je n'ai pas remis le sujet sur le tapis… Je ne veux pas lui mettre la pression, et en même temps, j'en subis moi-même un peu de la part de ma hiérarchie… C'est dingue, je m'étais dit que je n'oserais absolument pas parler de ça avec toi ou le père de Matthias, mais… Je ne sais pas comment tu fais, c'est tellement facile de se laisser aller avec toi…

Sophie lui offrit son plus beau sourire.

— Il ne faut pas hésiter, au contraire. Après tout, c'est un peu ma faute si tu es là. Toi, Philippe et moi, on est dans le même bateau. Nous avons tous les trois à cœur que cette histoire soit publiée.

— Tu l'as lue ?

La jeune infirmière hocha la tête, le regard troublé. Il était clair qu'elle aussi avait été émue par les mots de Matthias.

— Monsieur Lacroix m'a parlé de son insuffisance rénale, déclara soudain Isa. J'ai relu le manuscrit de Matthias hier et à la lumière de cette information, j'ai été encore plus touchée par l'histoire qu'il a écrite. Bien sûr, j'ai toujours eu le sentiment qu'il connaissait bien son sujet, mais… ça donne encore plus de profondeur et de valeur à son récit…

— Oui, il y a une grosse part de non-fiction, c'est vrai, mais si Matthias avait voulu écrire un texte complètement autobiographique, il aurait mentionné d'autres choses de sa vie. Or, il ne l'a pas fait. Cela me conforte dans l'idée qu'il souhaite inconsciemment la publication de cette histoire, sinon pourquoi omettre tout un pan de la réalité ?

— Tu veux dire qu'il y a certains points qu'il préfère garder pour lui parce qu'ils sont beaucoup trop intimes pour être relatés dans un livre destiné à être rendu public ?

— C'est ça. Des moments de sa vie… très pénibles. Je suis désolée, Isa, je ne peux pas en révéler davantage.

— Je ne te le demande pas, assura celle-ci, compréhensive.

Isa ne poserait pas de questions, non. Elle ne se sentait aucune légitimité à le faire ni à recevoir des réponses sur un sujet que Matthias voulait garder pour lui. C'était son jardin secret, ses blessures, quelque chose qu'il n'était pas prêt à partager avec n'importe qui et elle le respectait. Bien qu'il n'ait pas encore atteint la trentaine, cet homme semblait avoir déjà terriblement souffert, c'était un écorché vif, un être doté d'une sensibilité extrême. Sans doute sa plus grande richesse et probablement ce qui la touchait le plus.

La jeune femme releva la tête et surprit Sophie qui l'observait, l'air pensif.

— Tu veux me demander quelque chose ?

— Hum… en fait… Mon frère m'a parlé de votre première… rencontre et… Je me demandais moi aussi quel était ton prénom… Mais laisse tomber ! Je me contenterai d'Isa, sourit-elle.

Cette dernière se mordit la lèvre. La plupart des gens l'appelaient « Isa » et cela lui convenait. Très peu de personnes, à part Julien Charpentier, se montraient insistantes pour connaître son prénom dans son intégralité. La curiosité de Sophie était piquée, mais elle ne s'obstinait pas, contrairement à son frère.

— Je ne l'utilise que très peu, seulement pour l'administration en fait. En réalité, il m'a posé des problèmes à une période de ma vie, alors… en général, j'évite de le mentionner.

Le regard de Sophie était bienveillant et l'engageait à poursuivre sans la forcer. Après tout, qu'est-ce que cela changerait de lui donner son état civil ? De l'eau avait coulé sous les ponts depuis la fin du collège et l'amie des Lacroix n'était pas du genre à se moquer d'un prénom, elle en était certaine.

— Isadora… Mon prénom est Isadora.

Les lèvres de Sophie s'étirèrent en un large sourire.

— Je le trouve vraiment magnifique… Il n'est pas courant, certes, mais j'ai du mal à comprendre pourquoi il t'a posé des problèmes.

Isa se perdit quelques instants dans la contemplation du contenu de sa tasse. Elle n'avait pas reparlé de tout ça depuis si longtemps… Même avec ses parents, le sujet était devenu tellement tabou qu'eux-mêmes n'osaient plus l'appeler « qu'Isa ». Aborder cette période de sa vie lui était douloureux et faisait remonter des tas de choses désagréables, mais Sophie était peut-être la bonne personne… Elles avaient vite sympathisé et la jeune femme était quelqu'un de généreux et très à l'écoute des autres, mais elles se connaissaient depuis si peu de temps… En outre, elle n'était pas certaine de pouvoir aller jusqu'au bout de son récit sans se mettre à pleurer. Plus d'une décennie était passée, mais ces souvenirs-là lui faisaient toujours aussi mal.

— Excuse-moi, Isa, murmura Sophie en posant la main sur son bras. Je ne veux pas t'obliger à me raconter quoi que ce soit si tu n'en as pas envie. Je vois bien que tu es chamboulée, pardon.

Isadora glissa, de ses doigts légèrement tremblants, une mèche de cheveux derrière son oreille. Comment cette histoire arrivait-elle à avoir encore autant d'impact sur elle aujourd'hui ? Elle était adulte désormais, mais dès qu'elle y repensait, elle redevenait cette adolescente de treize ans traumatisée… Peut-être était-il temps d'exorciser ses démons…

Chapitre 12

Mon nom est Isadora Marquez. Je suis née le 9 février 1991 à Lyon, à exactement 2 h 32 du matin, selon ma mère. Ma mère a toujours eu une précision d'horloger, alors si elle affirme que j'ai pointé le bout de mon nez à cette heure-là, on peut lui faire confiance !

Je tiens mon prénom de mon aïeule, la mère de mon papa : Isadora Maria Marquez. Je l'ai très peu connue, finalement, puisque j'avais huit ans et demi lorsqu'elle est décédée le 11 août 1999, le jour même de cette fameuse éclipse solaire qui a été plus ou moins visible selon l'endroit où l'on se trouvait de par le monde. Mon père m'a dit ce jour-là que c'était la dernière blague de sa Mama. Elle avait éteint la lumière dans le ciel pour que les imbéciles se cognent dans les meubles. Mais dans ma tête d'enfant, c'était surtout pour que nous, ceux qui l'aimaient et à qui elle manquerait le plus, ne la voyions pas partir et soyons moins tristes.

J'ai passé très peu de temps avec elle de son vivant puisqu'elle résidait en Espagne et que moi et mes parents ne nous y rendions que trois semaines par an durant les grandes vacances d'été. Mais ces moments-là, s'ils étaient rares, n'en étaient pas moins précieux et inoubliables, car ma grand-mère était la femme la plus formidable du monde et j'ai toujours été fière de porter son prénom. Oui, immensément fière jusqu'à ce que…

Les gens de ma génération et ceux d'après, ainsi que leurs parents, comprendront ce qui va suivre sans aucun problème.

En 2001, en France, une petite fille sud-américaine espiègle et férue d'aventures a fait son apparition sur nos écrans de télévision : *Dora l'exploratrice*[1]. Et si au début je trouvais cocasse d'avoir en commun avec la nouvelle idole des enfants mon surnom et mon nom de famille, ces similitudes sont vite devenues mon cauchemar au collège, notamment en quatrième, l'année scolaire que je qualifierais de « la pire année de ma vie ».

Je franchis la grille du collège à toute vitesse, le regard rivé sur l'asphalte qui me semble soudain présenter un grand intérêt. Je les ai repérées, à droite, au fond du préau, et je sais qu'elles m'ont vue aussi. Mais j'essaie de me convaincre qu'aujourd'hui elles auront d'autres chats à fouetter, qu'elles trouveront une distraction beaucoup plus passionnante que ma petite personne.

Quelle naïveté ! Je suis leur souffre-douleur préféré depuis plusieurs mois, il y a peu de chances pour qu'elles me laissent tranquille. Mais je continue à marcher pour me rendre directement jusqu'à la salle de classe. Depuis que je suis leur jouet, je m'applique à arriver systématiquement cinq minutes avant le début des cours, pas une de plus ou de moins. Une fois dans la place, je me sens en sécurité, inattaquable, parce que je sais qu'elles n'oseront rien tenter devant le professeur ou les autres élèves.

Je ne suis qu'à quelques mètres de la salle 102, je distingue la porte grande ouverte au bout de ce couloir qui me paraît

1. *Dora l'exploratrice* est une série télévisée d'animation américaine, à caractère ludique et éducatif, diffusée dès 2001 en France. Elle relate les aventures d'une fillette de sept ans, accompagnée, entre autres, de son ami singe, Babouche. (*NdA*)

soudain interminable. Mon cœur se met à battre plus vite, car j'entends des pas précipités dans mon dos.

— Hep ! Dora la nunuche ! Où tu cours comme ça ?! m'interpelle une voix que je ne connais que trop bien.

Je m'apprête à presser le pas lorsque je sens deux paires de bras me tirer en arrière et me soulever. Je suis grande, mais plutôt du genre brindille et face à mes trois bourreaux, je ne fais pas le poids. Elles m'entraînent contre mon gré dans la cage de l'escalier de secours, généralement désert à cette heure-ci, referment la porte coupe-feu derrière nous et me poussent sans ménagement sur le sol.

— Tu sais bien que c'est pas la peine d'essayer de la jouer discrète, on te retrouvera toujours ! ricane Leslie, la cheftaine du trio.

Elle s'approche de moi. Je ne dis rien. Je ne veux pas lui donner de raison supplémentaire de me rabrouer, je préfère donc attendre de voir quel sort elle me réserve aujourd'hui. Elle s'accroupit face à moi et je recule, instinctivement. Elle tend le bras et saisit une des mèches de mes longs cheveux noirs que, pour une fois, j'ai laissés détachés.

— Alors, on veut faire sa belle, aujourd'hui, Dora cracra ? Mais tu es moche comme un pou ! Tu es aussi laide et bête que cette idiote dans le dessin animé, ma pauvre ! Y a que Babouche qui voudrait de toi, me crache-t-elle au visage. En même temps, c'est normal, pour une guenon, se marre-t-elle, bientôt imitée par ses deux congénères.

Elle me fixe méchamment.

— Tu as perdu ta langue, crevarde ?!

Tremblante, je me contente de secouer frénétiquement la tête. Leslie se relève et laisse tomber son sac de son dos d'un mouvement d'épaule puis l'ouvre pour en extirper sa trousse. Quelques secondes plus tard, je regarde avec horreur une paire de ciseaux se matérialiser devant mes yeux. Malgré la peur qui m'envahit, la surprise est telle que je ne peux pas m'empêcher de lui demander en bafouillant :

—Mais… mais… tu veux faire quoi avec ça ?!

—La ressemblance sera vraiment parfaite quand j'aurai taillé là-dedans, raille-t-elle en tirant violemment sur mes cheveux, m'arrachant un cri.

Leslie se retourne alors vers ses comparses.

— Tenez-la et faites-la taire ! J'ai pas envie qu'elle rameute tout le monde en braillant comme une truie !

L'une des deux filles se glisse ainsi derrière moi et me crochète les bras dans le dos tandis que l'autre plaque fermement sa main sur ma bouche. J'entre littéralement en panique en voyant les lames des ciseaux s'approcher de ma chevelure. Je peine à respirer, car les doigts posés sur mes lèvres obstruent aussi mes narines et l'air commence à me manquer. Mes jambes sont bloquées par Leslie qui s'est assise sur elles pour mieux accomplir son forfait. Je ne vois pas ce qu'elle fait, mais les coups de ciseaux partent dans tous les sens, il est évident qu'elle massacre mes cheveux et que le résultat n'aura rien à voir avec la coiffure de cette petite exploratrice que je maudis en cet instant de toutes mes forces.

Je la déteste, mais pas autant que celle que je suis en cette minute… une ado de treize ans faible et lâche.

Je ne suis jamais revenue au collège après ce jour-là. En fait, dès que Leslie a été satisfaite du résultat, elle et ses deux acolytes sont parties en riant et je ne les ai pas revues. Je suis rentrée à la maison. Impossible pour moi d'aller en cours dans l'état où j'étais, pas seulement à cause de cette nouvelle coupe que je me refusais absolument à regarder et à toucher, mais parce qu'après être demeurée une bonne heure complètement tétanisée sur le sol dur et froid, je ne désirais qu'une chose : utiliser les forces qui me restaient pour rentrer chez moi et ne plus en sortir. Jamais.

Je n'ai pas voulu avouer à mes parents qui m'avait fait ça. À vrai dire, j'ai affiché un mutisme obstiné pendant plus de deux semaines après l'événement. La seule perspective de retourner en cours me donnait des crises d'angoisse. J'ai tenté de persuader mon père et ma mère d'entamer une procédure pour que je puisse changer de prénom, car au bout d'un moment, j'ai fini par leur avouer le calvaire que je subissais depuis mon entrée en quatrième. Mais ils n'ont rien voulu entendre. Ils ont juste accepté de ne plus m'appeler Isadora ou Dora.

Ils ont fait en sorte que je puisse poursuivre ma scolarité à la maison et au bout de plusieurs mois, nous avons quitté Lyon pour Grenoble.

Nouvelle vie, nouveau départ. Dora l'exploratrice est partie aux oubliettes. Certains professeurs me sollicitaient toujours par mon prénom, quand d'autres préféraient employer plus solennellement le « mademoiselle Marquez », alors j'ai serré les dents. Ce prénom que j'avais tant adoré, parce qu'il était aussi celui de ma grand-mère, j'ai fini par le détester. Et puis les années ont passé. J'ai toujours beaucoup de mal à l'entendre... et à le prononcer, mais je vis avec, j'y suis bien obligée.

Chapitre 13

Sophie avait écouté Isadora sans l'interrompre, consciente qu'il était ô combien difficile pour elle de trouver le courage d'aller jusqu'au bout de son histoire. Depuis qu'elle avait fait sa connaissance quelques jours plus tôt, elle avait le sentiment que la jeune femme était forte et sûre d'elle. C'est du moins ce qu'elle dégageait, de l'extérieur. À présent qu'elle la voyait ainsi, totalement ébranlée par ces souvenirs qu'elle était allée chercher très loin au fond de son cœur, Sophie se dit que, décidément, les apparences étaient parfois trompeuses. Elle n'eut qu'une envie : la prendre dans ses bras et lui affirmer qu'à présent tout irait bien. Ce qu'elle fit, sans vraiment y réfléchir.

Elle pensa alors à son frère Julien. Comme elle le lui avait assuré, il se méprenait au sujet d'Isa. Elle n'avait absolument rien d'une fille superficielle et hautaine, bien au contraire. Si on se donnait la peine de gratter un peu la surface, on découvrait quelqu'un de profondément humain et touchant. Elle gagnait à être connue, indubitablement.

— Je suis désolée, hoqueta Isa en reniflant. Ça ne m'arrive jamais de craquer comme ça…

— C'est peut-être parce que tu es constamment dans le contrôle, c'est épuisant… Tu accumules un trop-plein d'émotions et puis, au bout d'un moment, les vannes cèdent, c'est normal.

— Je n'en avais jamais reparlé à qui que ce soit…

— Je suis heureuse que tu te sois ouverte à moi. Ta confiance me touche énormément, Isa…

Les deux jeunes femmes se fixèrent un long moment en souriant avant que des pas se fassent entendre sur le bois de la terrasse.

— Je dois avoir l'air d'un panda, chuchota Isadora en essuyant maladroitement le mascara qui avait coulé sur ses joues.

Matthias approcha de la table où elles étaient installées et se pencha pour faire la bise à Sophie.

— Tu es là depuis quand ? Je ne t'ai pas entendue arriver…, déclara-t-il avant de considérer la jeune Parisienne. Ça ne va pas, mademoiselle Marquez ?

— Isa, appelez-moi, Isa, s'il vous plaît… C'est rien, une grosse poussière dans l'œil, je vais réparer les dégâts, plaisanta-t-elle en évitant son regard avant de s'éclipser à l'intérieur du chalet.

Matthias la regarda s'éloigner, s'assit à sa place et jeta un coup d'œil interrogateur à Sophie.

— Elle va bien ?

De toute évidence, l'excuse de la poussière dans l'œil était un peu trop énorme pour le convaincre.

— Je crois qu'elle avait juste besoin de parler… pour évacuer des choses qui lui pesaient.

Le jeune homme se mordit légèrement la lèvre inférieure, soudain inquiet.

— C'est moi ? C'est parce que je ne veux pas publier mon histoire ?

— Quoi ? Non, pas du tout Matthias, ça n'a absolument rien à voir, je t'assure ! affirma Sophie, la main posée sur celle de son ami. Elle s'est confiée à moi… à propos de quelque chose en lien avec son passé. Tu n'es pas concerné, je te jure, ajouta-t-elle en souriant.

Mais le pli soucieux sur le front de Matthias demeura.

— Je ne me suis pas vraiment excusé pour l'accueil que je lui ai réservé…

Sophie soupira et leva les yeux au ciel.

— Elle ne t'en tient pas du tout rigueur… Elle a même déjà oublié ! surenchérit la jeune femme. Matthias, ne te mets pas la rate au court-bouillon, son coup de blues n'est pas dû à ton attitude de l'autre soir.

C'était du Matthias tout craché : s'inquiéter pour tout le monde, même pour une personne qu'il ne connaissait pas une semaine auparavant. Il avait toujours agi ainsi et c'était l'une des choses qu'elle appréciait le plus chez lui, son empathie et sa gentillesse. Et cette gueule d'ange qui faisait qu'on ne pouvait jamais lui en vouloir pour quoi que ce soit… même pas son caractère un tantinet ronchon.

— N'empêche que j'ai été dur avec elle. Ces larmes-là ne sont peut-être pas de mon fait, mais je suis certain que ça ne l'a pas aidée…

Sophie observa son ami. En une semaine, Matthias semblait avoir pris quelques années, comme si la maladie de son père avait également des répercussions sur son propre corps. Les traits tirés par la fatigue et les soucis, le jeune homme paraissait en proie à des démons intérieurs qui ne lui laissaient aucun répit. Cela lui faisait mal au cœur de le voir ainsi.

— J'ai l'impression que tu es au bord des larmes, toi aussi, Matthou, et je n'aime pas du tout ça…

Matthias lança un regard surpris à Sophie avant de lui sourire et de passer un bras autour de ses épaules pour l'attirer contre lui. Il déposa affectueusement un baiser sur son front. Elle se blottit contre son torse pour lui insuffler autant de réconfort et de tendresse qu'elle le pouvait. Ce genre de câlins, elle ne les partageait pas qu'avec Julien, lui aussi était un privilégié. Les deux garçons avaient toujours eu une valeur inestimable à ses yeux. Chacun à sa façon.

Isadora tourna et se retourna dans son lit une bonne partie de la nuit et lorsque le sommeil vint enfin la cueillir, ce fut pour la tourmenter avec un cauchemar bien trop réaliste à son goût dont elle se réveilla en criant. S'être confiée à Sophie sur le harcèlement qu'elle avait subi avait ravivé des souvenirs qu'elle aurait préféré ne jamais voir revenir à la surface. Sur le moment, cela lui avait fait du bien de s'épancher auprès de la jeune infirmière, comme si libérer son cœur de cet événement de son passé l'avait allégée d'un énorme poids, un poids qu'elle portait depuis bien trop longtemps sur ses frêles épaules. Malheureusement, désormais, elle ne pensait plus qu'à ça, même lorsqu'elle sombrait dans l'inconscience du sommeil.

Elle espérait n'avoir dérangé personne dans la maisonnée à la suite de son réveil retentissant. Après s'être assurée que le silence régnait encore dans l'immense chalet, elle abandonna, résignée, sa couche et sortit pour rejoindre la cuisine. Matthias lui avait indiqué qu'elle pouvait à sa guise se préparer un en-cas à toute heure du jour et de la nuit. Elle songea alors qu'un peu de lait chaud avec du miel, qu'elle avait déjà repéré dans un des placards, lui ferait le plus grand bien. Un remède de grand-mère que lui servait souvent sa mère lorsqu'elle était petite et qu'elle ne parvenait pas à s'endormir.

Elle descendit l'escalier sur la pointe des pieds en s'éclairant à l'aide de son portable. Dans la cuisine, elle dénicha un mug sur une étagère et attrapa les ingrédients indispensables à la mixture réconfortante. Après avoir fait chauffer le lait au micro-ondes, elle y ajouta une généreuse cuillérée à café de miel avant de lécher l'ustensile avec gourmandise. Elle n'avait jamais su résister à ce délicieux nectar.

Isadora prit place sur l'une des chaises et remonta ses jambes pour s'installer en tailleur. La position n'était pas des plus confortables, mais même avec ses chaussettes, elle ressentait le froid du carrelage s'immiscer par tous les pores de sa voûte plantaire. Elle avala une première gorgée, brûlante, mais apaisante, et profita quelques instants du calme des lieux avant de percevoir des pas dans l'escalier.

Zut, j'ai dû réveiller, Matthias…

Philippe dormant au rez-de-chaussée, cela ne pouvait être lui. Elle tenta de se composer une mine neutre. Depuis qu'il avait entrevu ses larmes dans la matinée sur la terrasse, il n'avait pas cessé de l'observer à la dérobée chaque fois qu'ils s'étaient retrouvés à proximité l'un de l'autre. Mais il ne lui avait posé aucune question, même s'il était clair qu'il n'avait pas cru une seconde à l'excuse de la poussière dans l'œil. Isadora était certaine que Sophie n'avait rien révélé de ses confidences, il devait donc s'interroger sur la raison de son soudain accès de mélancolie.

Matthias apparut quelques secondes plus tard, vêtu d'un jogging gris et d'un sweat qu'il avait sûrement enfilé à la va-vite étant donné sa mise de guingois. Son visage chiffonné trahissait un réveil brutal. Isa le fixa d'un air penaud.

— J'ai fait trop de bruit ? Je vous ai sorti du lit, désolée…

Il vint s'asseoir sur la chaise à l'opposé de la jeune femme en souriant timidement.

— Non, j'ai le sommeil léger. J'ai cru entendre quelqu'un crier…

Isadora se sentit rougir et tritura nerveusement une mèche de ses cheveux.

— J'ai fait un cauchemar, donc… il est possible que j'aie crié.

Il l'observa quelques secondes, indécis.

— Un rapport avec… la poussière d'hier ?

— Je ne suis pas une très bonne menteuse…, avoua-t-elle avec un sourire gêné.

— Vous avez le droit de ne pas désirer me confier vos humeurs, vous savez. Je ne vais pas me vexer. Cela m'a juste un peu… perturbé de vous voir comme ça. Je me disais que mon attitude peu engageante avec vous à votre arrivée y était peut-être pour quelque chose…

Isadora lui jeta un regard étonné.

— Oh… non, rassurez-vous, ce n'est absolument pas pour ça ! À vrai dire, je ne vous en veux pas du tout, et puis vous vous êtres bien rattrapé depuis, le taquina-t-elle.

— Vous n'êtes pas responsable des actes de mon père… ni de ceux de Sophie. Je n'aurais pas dû vous claquer la porte au nez et vous parler comme je l'ai fait, je suis sincèrement désolé.

— Excuses acceptées. Vraiment, c'est oublié.

— Merci…

Un silence gêné s'installa pendant quelques secondes avant que Matthias reprenne la parole.

— Vous vous sentez mieux ?

— Déterrer de vieilles histoires a toujours de désagréables conséquences… comme les cauchemars. Tout va finir par rentrer dans l'ordre, je dois juste… arrêter d'y penser. Et puis Sophie a été vraiment géniale. Et dire qu'il y a une semaine, je ne la connaissais pas ! J'aurais pu, pourtant, quand on y songe. Après tout, nos vies nous ont toutes les deux conduites à Grenoble…

— À Grenoble ? Comment ça ? demanda Matthias, légèrement troublé.

— Je suis née à Lyon, mais j'ai emménagé à Grenoble avec mes parents quand j'avais quatorze ans. Je suis partie à Paris plus tard pour mes études supérieures.

Le jeune homme sentit les battements de son cœur s'accélérer. Et si cette impression de déjà-vu venait de là ? De là… et de cette époque maudite ?

— Vous étiez dans quel lycée ? En quelle année ? articula-t-il, la voix mal assurée.

Isadora fronça les sourcils, un peu déstabilisée par la soudaine réaction de son interlocuteur. Ses mains tremblaient légèrement, comme si un sentiment de panique le gagnait peu à peu. Elle lui répondit néanmoins.

— Je suis entrée en seconde au lycée Champollion en septembre 2006… Pourquoi cette question ? Matthias, vous allez bien ? s'enquit-elle en le voyant devenir blanc comme un linge.

Non… non, il n'allait pas bien du tout. Ce visage, il se le remémorait à présent avec beaucoup plus de netteté, une dizaine d'années plus tôt, dans les couloirs de ce lycée, lors de cette première année de terminale qui avait viré au cauchemar. Il la reconnaissait. Elle avait les cheveux plus courts à l'époque, mais ses traits étaient restés les mêmes. La belle Isa… La douce moitié de son tourmenteur…

Chapitre 14

Que le monde était petit !

Lorsque Isa avait fait part de ses mésaventures au collège à Sophie, c'était immédiatement ce qu'avait pensé cette dernière en son for intérieur. Combien de chances y avait-il que la jeune femme ait été, à l'instar de Matthias, victime de harcèlement et que leurs chemins se croisent, ici, à Chamonix ? Bien sûr, il y avait malheureusement nombre d'enfants et d'adolescents qui subissaient ce genre de tourments, bien plus qu'on l'imaginait, mais tout de même… C'était d'autant plus incroyable qu'Isadora était elle aussi originaire de cette région et qu'elle était venue s'installer à Grenoble. Le cauchemar de Matthias avait pour ainsi dire commencé quand celui d'Isa avait pris fin…

Sophie n'en avait bien évidemment pas fait mention devant la jeune femme. C'était l'histoire personnelle de Matthias et il ne lui appartenait pas de décider d'en parler à sa place, surtout à une quasi-étrangère. C'était un pan de son existence qu'il préférait oublier, tout comme Isadora avait remisé cet épisode de sa vie au plus profond de son subconscient. Ils l'ignoraient tous les deux, mais ils avaient beaucoup plus de points communs qu'ils le pensaient.

Lorsque Sophie était rentrée ce soir-là, Julien n'avait pas manqué de remarquer que quelque chose la préoccupait, mais elle avait tenu bon et ne lui avait rien révélé des confidences d'Isadora. Isadora… Lui qui cherchait encore à deviner comment se nommait réellement « la Parisienne », comme il l'appelait… Il aurait pourtant adoré ce prénom autant qu'elle, elle en était persuadée. La jeune infirmière avait toujours tout partagé avec Julien, il était à la fois son frère et son meilleur ami, mais ce secret n'était pas le sien, il devrait donc se contenter de ce diminutif, tant qu'Isa ne déciderait pas de lui donner elle-même son état civil, ce qui, à son humble avis, n'était pas près d'arriver !

Les mots restèrent bloqués au fond de sa gorge. Matthias avait la désagréable impression de revenir onze ans en arrière. Isa ne comprenait pas ce qui était en train de se passer, quoi de plus normal… ELLE, ne l'avait pas reconnu. Comment aurait-elle pu ? Il avait énormément changé depuis cette époque : une coupe de cheveux aux antipodes de celle qu'il arborait en ce temps-là (des cheveux bouclés qui lui arrivaient aux épaules) et surtout… SURTOUT, près de soixante kilos en moins. Qui aurait pu voir en ce jeune homme athlétique qu'il était aujourd'hui l'adolescent obèse et mal dans sa peau qu'il était alors ? Personne… à part ceux qui lui étaient très proches et qui l'avaient toujours côtoyé. Sophie, Julien, son père… Ce petit cercle de privilégiés qui savaient tout de lui, absolument tout.

— Matthias ?

Isa le fixait avec inquiétude. Que pouvait-il lui répondre ? À cet instant, il était incapable d'émettre le moindre son, comme paralysé. Et s'il restait là sans proférer un mot, en ayant l'air d'être à deux doigts de faire un malaise, elle allait finir par appeler les secours, ou pire, son père. Et il était hors de question qu'elle le réveille. Aujourd'hui Matthias était adulte, il était fort, il ne pouvait pas une nouvelle fois se montrer faible devant lui…

Le jeune homme se contenta de prendre de longues inspirations en tournant lentement sa tête de droite à gauche pour lui signifier que… non, il ne se sentait pas vraiment bien, mais qu'il ne pouvait pas lui parler. Il quitta sa chaise, les jambes un peu flageolantes, et commença à se diriger d'un pas chancelant vers la sortie.

— Vous voulez que j'appelle quelqu'un ? Un médecin… Votre père ? ajouta-t-elle, complètement perdue, après une hésitation.

— Non !

Matthias ignorait où il avait trouvé la force de prononcer, ou plutôt de crier, ce mot. Sans doute l'énergie du désespoir : surtout, ne pas prévenir son père. Le volume sonore de ce « non » avait dû surprendre la jeune femme, car elle ne put s'empêcher de sursauter. De mieux en mieux, voilà qu'il lui faisait peur maintenant, quelle ironie !

Isadora avait regardé Matthias quitter le rez-de-chaussée pour rejoindre l'étage sans tenter quoi que ce soit. Les événements qui venaient de se dérouler devant ses yeux avaient du mal à faire sens dans son esprit. Qu'avait-elle dit ou fait qui avait provoqué une telle réaction chez Matthias ? On l'aurait cru sur le point de s'évanouir. Toute couleur avait déserté son visage, il tenait à peine debout et semblait manquer d'air. Une crise d'angoisse ? Certains symptômes l'évoquaient, mais il y avait autre chose et puis… pourquoi se mettre dans un tel état ? Les paroles d'Isadora étaient tout ce qu'il y avait de plus neutre, elle avait seulement mentionné le nom de son lycée…

Isa réfléchit quelques secondes. Matthias était originaire de cette région et il avait deux ans de plus qu'elle… Se pouvait-il qu'ils aient fréquenté le même établissement ? Oui. Mais dans ce cas-là, pourquoi ne pas tout simplement le lui confesser ? Sa réaction était pour elle totalement incompréhensible.

Elle aurait aimé obtenir une explication, cependant il était clair que pour le moment, il était incapable de la lui fournir ; elle était donc condamnée à passer le reste de sa nuit à ressasser leur conversation. Le sommeil risquait fort d'être de nouveau aux abonnés absents…

Philippe quitta sa chambre après sa première séance de dialyse de la journée, inquiet de ne pas encore avoir eu la visite de son fils. Il se dirigea péniblement vers la salle de sport que ce dernier s'était aménagée au sous-sol, mais ne l'y trouva pas et son malaise grandit. Matthias ne dérogeait jamais à son rituel quotidien et si jamais il lui prenait l'envie de faire une bonne marche, il le prévenait toujours. S'il ne l'avait pas encore vu, c'était mauvais signe, cela signifiait qu'il n'allait pas bien… pas bien au point de ne pas quitter sa chambre à l'étage.

Au moment où il se décidait, résigné, à grimper courageusement les marches de l'escalier, il croisa Isa qui les descendait.

— Oh, bonjour, Isa. Dites-moi, vous n'auriez pas vu mon fils ce m… Mince, vous avez une tête à faire peur, s'interrompit-il en considérant sa mine défaite. Vous n'avez pas dormi ?

— Très peu… Et non, je n'ai pas vu Matthias ce matin, mais…

Elle hésita. Cette nuit, le jeune homme semblait appréhender que son père soit mis au courant de son malaise. Devait-elle lui en parler ?

— Mais ?

Elle poussa un soupir. Elle n'avait pas le choix, il fallait qu'elle l'en informe. De toute façon, il finirait bien par se rendre compte que quelque chose perturbait son fils.

— À vrai dire, je l'ai croisé cette nuit, dans la cuisine. Nous avons discuté un peu et… je ne sais pas, à un moment, j'ai vu qu'il n'allait pas bien. Il est devenu très pâle, a été pris de légers tremblements et il est remonté dans sa chambre sans plus d'explications. Tout ce qu'il a réussi à exprimer, c'est son refus que j'aille vous réveiller…

Ce fut au tour de Philippe de perdre ses couleurs. Sans plus réfléchir, il mit un pied sur la première marche.

— Monsieur Lacroix, je peux vous poser une question ?

L'intéressé interrompit son geste et se tourna vers Isa, partagé entre la politesse dont il voulait faire preuve et l'urgence d'aller retrouver son fils. Il attendit néanmoins qu'elle formule son interrogation.

— Est-ce que Matthias était scolarisé au lycée Champollion de Grenoble ?

Philippe eut un léger mouvement de recul. Tout s'expliquait. Si leur discussion les avait amenés à mentionner l'ancien lycée de son fils, alors il n'y avait rien d'étonnant à ce qu'il se cloître pour ruminer. Le père de Matthias se contenta de hocher la tête et, pris d'une vigueur inattendue, grimpa les marches quatre à quatre. Isadora hésita quelques secondes avant de lui emboîter le pas. Elle n'eut pas à se demander s'il serait inconvenant ou non de s'incruster dans la chambre de Matthias puisque lorsqu'ils arrivèrent à l'étage, ce dernier venait d'en refermer la porte et se tenait dans le couloir. À voir sa mine chiffonnée et ses yeux rouges, on devinait aisément que sa nuit n'avait pas été meilleure que celle de la jeune femme. Mais pourquoi, bon sang ?

À son grand étonnement, Philippe serra son fils dans ses bras sans plus de formalités. Si le geste de son père le surprit, Matthias lui rendit néanmoins son étreinte. L'espace d'une fraction de seconde, son regard rencontra celui empli d'incompréhension d'Isadora.

— Qu'est-ce qui t'arrive, fiston ?

— Rien, Papa…

— Comment ça, « rien » ?! Isa m'a dit que…

— Pourquoi vous lui en avez parlé ? lança avec contrariété Matthias à la jeune femme.

Celle-ci s'approcha des deux hommes, hésitante.

— Je m'inquiétais pour vous. Cette nuit, vous aviez l'air complètement bouleversé, alors…

— Mais pourquoi avez-vous mentionné le lycée Champollion, Isa, tout à l'heure ?

— Papa…

— Matthias m'a demandé où j'avais fait ma scolarité à Grenoble et…

— Quoi ?! Vous… vous connaissez ? s'exclama Philippe, interloqué.

— Non…

— Oui…

La réponse contradictoire offerte par les deux jeunes gens surprit le père de Matthias, mais pas autant qu'Isadora. Matthias pensait l'avoir côtoyée au lycée ? Comment était-ce possible ? Elle avait beau rechercher ses traits dans sa mémoire, ils ne lui rappelaient rien.

— C'est oui ou c'est non ? s'impatienta Philippe, un peu énervé.

— Isa ne peut pas se souvenir de moi, Papa…, déclara-t-il en adressant à son père un regard appuyé.

Philippe réfléchit quelques secondes.

— Non… évidemment, murmura-t-il. Tu as changé…

— Excusez-moi, Matthias, mais ça n'explique pas votre réaction de cette nuit, je…

— « Matt Bouboule », ça ne vous rappelle rien ? demanda-t-il d'une voix blanche.

Matt Bouboule…

Les mots résonnaient dans sa tête, mais les deux paires d'yeux bleus fixés sur elle ne l'aidaient pas à mettre de l'ordre dans son esprit. Cette expression moqueuse et blessante, elle l'avait déjà entendue, oui. Et Isa n'eut pas à chercher très loin dans sa mémoire pour revoir la scène devant ses yeux ni pour identifier la voix qui avait prononcé ces mots.

Anthony… Matthias!

Elle se souvenait d'un étrange garçon blond à la coiffure un peu bohème, assez grand et souffrant d'une évidente surcharge pondérale. Discret, timoré… La victime idéale pour un harceleur de dix-sept ans en puissance. Elle revit cet instant insoutenable, les coups, les moqueries… et l'humiliation suprême.

Isadora blêmit à son tour. Non, jamais elle n'aurait pu le reconnaître.

— Matthias, tu veux bien m'expliquer ?! s'emporta Philippe. Je ne comprends rien à toute cette histoire.

Le jeune homme soupira et hésita quelques secondes avant de répondre à son père :

— C'était sa petite amie…

— La petite amie de qui, à la fin ?!

— Anthony Verdier, lâcha Isa dans un souffle, les yeux perdus dans le vague.

Le visage de Philippe se crispa de colère. Il posa soudain sur Isa un regard empli de dégoût.

— Vous êtes sortie avec ce petit merdeux ?! Vous faisiez partie de la bande qui harcelait mon fils ?! vociféra-t-il, les narines palpitantes.

— Papa, calme-toi…, essaya de tempérer Matthias.

— Me calmer ?! Jamais de la vie ! Ils t'ont fait tellement de mal que tu as voulu mourir !

Les mots prononcés par Philippe s'enfoncèrent comme un poignard dans le cœur d'Isadora. « Mourir » ?

— Que… comment ça ? bafouilla-t-elle.

Le père de Matthias se tourna vers elle, furieux.

— Mon fils s'est tranché les veines ! cracha-t-il, des larmes dans les yeux. Et c'est vous et vos amis qui l'avez poussé à faire ça !

— Papa, arrête ! cria son fils, bouleversé.

Isadora prit l'accusation en pleine face, complètement anéantie. Comment cet homme, qui la connaissait à peine, pouvait l'attaquer de la sorte ?

— Sortez d'ici !

La jeune femme recula d'un pas. Quoi qu'elle dise, ça ne servirait à rien, il était bien trop en colère pour écouter quoi que ce soit…

— Partez, bon sang !

Chapitre 15

Isa devrait patienter un peu plus d'une heure en gare de Chamonix-Mont-Blanc avant d'avoir un train, mais peu lui importait. Philippe lui avait clairement fait comprendre qu'elle était désormais *persona non grata* au chalet. Elle estimait cette situation profondément injuste, mais elle n'avait pas insisté. Sous le coup de l'émotion, elle avait juste ramassé son sac à main dans l'entrée, abandonnant sa valise et le reste de ses affaires dans la chambre qu'elle occupait depuis son arrivée. Elle trouverait bien un moyen de les récupérer plus tard. Pour l'heure, c'était bien le cadet de ses soucis. Des passants lui jetaient des regards curieux, sûrement à cause des coulures de mascara sur ses joues. Le « look panda » lui collait résolument à la peau depuis la veille !

Ce n'était pas tant la réaction de Philippe qui l'avait bouleversée, mais les mots qu'il avait prononcés, ceux qui lui avaient appris le geste désespéré de Matthias. Elle se souvenait s'être interrogée sur son absence du lycée. Il n'avait pas juste manqué les cours quelques jours après les événements, il n'était plus jamais revenu. Elle s'était longtemps demandé s'il avait déménagé ou changé de lycée, l'idée d'une tentative de suicide ne l'avait pas du tout effleurée. Pourtant, maintenant qu'elle y repensait, ce qu'il avait subi était tellement cruel que peu de personnes s'en seraient sorties sans stigmate.

L'homme qu'elle avait côtoyé pendant une semaine n'avait physiquement rien à voir avec l'adolescent d'alors.

C'était même le jour et la nuit. Il avait dû faire preuve d'une force mentale extraordinaire pour se sortir de tout ça, pour effacer toute trace de celui qu'il avait été et prendre un nouveau départ. Pourtant, il était clair qu'encore aujourd'hui, repenser à cette époque et à la souffrance qu'il avait endurée n'était pas sans conséquence pour lui. Matthias était un homme d'une grande sensibilité, il ne pouvait rien cacher de ses émotions, elle avait d'ailleurs été témoin des manifestations physiques du désarroi qu'il avait éprouvé cette nuit-là.

Elle n'avait pas participé activement au harcèlement qu'il avait subi, mais elle y avait assisté ce jour-là. Elle aurait aimé faire davantage pour le tirer des griffes de son petit ami, mais l'ancienne victime qu'elle avait été l'en avait empêchée. Elle connaissait trop bien ce genre de tourmenteurs pour ne pas les craindre. Si elle avait su dès le départ quel monstre se cachait derrière le visage charmeur d'Anthony Verdier… Si elle avait eu vent de ses desseins ce jour-là, peut-être que tout aurait été différent.

— Réveille-toi, Juju !

Sophie s'escrimait depuis dix bonnes minutes à secouer son frère pour le sortir de son lit. Il était près de midi et ils devaient se rendre chez les Lacroix pour le déjeuner. Elle avait laissé dormir Julien jusqu'à la dernière minute pour rattraper son retard de sommeil. Il avait en effet passé la nuit à finaliser un projet pour un nouveau client plutôt exigeant.

— Hum… C'est bon, arrête de me martyriser, sœurette, j'arrive…, marmonna-t-il, le nez dans son oreiller. C'est pas comme si on avait rendez-vous avec des VIP, non plus, c'est seulement Matthou et Philippe…, ajouta-t-il en s'extirpant de sous la couette pour s'asseoir sur le bord du lit.

— En ce qui me concerne, ce sont des VIP… dans mon cœur en tout cas. Ose prétendre que c'est pas la même chose pour toi ! Allez, active-toi, Pixel s'impatiente !

Les yeux à moitié fermés, Julien scruta d'un air dubitatif le monstre poilu qui le fixait, la langue pendante.

— Escroc, tout ce qui t'intéresse, c'est de voir la belle Isa, hein…, lâcha-t-il, faussement vexé. Y en a plus que pour elle, tu m'oublies, ingrat !

Le molosse jappa et vint poser ses pattes sur les genoux de son maître avant de lui faire cadeau d'un grand coup de langue plein de bave. Le jeune homme éclata de rire.

— Mais oui, Pixou, moi aussi, je t'aime !

Sophie observa la scène, partagée entre l'exaspération et l'attendrissement.

— Vous vous ferez des mamours plus tard, on est à la bourre, là ! lança Sophie avant de quitter la pièce.

— Quel tyran ! chuchota Julien à l'intention de son chien.

— Je t'ai entendu !

— Et en plus elle a des antennes…

Une vingtaine de minutes plus tard, quand Sophie ouvrit la portière arrière de sa petite citadine pour laisser descendre Pixel, elle entendit le « bip » caractéristique de l'arrivée d'une notification sur son téléphone. Julien, qui les avait suivis à moto, était en train de troquer son casque contre son éternel bonnet gris clair lorsqu'il vit sa sœur s'adosser à sa voiture, le smartphone collé à l'oreille et une main sur la bouche.

— Hé, Fifi, ça va ? lui lança-t-il en s'approchant.

Sophie secoua la tête.

— C'est un message d'Isa… Il s'est passé un truc ce matin, elle est partie.

Julien s'immobilisa.

— Quel genre de truc ?

— Une dispute avec Philippe… C'est confus… Je ne comprends pas tout, j'ai l'impression qu'elle pleure… Elle parle de Matthias… Oh non, merde !

Sophie éteignit son téléphone et se dirigea à toute vitesse vers la porte du chalet.

— Tu ne peux pas m'en dire un peu plus ?! s'exclama Julien, sur ses talons.

Elle ne répondit pas et entra comme une fusée en appelant alternativement le père et le fils. Elle trouva Matthias en premier, assis sur l'une des marches de la terrasse menant au jardin, coudes sur les cuisses et la tête entre les mains. Sophie le rejoignit en quelques pas et s'agenouilla face à lui.

— Matthias ? dit-elle doucement.

Le jeune homme se redressa légèrement. Les larmes devaient avoir cessé de couler depuis un certain temps, mais ses yeux rougis trahissaient encore la vague d'émotion qui l'avait submergé dans la matinée. Son magnifique regard bleu était empreint d'une tristesse qui vrilla le cœur de la jeune femme.

— Tu veux nous raconter ce qui s'est passé avec Isa ?

Julien prit place à côté de son ami, bientôt imité par Pixel.

— Hé, Matthou… Tu n'as pas l'air dans ton assiette, constata-t-il, son bras entourant les épaules de son frère de cœur.

Les lèvres de Matthias tremblèrent légèrement.

— Je savais que je l'avais déjà vue avant…, murmura-t-il.

— Vous étiez dans le même lycée, affirma Sophie qui avait réussi à comprendre cette information dans le galimatias du message déchirant d'Isa.

Matthias hocha la tête. Julien fronça les sourcils. Pour une coïncidence…

— Et elle ? Elle se souvenait de toi ? interrogea celui-ci pour la forme.

— Bien sûr que non…

— Et… c'est seulement le fait que vous ayez été tous les deux à Champollion qui a… déclenché tout ça ? insista Sophie.

— Non.

— Où est Philippe ?

La question de Julien prit Matthias au dépourvu.

— Dans sa chambre, il fait sa dialyse.

— Matthou… Isa m'a laissé un message, mais je n'ai pas tout compris. Elle disait que ton père était en colère après elle… Pourquoi ?

— P… parce que…

— Parce qu'elle était la copine de ce petit con de Verdier, voilà pourquoi !

Surpris parce qu'ils ne l'avaient pas entendu arriver, les trois jeunes gens sursautèrent. Seul Julien se leva pour accueillir le père de Matthias.

— Qu'est-ce tu racontes, Philippe ? s'exclama Sophie, incrédule. Tu insinues qu'Isa a joué un rôle dans cette histoire horrible ?!

— Je suis désolé, Sophie, ce sont les faits. Je sais que tu aimes bien Isa, mais…

— Non, c'est pas possible ! rétorqua-t-elle, les yeux brillants. Matthias, est-ce qu'elle s'est adressée à toi au lycée, elle t'a fait quelque chose ?

Le jeune homme secoua la tête.

— Mais elle ne l'a pas défendu non plus ! vociféra Philippe.

— Je te trouve bien prompt à la juger, tu n'étais même pas là, intervint Julien.

— Ça veut dire quoi, ça ? Tu y étais, toi, peut-être ?!

— Arrêtez…, supplia Matthias.

— C'est impossible, Isa n'aurait jamais pu harceler quelqu'un, elle sait trop…

Sophie s'interrompit. Avait-elle le droit de trahir le secret de sa nouvelle amie ? Les regards des trois hommes étaient braqués sur elle. Elle en avait forcément trop dit, et puis… après tout, elle n'avait que cette solution pour la défendre et les convaincre.

— Elle sait ce que ça fait d'être harcelée. Elle est passée par là, elle aussi ! Elle ne supporte même plus d'entendre son propre prénom…

Seuls Julien et Matthias semblèrent ébranlés par ses paroles. Philippe, bien qu'un peu déstabilisé, s'entêta.

— Raison de plus, alors ! Elle aurait dû avoir à cœur d'intervenir, plus que n'importe qui d'autre.

— C'est pas si simple…, déclara Matthias à voix basse, à la surprise générale.

Sophie posa sa main sur la sienne, reconnaissante.

— Quoi ?! Dis-moi que tu plaisantes !

— Matthias a raison, lâcha Julien. Quand on a vécu ce genre de choses, on doit sans doute avoir peur de se retrouver de nouveau du mauvais côté.

Le fils de Philippe hocha la tête, visiblement d'accord avec son ami.

— Et qu'est-ce que tu en sais, toi, hein ? Tu as déjà été harcelé peut-être ?! Non, toi, tu n'as jamais rien enduré de tel, tu étais un ado heureux.

Les mains de Julien se crispèrent.

— T'es sérieux là ? Parce que tu penses que retrouver son meilleur ami qui baigne dans son sang, ça fait plaisir ?! Tu crois que je n'aurais pas préféré me prendre toute cette merde dans la tronche à sa place ?! C'est toi qui as ramassé Matthias à la petite cuillère après ça ?! Ah non, j'oubliais… Toi, tu avais choisi de te barrer !

La violence de la gifle que Philippe asséna à Julien laissa tout le monde pétrifié. Le jeune homme posa la main sur sa joue brûlante et dévisagea, incrédule, celui qu'il avait toujours considéré comme un père. Il sentit les larmes lui piquer les yeux, pas à cause de la douleur physique, non, mais de cette amère déception mêlée de tristesse qui pénétrait son cœur en cet instant. Sans prononcer un mot, il contourna Philippe et quitta la terrasse pour entrer dans le chalet.

— Julien, attends ! cria Sophie en courant à la suite de son frère, bouleversée.

Le père de Matthias fixa avec horreur la main qui venait de frapper le meilleur ami de son fils. Ce dernier, choqué, était partagé entre l'envie de rattraper Julien et celle de rester avec lui. Matthias savait que le geste de Philippe était dû à la colère… à la colère et à la culpabilité, parce que son père n'ignorait pas, au fond, que Julien avait raison. Il avait quitté le foyer au moment où son fils avait le plus besoin de lui et, à l'instar de Julien et de Sophie, il n'avait rien vu du désespoir de Matthias. De quel droit se permettait-il de juger Isa ?

— Juju, ne pars pas…

Le casque à la main, Julien s'immobilisa devant sa moto avant de se retourner pour faire face à sa sœur. Sans surprise, il constata qu'elle pleurait.

— Tu connais Philippe, il doit déjà s'en vouloir…

Il se contenta de secouer la tête. En cet instant, il n'avait pas la force de pardonner ni de rassurer Sophie pour apaiser sa peine, la sienne était trop grande. Une pensée incongrue lui vint soudain.

— Elle s'appelle comment ?

Sophie le fixa sans comprendre.

— Quoi ?

— Isa… C'est quoi son vrai prénom ?

Malgré sa tristesse, les lèvres de la jeune fille s'étirèrent en un sourire.

— Isadora.

Julien hocha la tête, mit son casque et enfourcha sa moto avant de démarrer. La vue troublée par les larmes, il aperçut néanmoins la silhouette de son ami se matérialiser sur le pas de la porte du chalet et venir vers eux. Sa petite sœur était entre de bonnes mains…

Chapitre 16

Sorti de nulle part, Pixel partit comme une flèche sur le chemin que venait d'emprunter son maître à moto, ne laissant aucune chance à Sophie de l'intercepter. Personne n'aurait pu l'arrêter de toute façon. Le leonberger avait dû sentir que son complice, aussi turbulent que lui d'habitude, avait l'esprit et le cœur tourmentés, et il s'était lancé à sa poursuite.

— Au pied ! cria Sophie, encore sous le choc du départ de son frère.

Elle ne tenta pas de lui courir après, elle savait que c'était peine perdue. Épuisée par toutes les émotions qu'elle venait de vivre en l'espace d'une demi-heure, elle s'effondra à genoux sur le sol, secouée par de nouveaux sanglots. Elle sentit deux bras musclés entourer ses épaules et se laissa aller contre le torse de Matthias qui s'était glissé à sa hauteur.

— Je suis désolé, ma Sophie…

— C'est pas ta faute, Matthou, hoqueta-t-elle.

Il resserra son étreinte et la berça.

— Philippe… Il n'aurait pas dû le gifler.

— Tu as raison, il n'aurait pas dû… Mais il regrette déjà, tu sais.

Sophie n'arrivait pas à chasser complètement sa tristesse, mais la douceur de Matthias et sa chaleur lui faisaient du bien.

— Elle n'est pas comme ça, Matthias. Isa… Elle n'est pas comme ça.

Elle s'écarta légèrement et plongea son regard dans celui de son ami.

— Tu me crois ?

Matthias lui sourit.

— Oui, ma Sophie, je te crois. Tu ressens les gens mieux que personne, ajouta-t-il en essuyant de son pouce une larme du visage de la jeune femme. Tu penses que… qu'Isa accepterait que tu m'en dises un peu plus sur son histoire ?

— Étant donné ce que vous avez en commun, je suis certaine qu'elle ne m'en voudra pas…

En quittant le chalet, il n'était pas un seul instant venu à l'esprit d'Isadora de rejoindre Paris. Ce n'était pas dans la capitale qu'elle trouverait du réconfort, elle le savait, alors elle avait pris son téléphone et acheté un billet pour Grenoble, là où vivaient encore ses parents. Elle ne les avait pas revus depuis Noël et les avait rarement au bout du fil. Il y avait fort à parier qu'ils seraient tous deux étonnés de la voir débarquer sans prévenir alors qu'ils la croyaient à Paris. Isadora parlait très peu de son travail à ses parents, ils n'étaient donc pas au courant de son escapade à Chamonix. Elle avait préféré taire cette information, se disant qu'ils lui auraient certainement fait remarquer qu'elle n'était pas si loin et pourrait leur rendre visite.

Isa aimait énormément son père et sa mère, mais ils avaient longtemps eu du mal à accepter son départ pour Paris, arguant qu'elle aurait pu tout aussi bien trouver une bonne maison d'édition où exercer sa passion dans la région. Ce qui n'était pas tout à fait faux en soi, mais Isa voulait se former, voir sa carrière évoluer rapidement et avait toujours pensé qu'elle aurait davantage de chances d'y parvenir au sein d'une grande maison d'édition parisienne. Pourtant, avec le recul, elle sentait qu'elle avait peu à peu perdu de vue ses idéaux, ceux qui l'avaient incitée à opter pour cette voie, au nom d'une sacro-sainte ambition, pas vraiment démesurée, mais omniprésente dans sa vie. Elle s'était battue pour ses choix professionnels. Fille unique de parents tous deux médecins, elle n'avait jamais eu aucun penchant pour les sciences, au grand dam de Bruno et Alice Marquez. Mais faisant contre mauvaise fortune bon cœur, ils avaient admis que le plus important était que leur enfant s'engage dans un métier qu'elle aimerait et dans lequel elle s'épanouirait.

Son travail la rendait-elle heureuse ? Oui, la plupart du temps. Lorsqu'elle tombait sur une pépite comme celle écrite par Matthias Lacroix, elle trouvait une raison d'être à ce qu'elle faisait. Parfois, elle était dépitée de ne pas voir retenus des manuscrits qu'elle avait adorés, mais qui n'avaient pas été jugés assez *bankables* par sa hiérarchie. C'était la dure loi du marché du livre, on ne pouvait pas tout publier, et encore moins des choses qui n'entraient pas dans les cases traditionnelles. Isadora le savait et elle avait accepté les règles du jeu. Malheureusement, elle voyait la probabilité de signer un contrat avec Matthias se réduire comme peau de chagrin.

Après quelques minutes de marche, Isa atteignit avec soulagement la rue où résidaient ses parents. La voiture de son père était garée le long du trottoir, la demeure n'était donc pas vide. Elle n'avait vécu que quatre ans dans cette maison, de sa dernière année de collège jusqu'à l'obtention de son baccalauréat, mais elle la considérait toujours comme son second « chez elle », un cocon où elle venait se réfugier lorsque tout allait de travers. Et c'était le cas ce jour-là…

Isadora possédait encore un jeu de clés, mais ses parents ne l'attendant pas, elle préféra sonner pour s'annoncer. La porte s'ouvrit après quelques secondes. Son père, d'abord surpris, se mit à froncer les sourcils en constatant la mine défaite de sa fille et les coulures de mascara dont elle n'avait pas réussi à se débarrasser malgré toute sa bonne volonté.

— Ma chérie ? Mais qu'est-ce que tu fais à Grenoble ? Et… tu as pleuré ?

Il suffit à Isa d'entendre cette dernière question pour que les larmes se bousculent de nouveau au coin de ses yeux.

— Vous pouvez m'accueillir quelques jours ? implora la jeune femme avant de se blottir entre les bras de son père qui l'y invitaient.

— Bien sûr, ma puce, tu sais que tu es toujours chez toi ici… Allez, ne restons pas sur le pas de la porte, la nuit tombe, il commence à faire frais. Tu n'as pas de sac ? s'étonna-t-il.

Isadora secoua la tête.

— C'est une longue histoire…, souffla-t-elle en entrant.

— Eh bien, tu vas raconter tout ça à ton Papounet devant un grand bol de chocolat chaud. Je sais que tu es une adulte, mais cette petite douceur t'a toujours fait du bien…

Isa sourit à son père. Adulte ou pas, en cet instant, elle se sentait aussi perdue qu'une enfant…

Julien avait roulé une bonne partie de l'après-midi avant de rentrer chez lui et il avait eu la surprise de trouver Pixel sur le paillasson. Il avait alors compris que le chien avait dû le poursuivre quelques dizaines de mètres puis s'était résolu à se rendre au seul endroit où il était sûr de le retrouver à un moment ou à un autre. Cette boule de poils l'étonnerait toujours !

Sophie n'était pas encore revenue de chez les Lacroix, mais il ne s'en était pas inquiété. Matthias l'empêcherait de partir tant qu'il ne serait pas convaincu qu'elle allait bien, il n'aurait jamais exposé « sa Sophie » à un risque quelconque en la laissant prendre le volant, bouleversée. Il tenait au moins autant à elle que Julien était attaché à sa petite sœur.

Cette balade à moto avait fait du bien à Julien et lui avait remis les idées en place. Il était sans doute allé trop loin en blâmant Philippe pour son départ au moment de la tentative de suicide de Matthias, surtout devant celui-ci, mais sa mauvaise foi l'avait mis hors de lui. Et il avait beau éprouver beaucoup d'affection pour le père de son ami, quand il dépassait les bornes, il n'hésitait pas à le lui faire savoir. En règle générale, Philippe appréciait cette franchise de la part de Julien, mais là, il n'avait pas du tout goûté ses reproches. Mais bon sang, il l'avait trouvé vraiment injuste avec Isa : il ne savait absolument rien d'elle et la condamnait avant même d'avoir pu la laisser se défendre.

Isadora…

Que ce prénom était beau ! Il évoquait à Julien la poésie, la sensualité… Il n'était pas ordinaire, mais c'est précisément ce qui le rendait si spécial… Pour quelles raisons ne supportait-elle plus de l'entendre ? Visiblement, le harcèlement dont elle avait été victime avait un rapport, c'était du moins ce qu'avait suggéré Sophie. Il faudrait qu'il lui demande de quoi il retournait exactement, si bien sûr elle acceptait de lui en apprendre davantage sur les confidences de sa nouvelle amie. Julien était quasiment certain qu'elle en avait parlé avec Matthias, pourquoi pas avec lui ?

Il s'en voulait un peu de l'avoir mise en boîte lors de leur première rencontre. Elle refusait déjà de lui donner son prénom à ce moment-là et lui n'y avait vu qu'une réaction dédaigneuse de sa part. Finalement, il n'avait pas fait mieux que Philippe : lui aussi l'avait jugée sans la connaître… Il avait fini par agir comme le faisaient les gens avec lui, il s'était fait une idée préconçue d'une personne en se fondant sur une apparence, se justifiant de son propre comportement par l'attitude prétendument hautaine d'Isa.

Le vieux coucou du salon, celui auquel Sophie tenait tant, mais qui, lui, l'agaçait au plus haut point, sonna 22 heures. La porte d'entrée s'ouvrit au même moment sur sa sœur. Sa mine chiffonnée se fendit d'un magnifique sourire à la vue de Julien assis sur le canapé, la tête du leonberger posée sur les cuisses. Elle ne prit même pas la peine de se déchausser et alla se blottir contre lui, trop heureuse de retrouver son frère adoré.

— Je me suis inquiétée, Juju. T'étais où ?

— J'ai roulé, répondit-il simplement tout en caressant les cheveux de Sophie. Pixel m'attendait devant la porte.

— Il a filé comme une flèche quand il t'a vu partir. Je n'avais pas la force de lui courir après…

— Ce chien a une boussole implantée dans le cerveau, il retrouvera toujours son chemin… Je suis désolé de t'avoir abandonnée, ma Fifi, j'avais… besoin de m'isoler.

Sophie se détacha un peu et redressa la tête pour observer son frère. Son bonnet toujours vissé sur le crâne, il semblait triste, fatigué et son regard vert, si pétillant d'habitude, avait perdu un peu de son éclat. Elle savait combien le geste de Philippe l'avait blessé, aucun adulte n'avait levé la main sur lui depuis leur propre père. Celui-ci était resté très peu de temps au sein du foyer qu'ils partageaient avec leur mère, mais ces années n'avaient pas toujours été joyeuses pour le petit garçon qu'il était. Pierre Charpentier n'était pas un homme facile à vivre et n'avait de cesse de critiquer et rabaisser sa femme. Julien n'avait jamais eu la langue dans sa poche et, malgré son jeune âge, prenait sans arrêt la défense de sa mère ; les représailles de son père pouvaient alors être terribles.

— Philippe n'est pas comme Papa, Julien. Il n'a pas voulu ça, il regrette de t'avoir giflé, tu sais. Il souhaite te voir pour s'excuser. Je comprends ta peine, Matthias aussi. Il ne faut pas laisser les choses s'envenimer entre vous…

Julien n'avait pas envie d'évoquer le geste de Philippe ; il préféra lancer la discussion sur un autre sujet, moins personnel.

— Et Isa ? Il est prêt à lui donner une chance ?

— Il est plus calme, mais il lui en veut toujours…

— Mais de quoi, bon sang ?! s'emporta Julien. Matthias le reconnaît lui-même, elle ne s'est jamais moquée de lui. Tu l'as entendu comme moi ?

— Oui. Mais Matthias n'est pas le problème. Lui, il peut comprendre qu'après ce qu'elle a vécu, elle ait pu ressentir une certaine peur… Il est plus que disposé à l'écouter. Mais Philippe prétend qu'elle aurait pu donner l'alerte, d'une façon ou d'une autre, pour faire cesser son calvaire.

Julien se tut. Il n'avait pas assez d'informations pour continuer à défendre Isadora. Pourtant, une intuition lui murmurait que cette fille ne méritait pas qu'on la blâme ainsi.

— J'irai à Paris demain, j'essaierai de la convaincre de revenir et ils s'expliqueront.

Bien que surprise par la proposition de son frère, Sophie eut assez de lucidité pour lui répliquer :

— Tu ne peux pas faire ça.

— Et pourquoi ? objecta-t-il.

— Parce qu'Isa n'est pas retournée à Paris. Elle est à Grenoble, chez ses parents. Elle m'a envoyé un message tout à l'heure.

Julien fixa sa sœur et lui sourit.

— C'est encore mieux, c'est plus près…

Chapitre 17

Cela faisait du bien à Isadora de se confier à son père. Il l'écoutait sans l'interrompre et sans porter le moindre jugement. Toutefois, elle ne parvenait pas à se départir de cette sensation étrange : il ne semblait ni choqué ni surpris par ce qu'il entendait, comme si cette histoire n'avait rien de nouveau pour lui, hormis le fait que sa fille unique y soit impliquée.

— Papa, dis-moi si je me trompe, mais… j'ai l'impression que ce que je te raconte, tu le sais déjà.

Son père soupira.

— Je me souviens qu'à l'époque tu avais évoqué ce gamin qui avait été malmené au lycée et tu t'inquiétais de ne plus le voir…

— Oui, c'est vrai, maintenant que tu en parles… Mais j'ignorais comment il s'appelait. Tout ce que je savais de lui, c'était ce surnom horrible dont l'avait affublé Anthony. Et comme j'ai rompu avec lui juste après ça, je ne m'imaginais pas lui demander s'il avait des nouvelles, surtout qu'il a lui-même été exclu du lycée ensuite…

— Ce jour-là, aux urgences, j'étais de garde… Je me souviens de Matthias.

— Quoi ?! Mais pourquoi ne m'en as-tu pas parlé ?

— Je n'ai pas fait le rapprochement tout de suite, et puis j'étais tenu par le secret médical. En plus, sa mère a souhaité la plus grande discrétion. Elle ne voulait pas de visite… hormis celle de ses deux amis.

— Ses amis ?

— Un garçon et sa sœur, je pense qu'il s'agit de ceux que tu nommes Julien et Sophie. Je crois me souvenir que c'est lui qui avait trouvé son ami dans sa salle de bains et appelé les secours. D'ailleurs il a suivi l'ambulance ce soir-là, il était présent quand on a pris Matthias en charge.

Le visage d'Isadora se figea d'horreur. C'était Julien qui avait découvert Matthias inconscient, les veines tailladées ?! Quel traumatisme cela avait dû être pour lui ! Voir son meilleur ami ainsi… Elle ressentit une compassion aussi soudaine qu'inattendue pour ce trublion qui l'avait à plusieurs reprises poussée dans ses retranchements. La barrière qu'elle avait érigée entre elle et Julien s'était déjà imperceptiblement fissurée lorsqu'il l'avait aidée à maîtriser sa peur face à Pixel, mais elle avait cette fois l'impression qu'elle s'écroulait.

Pourtant, à l'instar de Philippe, il devait certainement nourrir de la rancœur envers elle à présent. Dans les messages qu'elle avait échangés avec Sophie, celle-ci ne mentionnait pas son frère. Elle lui avait seulement avoué qu'elle avait parlé avec Matthias de ce qui lui était arrivé et qu'elle espérait qu'elle ne lui en voudrait pas d'avoir trahi son secret.

Isadora l'avait rassurée. Bien sûr que non, elle ne lui en voulait pas. Comment reprocher quoi que ce soit à cette adorable jeune femme. Et puis, c'était l'unique moyen, selon Sophie, d'apaiser les tensions. Matthias n'était pas buté, pas autant que son père en tout cas. Le fait qu'Isa avait été elle aussi harcelée avait permis au jeune Lacroix de voir les choses sous un autre angle, même s'il n'avait pas toutes les données.

— Tu leur as dit que tu n'étais pas restée sans rien faire ?

La voix de son père la sortit de sa torpeur.

— Je n'ai pas pu dire quoi que ce soit, Papa. Et de toute façon, ils auraient pensé que c'était faux, je n'ai aucun moyen de le prouver…

— S'ils savaient que tu…

— Ça ne changerait rien, laisse tomber, l'interrompit-elle avant de se lever du canapé sur lequel elle était assise depuis au moins une heure. Papa, je suis contente d'être ici, ça m'a fait du bien de te parler, vraiment, merci.

— Je t'en prie, ma chérie. Tu sais que ta mère et moi, nous serons toujours là pour toi, ajouta-t-il en se levant à son tour. Tu veux monter te coucher ? Tu as l'air exténuée… Il doit te rester d'anciennes affaires. On t'accompagnera pour récupérer ta valise à Chamonix si tu veux.

— C'est gentil, mon Papounet, mais c'est pas la peine. Je vais attendre quelques jours que l'orage soit passé et j'irai… Tu sais ce qui me rend le plus triste ? Je commençais vraiment à tous beaucoup les apprécier… même Pixel. Et ça me fend le cœur qu'un talent comme celui de Matthias soit gâché à cause de toute cette histoire… Je suis sûre qu'il aurait fini par changer d'avis.

Julien n'était pas retourné à Grenoble depuis son installation à Chamonix. En 2007, son bac en poche, il avait déniché quelques petits boulots pour aider sa mère, et Sophie avait intégré deux ans plus tard l'IFSI d'Annecy-Pringy, ce qui les avait conduits à quitter l'Isère pour la Haute-Savoie. Le frère et la sœur avaient emménagé au pied du mont Blanc après quelques années pour y retrouver leur vieil ami Matthias qu'ils s'arrangeaient pour voir le plus souvent possible, même si son métier de reporter l'emmenait aux quatre coins du monde.

Revenir dans son Grenoble natal après tant d'années lui paraissait étrange et lui rappelait des souvenirs qui n'étaient pas tous très joyeux. Mais s'il y remettait les pieds ce jour-là, c'était pour la bonne cause. Il espérait réellement réussir à convaincre Isadora de revenir à Chamonix pour essayer de dénouer la situation. Peut-être aurait-il dû accepter la proposition de Sophie de l'accompagner, finalement ? Elles s'étaient liées d'amitié et se faisaient confiance. Sa petite sœur aurait sans doute mieux trouvé les mots que lui, car après tout, il n'y avait pas si longtemps, Julien agaçait prodigieusement Isa. Leurs relations s'étaient améliorées depuis « l'épisode Pixel », mais ils étaient encore très loin de la franche camaraderie.

Il débarqua en tout début d'après-midi devant la maison des Marquez, enfin… les quatrièmes Marquez à qui il rendait visite depuis qu'il avait franchi le panneau d'agglomération de la ville en fin de matinée. Parce qu'il n'avait aucune idée de l'adresse exacte des parents d'Isa. Il avait préféré refuser que Sophie lui demande cette information. Cela lui aurait mis la puce à l'oreille et elle se serait sans doute arrangée pour ne pas être là à son arrivée. Ces Marquez étaient les derniers sur sa liste. Avec un peu de chance, si les parents d'Isa n'étaient pas sur liste rouge, il s'agirait bien d'eux.

Prenant une grande inspiration, il retira son casque et l'accrocha au guidon de sa moto, puis récupéra son bonnet dans sa poche de blouson et s'en couvrit la tête. Son rituel. Immuable. Il poussa la grille, grimpa les deux marches du pavillon grenoblois et appuya sur la sonnette. Bon, dans quelques secondes, il serait fixé. La porte s'ouvrit avant qu'il ait eu le temps de compter jusqu'à dix.

Il se retrouva nez à nez avec un homme qu'il ne pensait plus jamais revoir. Un homme qu'il aurait préféré oublier. C'était lui. Le médecin urgentiste qui s'était occupé de Matthias ce maudit après-midi de février 2007. Était-ce le père d'Isadora ? En tout cas, vu l'expression affichée sur son visage, ce type semblait le reconnaître lui aussi.

— Julien, c'est bien ça ?

L'intéressé hocha lentement la tête, il peinait à se remettre de sa surprise.

— Bonjour. À voir votre air, je suppose que vous vous souvenez de moi…

Le jeune homme s'éclaircit la voix.

— Ne le prenez pas mal, monsieur, mais j'aurais préféré ne jamais vous rencontrer. Vous… vous êtes le père d'Isadora ?

Bruno écarquilla les yeux.

— Il y a bien longtemps que je n'ai pas entendu quelqu'un prononcer le prénom de ma fille dans son intégralité.

— C'est dommage, un si joli prénom… Elle devrait être fière de le porter.

Les lèvres du médecin s'étirèrent en un large sourire.

— Je suis bien d'accord avec vous, jeune homme. C'était celui de ma maman. Mais ne restez pas là, entrez. Je suppose que vous voulez la voir ?

— Si elle accepte de me parler, oui…

— Il n'y a pas de raison… Enfin, ça dépend de vos intentions.

— J'aimerais la convaincre de revenir au chalet, qu'elle puisse s'expliquer. Le père de Matthias ne lui a laissé aucune chance, ajouta Julien en entrant dans la maison.

Il regarda autour de lui. La maison était grande, mais la décoration était simple et chaleureuse.

— Vous n'allez pas lui faire de reproches ? s'assura Bruno Marquez.

— Je n'ai pas pour habitude de condamner les gens avant d'entendre ce qu'ils ont à dire, monsieur. Même si j'avoue qu'au début je trouvais qu'Isadora me prenait de haut, elle m'agaçait un peu… Mais je me suis trompé sur elle, je le reconnais…

Le père d'Isa fixa Julien, légèrement déconcerté. Ce jeune homme était direct et franc. Il ne cachait pas que sa première impression sur sa fille n'avait pas été bonne, mais il avait su se remettre en question et admettait son erreur. Il appréciait beaucoup ce genre de personnalité.

— Merci pour votre honnêteté, monsieur…

— Charpentier. Mais Julien, c'est très bien, sourit-il.

— Installez-vous dans le salon, je vais la ch…

— Julien ?!

En haut de l'escalier menant à l'étage, Isadora fixait, incrédule, le nouvel arrivant. Vêtue d'un T-shirt rouge col danseuse à manches longues qui mettait en valeur sa chevelure sombre et d'un jean élimé, elle descendit lentement les marches sous le regard appuyé de Julien.

— Bonjour, Isadora…

La jeune femme s'immobilisa à mi-chemin.

— Bon, je vais vous laisser discuter. Je ne suis pas loin, ma puce, si jamais tu as besoin…

Isa ne répondit pas, choquée que Julien ait prononcé son prénom. Sophie l'avait prévenue, elle avait raconté son histoire à Matthias. Mais Julien ? Y avait-il une quelconque utilité à l'en informer ?

— Arrête de te prendre la tête, je connais juste ton prénom, pas la raison pour laquelle tu ne supportes plus de l'entendre… Sophie m'a fait comprendre que si je désirais en savoir plus, je devais en parler avec toi… Tu veux bien en parler avec moi ?

Isa tenta de déceler la plus infime trace de moquerie dans les propos de Julien, en vain. Il l'avait appelée Isadora, lui avait demandé si elle acceptait de discuter avec lui… et tout ça sans la moindre ironie. Il était sincère. Mais après tout, pourquoi aurait-il fait tout ce chemin pour l'humilier ? Ça n'avait pas de sens.

Elle descendit et se retrouva face à lui. Il la fixait toujours avec… quoi… espoir ? Avait-il vraiment envie de savoir ce qui lui était arrivé ?

— Qu'est-ce que tu fais là, Julien ?

Instinctivement, elle avait renoncé au vouvoiement qu'elle s'évertuait à employer depuis une semaine lorsqu'elle s'adressait à lui. Il dut s'en rendre compte, car un léger sourire naquit sur ses lèvres.

— Enfin…, murmura-t-il.

Chapitre 18

Matthias observait son père à la dérobée.

Quelle tête de mule! pensa-t-il.

Plus de vingt-quatre heures s'étaient écoulées depuis le départ d'Isa, et Philippe n'en démordait pas. Ayant elle-même été victime de harcèlement par le passé, elle aurait dû intervenir, prendre la défense de Matthias ce jour-là. Ce dernier avait beau lui affirmer qu'elle ne s'était jamais moquée de lui, qu'elle n'était même pas là quand il se faisait tourmenter, à part cette fois-là, son père répliquait qu'elle ne pouvait pas l'ignorer, que ce genre de type se vantait forcément de ses forfaits. Matthias n'y croyait pas un seul instant. Anthony Verdier n'aurait pas voulu ternir son image auprès de sa petite amie. Si le jour de son ultime humiliation, elle s'était trouvée à proximité, c'était nécessairement dû au hasard, mais aussi longtemps que son père n'accorderait pas à Isa un droit de réponse, ils resteraient tous dans le flou.

Ni lui ni Sophie n'avaient fait part à Philippe de l'escapade grenobloise de Julien. Tant qu'ils n'étaient pas sûrs que cette intervention porte ses fruits, ils préféraient qu'il l'ignore. En attendant, ils tentaient comme ils le pouvaient de lui parler pour briser ses dernières résistances, sans résultat pour l'instant.

— Tu ne souhaites plus que mon histoire soit publiée, Papa ?

— D'autres maisons d'édition se sont montrées intéressées, il me semble, répliqua-t-il sans le regarder.

— Et si moi j'ai envie qu'Isa s'en occupe ?

Philippe tourna la tête, surpris.

— Tu as changé d'avis ?!

— C'est possible…, lâcha Matthias, énigmatique.

Voilà, le poisson était ferré. Et même si le jeune homme était en réalité bien loin d'envisager l'idée que son manuscrit soit rendu public, au moins avait-il retenu l'attention de son père. Et le fait d'impliquer Isa dans ce projet obligerait celui-ci à rester ouvert et à accepter la discussion… Du moins Matthias l'espérait-il.

— Mais pourquoi ça doit absolument être Isa ? Tu pourrais…

— Parce qu'elle y croit vraiment et que j'ai été touché par sa façon de me parler de mon histoire. Ça te va comme raison ?

Philippe considéra son fils d'un air dubitatif.

— Papa, pour moi, s'il te plaît. J'aimerais seulement que vous discutiez tous les deux. Tu veux bien faire un effort ? Après tout, avant que toute cette boue ne ressorte, tu appréciais beaucoup Isa, non ?

— C'est sans doute pour ça que la déception est plus grande…, admit Philippe dans un soupir.

— Justement, c'est impossible que tu te sois trompé à ce point sur elle. Tu as toujours été très perspicace… Mais tu te rends compte quand même que c'est moi, ton fils, celui qui a subi le harcèlement de son petit ami, qui la défends ! Si moi j'ai envie d'entendre ce qu'elle a à dire, tu devrais avoir à cœur d'en faire autant, bon sang ! Et ne répond surtout pas que j'ai toujours été trop gentil, tu sais que ça n'a rien à voir, c'est…

— Instinctif. Oui, je sais, Matthias. Cette façon de ressentir si tu peux faire confiance ou non à quelqu'un, c'est épidermique chez toi…

— Alors, qu'est-ce que tu décides ?

Philippe ferma les yeux et se pinça l'arête du nez, comme si toute cette discussion avec son fils lui avait donné un horrible mal de crâne. Au bout de quelques secondes, il finit par les rouvrir et fixa son fils.

— OK. Je veux bien lui laisser le bénéfice du doute pour l'instant… Mais elle va devoir être très convaincante.

Matthias sourit.

J'espère que Julien le sera aussi…, pensa-t-il.

— Arrête de tourner autour de moi comme ça, tu me donnes le vertige…

Debout dans sa cuisine, en train d'essayer de suivre à la lettre une recette de cookies, Sophie s'agaçait des va-et-vient incessants de son monstre à quatre pattes. Depuis le départ de Julien, Pixel ne parvenait pas à rester tranquille plus de deux minutes. Son vieux copain lui manquait et il le signalait à la jeune femme.

— Ça le fera pas revenir plus vite, tu sais ?

Le leonberger poussa un gémissement à fendre l'âme.

— Oh, mais quel tragédien ! ronchonna Sophie en s'accroupissant face au chien. Tu devrais être content, il va essayer de nous ramener Isa. Tu l'aimes bien, Isa ?

La queue de Pixel remua frénétiquement et il aboya.

— Ah, je savais bien qu'elle te faisait craquer, voyou ! dit-elle en riant et en ébouriffant les poils de l'animal. Et mon intuition me souffle que tu n'es pas le seul sur les rangs. Je crois que notre Juju n'est pas indifférent à la belle Isadora, tu n'es pas de mon avis ?

Il la fixa sans réagir.

— Ou peut-être que je me fais des idées et qu'il veut juste être sympa. Qu'en penses-tu ?

Le leonberger tourna la tête et sortit de la cuisine, l'ignorant royalement.

— Mouais... tel maître, tel chien ! Aussi cabochards l'un que l'autre !

Isa avait laissé passer quelques minutes avant d'accepter de raconter à Julien ce qu'elle avait subi au collège. La dernière fois qu'elle en avait parlé à Sophie, elle s'était mise à pleurer, et elle n'était pas disposée, mais alors pas du tout, à craquer devant le frère de celle-ci. Lui montrer ses faiblesses, ses larmes, elle s'y refusait. Elle conservait une attitude prudente avec lui, elle n'arrivait pas à être complètement à l'aise, sans doute était-ce le souvenir de leur première rencontre qui la refroidissait de la sorte. Elle prit donc sur elle, serra les dents et lui confia son histoire, le regard baissé, parce qu'elle n'aurait pu soutenir le sien qu'elle sentait peser en permanence sur elle.

De son côté, Julien l'écoutait religieusement, se contentant de serrer les poings lorsqu'elle mentionna enfin ce jour fatidique où elle avait cru suffoquer. Mais il n'était pas dupe. Il voyait bien que la jeune femme tentait de garder une certaine distance avec lui, ce qui le contrariait, car il aurait voulu qu'elle se sente totalement en confiance. Il savait bien que si elle agissait ainsi, c'était entièrement sa faute. Il s'était comporté comme un goujat et l'avait mise mal à l'aise dès leur premier échange.

— Isadora..., l'interrompit-il.

Elle eut un léger sursaut et le regarda, étonnée. Ses yeux brillaient, mais elle tenait bon.

— Quoi ?

— Excuse-moi.

Elle fronça les sourcils en signe d'incompréhension.

— Je ne me suis pas bien conduit avec toi. Je n'aurais pas dû te dire que tu étais… rigide.

Isa se mordit la lèvre, comme pour s'empêcher de rire.

— Qu'est-ce qu'il y a ?

— Si je me souviens bien, tu as prétendu que j'avais un balai dans le derrière.

— Euh oui… C'est possible que je me sois exprimé en ces termes…, avoua Julien en se frottant la nuque.

La jeune femme pouffa. Jusqu'à présent, il ne l'avait jamais vue rire et il songea que cela lui allait bien. Il apprécia ce pur moment de lâcher-prise de sa part, même si, assurément, elle riait à ses dépens.

— Enfin bref… Je voulais que tu saches que je suis désolé. Parce que j'ai l'impression qu'il y a encore un mur entre nous et… ça m'embête que tu ne te sentes pas libre d'être toi-même avec moi.

Elle le fixa, une lueur indéfinissable dans le regard, surprise qu'il s'inquiète de ne pas la voir sereine en sa compagnie.

— J'ai… sans doute réagi de façon excessive, mais tu peux comprendre à présent pourquoi j'ai tant de mal à entendre mon prénom. Je repense à tout ça, et je me braque. J'ai l'impression de redevenir une ado de treize ans, et la peur des moqueries revient. Le fait que tu insistes pour savoir de quoi Isa était le diminutif m'a agacée et… c'est vrai, je suis montée sur mes grands chevaux.

— Isadora…

Un frisson lui parcourut l'échine. Le même qui l'avait chatouillée une demi-heure plus tôt quand il avait dit son prénom. Elle avait toujours pensé qu'au moment où elle l'entendrait de nouveau, la sensation serait désagréable et que cela lui donnerait la nausée, mais non… en tout cas pas quand c'était Julien qui le prononçait.

— Ces gamines étaient idiotes et probablement jalouses. Isadora est un prénom magnifique et… c'est toi, c'est ton identité. Le renier, c'est comme si tu les laissais gagner, comme si elles parvenaient encore à te faire du mal. Je comprends qu'à treize ans, ce soit traumatisant d'être harcelée comme ça, mais c'est derrière toi maintenant. Tout comme ce qui est arrivé à Matthias est derrière lui.

— Matthias semble toujours ébranlé par cette histoire…

— Matthias est… un être à fleur de peau. Très sensible. Aujourd'hui, ça a encore un impact sur lui parce qu'il revoit quelqu'un de son passé. Une personne qui était TRÈS liée à son bourreau.

— Mais Anthony se gardait bien de se vanter ! J'ignorais tout jusqu'à ce que…

La voix d'Isadora se brisa.

— C'est vrai que je l'entendais souvent faire des messes basses avec ses copains quand Matthias était dans les parages, mais je n'aurais jamais pu imaginer un truc pareil !

— Qu'est-ce qui s'est passé exactement ?

— Tu ne le sais pas ? Il ne vous a rien dit ?

— Il a juste mentionné que… qu'il avait vécu la pire humiliation de sa vie.

Chapitre 19

Je n'ai jamais rien demandé à personne et surtout pas de devenir le centre d'intérêt de qui que ce soit. Encore moins celui d'un adolescent perfide et malsain. Anthony Verdier. Je subis ses brimades depuis mon entrée en seconde au lycée. Au début il ne s'agissait que de sous-entendus peu subtils sur la capacité de la chaise que j'occupais en cours à supporter mon poids. Et puis, de mois en mois, d'année en année, c'est devenu pour lui un jeu de plus en plus cruel. J'ai même eu droit aux coups de compas dans le dos, prétendument pour me faire dégonfler.

On aurait pu croire qu'en tant que « gros de service » j'avais été, toute ma vie, harcelé par des gamins idiots, mais non, on m'a laissé tranquille de la maternelle au collège. Je n'avais jamais eu le moindre accrochage avec personne, au contraire, mes camarades m'appréciaient tel que j'étais parce que ma personnalité les intéressait plus que mon physique. On m'a de tout temps qualifié de garçon amical, serviable, doux, intelligent, parfois drôle, toujours sensible… trop sensible. Comment peut-on être TROP sensible, et pourquoi est-ce considéré comme une tare par certains ? Une tare… ou un point faible exploité par les lâches.

À mes yeux, c'est ce qu'était Anthony Verdier : un lâche. Il ne s'en est jamais pris seul à moi. Il était toujours accompagné de sa cour ou, devrais-je dire, de son public qui brillait visiblement par son absence complète d'intelligence ou, dans le pire des cas, de libre arbitre. D'aucuns auraient pu affirmer qu'en face-à-face, juste lui et moi, j'aurais eu toutes mes chances : j'étais plus grand, plus lourd, il n'aurait pas fait le poids. Si seulement j'avais été un brin bagarreur et vindicatif… Mais voilà, je n'étais rien de tout ça. Je n'ai jamais cherché querelle à personne, n'ai jamais usé de mon avantage physique sur qui que ce soit. Ce n'est pas dans mon tempérament, il n'y a jamais eu une once de méchanceté et de violence en moi. Je me suis rarement mis en colère dans ma vie. Pourquoi l'aurais-je fait ? J'étais un enfant sans problème, heureux, j'avais des parents aimants et des amis présents pour moi. Comment une quelconque colère aurait-elle pu couver en moi ?

Donc je l'ai laissé faire, pensant qu'à un moment ou à un autre, il finirait par se lasser ou trouver une cible plus intéressante. Mais ça ne s'arrêtait pas, alors je serrais les dents en attendant que l'orage passe et en priant pour que chaque jour se déroule à la vitesse de l'éclair jusqu'à la fin de l'année scolaire qui sonnerait l'heure de ma délivrance.

Je n'aurais jamais imaginé que mon année de terminale s'achèverait si tôt… et de cette façon.

Je me dépêche. Je dois absolument rendre l'article à temps pour qu'il figure dans le journal du lycée demain et l'élève qui s'occupe de la mise en page boucle le tout dans quarante-cinq minutes. Je peste contre mon perfectionnisme qui m'a fait perdre, encore une fois, de précieuses heures, mais je suis content du résultat. Cet article est bon, j'en suis sûr.

Le hall du lycée est noir de monde, je vais être en retard si j'essaie de traverser cette cohue, surtout qu'avec ma corpulence, je ne peux pas me glisser entre les groupes agglutinés sans gêner. Je décide donc de faire un détour par un couloir moins fréquenté, en tout cas à cette heure-ci, il doit être quasiment vide. Je pousse les portes battantes et m'engage dans le corridor mal éclairé. Je marche vite et comme je ne fais pas énormément d'activité physique, je commence à m'essouffler un peu, mais je n'ai pas le choix si je veux être dans les temps.

Soudain, la porte à l'autre bout du couloir s'ouvre, une bande de quatre adolescents bruyants s'avance dans ma direction. Avec l'obscurité ambiante, je n'arrive pas à distinguer leurs traits. Mais bientôt, j'entends leurs voix… UNE voix. Si je n'avais pas autant à cœur de rendre mon article, je ferais demi-tour, c'est certain, mais je ne peux pas me le permettre. Alors, je sais que je vais passer un sale quart d'heure, que cet imbécile va encore me chahuter et se moquer de moi, et que ses compères vont l'encourager, mais je fonce, tête baissée.

— Hé! Mais regardez qui voilà: notre bon vieux Matt Bouboule!

Mes poings se crispent en entendant ce douloureux surnom qui me ramène à l'état de chair informe et encombrante. Je ne réponds pas et continue d'avancer au même rythme. Au moment où ils parviennent à ma hauteur, j'essaye de les contourner, mais ils font barrage.

— Oh là! Tu veux déjà nous quitter, Naf-Naf?!

Les trois autres rigolent et se mettent à imiter le grouinement du cochon.

— Hé, les mecs! Vous croyez qu'il a une queue en tire-bouchon? lance soudain Verdier qui m'accule contre le mur.

— Bah, y a qu'un moyen de le savoir, s'exclame un de ses potes, goguenard.

Hein?! Il pense à quoi, là?! me dis-je, pris de panique.

J'ignore d'où me vient ce regain d'énergie, mais je repousse de toutes mes forces Verdier, qui atterrit quasiment dans les bras de ses acolytes, et me mets à courir aussi vite que je le peux. J'arrive par miracle jusqu'aux portes à l'autre bout du couloir, complètement terrorisé par ce qu'ils envisagent de faire.

Je les franchis et me retrouve à l'extérieur, dans une petite cour où certains élèves fument en cachette.

Déjà essoufflé par ma courte course, ma respiration se coupe littéralement quand un coup violent est porté dans mon dos. Je tombe en avant et ai juste le réflexe de tendre les bras pour protéger mon visage de la chute avant de m'étaler de tout mon long sur le béton. Je sens deux mains me maintenir au sol et entends la voix de Verdier murmurer sèchement à mon oreille.

— Tu vas le regretter, gros porc. Je te jure que je vais te faire payer ça…

J'essaie de me dégager, mais les trois moutons qui l'accompagnent lui ont déjà prêté main-forte. Je ne fais pas le poids… quelle ironie quand on pèse près de cent trente kilos ! La joue contre le sol, je jette un œil en direction des lycéens qui fument leur clope. Ils tournent la tête dès qu'ils croisent mon regard. Je n'aurai aucune aide de leur part. Je suis seul. Complètement seul.

Mon cœur bat déjà à tout rompre quand je réalise que mes bourreaux tirent de toutes leurs forces sur mon jogging. Je tente de bouger les pieds pour les empêcher de m'enlever le peu de dignité qu'il me reste, mais c'est peine perdue. Même mon corps m'abandonne. Alors je me mets à pleurer, sans discontinuer, sans pouvoir m'arrêter. Je me sens humilié, sale, réduit à l'état de loque humaine. Et puis j'ai un dernier sursaut. Je regarde au loin et, malgré mes yeux embués de larmes, je la vois…

Chapitre 20

Julien écouta Isadora lui raconter la scène à laquelle elle avait assisté. Elle revenait de son cours de sport au gymnase et avait pris un raccourci. Percevant des rires, son regard s'était posé par réflexe sur un groupe d'adolescents dont elle avait tout de suite reconnu l'un des membres : son petit ami, Anthony. Un garçon était maintenu allongé sur le sol et les autres s'évertuaient à lui retirer son pantalon, en chantonnant : « Matt Bouboule chiale comme un bébé ! » Elle s'était immobilisée, atterrée. Les pleurs de la jeune victime fendaient l'air et personne autour d'eux ne semblait vouloir voir ou entendre ce qui était en train de se passer. Elle se revit pendant une fraction de seconde deux ans en arrière, entravée par les mains de ces filles, cherchant de l'oxygène pendant que Leslie donnait des coups de ciseaux effrénés dans sa chevelure.

Elle n'arrivait pas à bouger, comme statufiée. Pourtant, elle devait intervenir, elle ne pouvait pas laisser ce garçon se faire humilier de la sorte. Mais marcher vers eux, leur demander d'arrêter, elle ne s'en sentait pas la force. Comment son propre petit ami pouvait-il faire une chose pareille ? Quand était-elle devenue aveugle au point de ne pas se rendre compte de sa véritable nature ?

Isadora interrompit son récit et regarda Julien. Son visage était crispé par la colère, tout comme ses poings. Elle savait qu'à cet instant, il aurait voulu avoir Anthony face à lui pour lui refaire le portrait. Que n'aurait-elle pas donné pour avoir eu ce courage ! Mais elle avait eu peur.

— Alors tu as assisté à toute la scène ?

— Non. Je… C'était insoutenable. Le voir comme ça, l'entendre… Mes jambes ont fini par m'obéir et je suis partie en courant, avoua-t-elle en baissant la tête.

Julien accusa le coup. Elle n'avait rien fait.

— Je n'ai repris mon souffle qu'une fois dans le hall et… Je n'arrêtais pas de me répéter qu'il ne fallait pas que je le laisse, que je devais faire quelque chose pour stopper ça… Je n'arrivais plus à réfléchir correctement. Et puis…

— Et puis ?

Isadora soupira.

— Qu'est-ce que ça change, au fond ? Matthias a tellement souffert ce jour-là qu'il a tenté de se suicider. Je ne peux pas revenir en arrière.

— Ça change que tu as été la seule à faire quelque chose, ma puce.

Isa releva la tête, surprise. Son père venait d'entrer dans la pièce.

— Dis-lui, Isa.

— Me dire quoi ?

— J'aurais dû en faire plus, Papa…

— Quatre garçons contre une fille. Le fait que tu sois sa petite amie n'aurait eu aucune influence, Isa. Les autres gamins ont témoigné après coup, poursuivit Bruno à l'intention de Julien. Verdier s'est acharné. Il a fallu deux surveillants pour l'arrêter. Il a même été exclu après ça. Et ces deux surveillants, c'est ma fille qui est allée les prévenir. Elle n'a peut-être pas trouvé le courage d'intervenir en personne, mais elle n'est pas restée sans rien faire ! C'est ça que vous devriez rapporter au père de Matthias !

— Je n'ai pas essayé de savoir comment il s'appelait, Papa. Je le voyais de temps en temps dans les couloirs du lycée, mon petit ami le persécutait et je n'ai pas cherché à apprendre son prénom. Même après quand je… quand je me demandais où il était passé, s'énerva-t-elle, les yeux pleins de larmes. Je me disais que ce serait plus facile s'il restait anonyme, j'ai été lâche !

Elle se leva d'un bond et contourna son père avant de se ruer dans l'escalier. La porte de sa chambre claqua quelques secondes plus tard.

— Toute cette histoire l'a travaillée pendant des semaines, Julien, et moi, je savais de qui elle me parlait, je savais ce qui était arrivé à Matthias, mais je ne pouvais rien lui dire. Je refusais qu'elle se sente davantage coupable.

Julien s'était levé, mais restait sans réagir, sonné. Isadora s'en voulait. Sa conscience l'avait torturée pendant un bon moment. Elle n'était pas une fille égoïste comme s'acharnait à le croire Philippe. Il en avait toujours eu l'intuition, mais entendre le père de la jeune femme le formuler à voix haute le rendait plus léger. Ni le bouleversement ni les larmes d'Isadora n'étaient feints, elle était réellement perturbée par tout ce qui était arrivé à Matthias.

Matthias posa son téléphone sur la table basse du salon. Il venait de recevoir un appel de Julien qui lui avait révélé dans les grandes lignes la discussion qu'il avait eue avec Isa et son père dans l'après-midi. Il exhala un long soupir de soulagement. Son ami n'avait pas encore convaincu Isa de revenir à Chamonix, mais au moins la lumière avait été faite sur son rôle lors de cette funeste journée. Elle n'avait rien à se reprocher. Au contraire, elle avait même contribué à réduire le temps qu'avait duré son calvaire. Les insultes, les coups de pied dans le ventre, son intimité mise à nu… Il avait fini par perdre toute notion de la réalité et était resté prostré lorsque les deux surveillants avaient déboulé dans la petite cour. Les fumeurs « hors la loi » n'avaient pas été inquiétés, tout ce qui importait aux pions avait été de mettre les quatre acolytes, Verdier en particulier, hors d'état de nuire. Ce dernier avait été renvoyé, les trois autres s'en étaient sortis avec une exclusion temporaire.

Matthias était rentré chez lui sans plus se préoccuper de cet article qu'il devait absolument rendre ni des cours qu'il allait rater. Il était bien décidé à partir et n'avait nulle intention de revenir… aussi bien dans ce lycée que dans ce monde. Ce qu'il avait vécu ce jour-là était plus qu'il pouvait en supporter. Peu importait que Verdier soit viré. Dans sa tête, dans son cœur, et pour tous les élèves qui avaient assisté à la scène sans broncher, Matthias serait toujours le grand gosse obèse qui s'était retrouvé les fesses et les parties intimes à l'air, pleurnichant tel un bébé. Comment supporter les regards après ça ? Comment ne pas interpréter certains sourires comme des moqueries, un rappel de ce qu'il avait subi ? Il en avait déjà trop encaissé depuis son entrée dans l'établissement. Il était arrivé à saturation. Son âme, plus que son amour-propre, n'en pouvait plus.

En rentrant chez lui, il avait pris la première chose qui lui était tombée sous la main : les lames de rasoir de son père. S'il avait réfléchi davantage, prémédité son geste, il aurait choisi un tout autre moyen pour mettre fin à ses jours. Mourir en se tranchant les veines… Même si les entailles étaient profondes, il aurait fallu plusieurs heures avant qu'il se vide totalement de son sang. Julien l'avait trouvé à temps… C'était du moins ce qu'on lui avait raconté, parce qu'après son passage à l'acte, il avait très rapidement perdu connaissance. Quelle idée aussi de choisir ce procédé quand on a toujours été perturbé par la vue du sang !

Il était resté plusieurs jours à l'hôpital en convalescence et n'avait reçu que la visite de sa mère, Julien et Sophie. Son père n'était venu qu'une fois, le soir même, mais comme Matthias était sous sédatif, il n'en gardait aucun souvenir. Il aurait préféré… parce qu'après ça, il ne l'avait plus revu pendant dix ans.

Julien s'apprêtait à prendre congé quand la mère d'Isadora arriva. Il n'avait pas encore eu l'occasion de faire sa connaissance depuis son arrivée chez les Marquez et dès qu'il la vit, il ne put s'empêcher de remarquer son peu de ressemblance avec sa fille. Petite, blonde et les yeux bleus, elle n'avait en effet, hormis la douceur de son sourire, rien en commun avec la beauté méditerranéenne d'Isa, qui tenait vraisemblablement ses cheveux noirs et ses yeux couleur caramel de son père. Lorsque Bruno présenta Julien à Alice, son épouse, et qu'il lui raconta le motif de sa venue, le jeune homme fut surpris par le geste de celle-ci à son égard. En effet, sans prévenir, elle le prit chaleureusement dans ses bras pour le remercier. Elle l'invita aussitôt à se joindre à eux pour le dîner et ignora ses protestations quand il mentionna l'urgence, pour lui, de rechercher un hôtel pour y passer la nuit.

— Mais vous n'y pensez pas ! La maison est bien assez grande, vous dormirez dans la chambre d'amis !

— C'est gentil à vous, madame Marquez, mais…

— Alice, s'il vous plaît !

— Euh… OK, Alice… Vous ne croyez pas qu'il vaudrait mieux demander à Isadora si ça ne lui pose pas de problème ?

La mère de la jeune femme regarda tour à tour son mari et Julien, stupéfaite. L'émotion se lisait sur son visage.

— Isadora…, murmura-t-elle. Vous appelez ma fille par son prénom ? Et elle ne proteste pas ?

— Pour être honnête, je ne lui ai pas vraiment laissé le choix…, répliqua Julien avec un sourire gêné.

Alice le fixa, espiègle.

— Je vous aime déjà, Julien ! s'exclama-t-elle, faisant rougir l'intéressé. Excusez-moi, je suis quelqu'un de très spontané ! Notre fille aussi l'était… à une certaine époque, ajouta-t-elle, nostalgique.

Julien avait un peu de mal à s'imaginer Isadora spontanée. Depuis qu'il la connaissait, elle semblait constamment dans le contrôle, même si depuis quelques heures, il commençait à entrevoir les fissures dans son armure.

Ce soir-là, elle ne descendit pas pour dîner. À dire vrai, lorsque son père frappa à la porte de sa chambre pour qu'elle se joigne à eux, elle dormait déjà. L'avalanche d'émotions qui lui était tombée dessus depuis la veille devait l'avoir épuisée.

Chapitre 21

Matthias scruta le visiteur de la tête aux pieds. Vêtu d'un pantalon de trekking kaki, d'une veste polaire, équipé d'un sac à dos de randonneur et armé de son sourire digne d'une publicité pour dentifrice, le type avait tout d'un modèle pour guide du routard.

— Bonjour ! On m'a dit en ville qu'il était possible qu'il vous reste une chambre à louer, alors je tente ma chance !

— Euh… oui. En général, les gens réservent pour nous laisser le temps de…

— Oh, je me contente de peu, ne vous en faites pas ! C'est juste pour une semaine, deux au maximum, histoire de découvrir quelques sites dans le coin. Je tiens un blog où je parle de mes voyages, ajouta-t-il en souriant. Alors, elle est libre ?

D'ordinaire, Matthias aurait été ravi d'accueillir un nouvel arrivant, une seconde réservation mettait toujours un peu de beurre dans les épinards, mais avec ce qui s'était passé l'avant-veille avec Isa et son possible retour, cela ne l'arrangeait pas vraiment. Il aurait aimé qu'elle et son père puissent se parler sans que traînent des oreilles indiscrètes. Et ce gars-là, s'il se fiait à sa première impression, celle qui le trompait rarement, était plutôt du genre insistant et curieux. Pourtant, Matthias ne pouvait se résigner à refuser ce client. Il ouvrit un peu plus largement la porte du chalet et lui fit signe d'entrer.

— Je vais juste vous demander de patienter dans le salon, ou sur la terrasse si vous préférez, le temps que je m'occupe de la paperasse… Pouvez-vous me donner votre nom, s'il vous plaît ?

— Félix Brémont. Je vous remercie beaucoup, vous me sauvez la mise !

Matthias lui adressa un sourire poli et alla récupérer son ordinateur pour imprimer le formulaire officiel. Puisque ce type ne suivait pas la procédure habituelle, il remplirait lui-même les informations nécessaires au dossier. Cette arrivée inopinée le contrariait, il ne pouvait le nier. Il avait ressenti une sorte de réaction épidermique, très désagréable, en le voyant. Il espérait que ce Félix serait plus souvent en dehors du chalet, mais étant donné qu'il devait alimenter son blog, ce devrait être le cas.

— Vous avez vraiment de la chance de vivre dans un endroit aussi beau ! s'exclama le nouveau venu depuis le salon.

— C'est ce que je me dis tous les jours, répondit Matthias, concentré sur son écran.

À peine eut-il terminé sa phrase que la porte s'ouvrit sur une Sophie gaie et pleine d'énergie.

— Salut Matthou ! lança-t-elle en le rejoignant pour lui claquer une bise sur la joue, Pixel sur les talons. Tu sais quoi ? J'ai eu Juju ce matin au téléphone et il m'a dit…

— Bonjour mademoiselle !

Curieux, Félix Brémont avait quitté le salon pour venir saluer la jeune femme, un sourire avenant sur les lèvres.

— Oh… bonjour. Excusez-moi, je ne vous avais pas vu, monsieur…

— Félix, je m'appelle Félix, je loue une chambre ici.

Matthias observait discrètement leur échange. Le nouveau venu ne lâchait pas Sophie des yeux, pas plus que sa main qu'elle lui avait tendue. Apparemment, l'opération séduction avait débuté…

— Je dois rentrer une date de départ, monsieur Brémont…

L'intéressé reporta brièvement son attention sur son hôte avant de lui répondre en fixant la jeune femme.

— Eh bien, je sens que je vais bien me plaire ici, alors… je loue la chambre pour deux semaines, ça sera parfait !

Matthias ne pipa mot et fronça imperceptiblement les sourcils, légèrement agacé par ce type qui commençait à prendre un peu trop ses aises à son goût. Il regrettait déjà de l'avoir laissé entrer…

Assis en compagnie d'Alice à la table du petit déjeuner, Julien écoutait religieusement la mère d'Isa lui raconter des anecdotes sur l'enfance de sa fille tout en feuilletant un vieil album photo. Il n'était pas sûr qu'Isadora verrait cette initiative d'un très bon œil, mais pour l'heure, il profitait de ce qu'elle n'était pas encore descendue les rejoindre pour en apprendre le plus possible sur la jeune femme.

Bruno était rentré de sa garde un peu plus tôt et était allé se coucher directement après les avoir salués, non sans montrer un peu d'inquiétude en ne voyant pas sa fille à leurs côtés. Ce ne fut que sur le coup de 8 heures qu'elle apparut sur le seuil de la cuisine, vêtue d'un de ces pyjamas en flanelle à carreaux qu'elle semblait beaucoup affectionner. La mère d'Isa s'était absentée quelques minutes de la pièce et la jeune femme eut un mouvement de surprise en voyant Julien. Elle resta quelques secondes sans voix.

— Bonjour ! s'exclama-t-il. Sexy ton pyjama…

Isadora lui jeta un regard noir, goûtant très peu à son humour potache de si bon matin. Pourtant Julien ne plaisantait pas… Il la trouvait toujours aussi attirante dans cette tenue qu'elle aurait très bien pu dénicher dans la garde-robe de son père.

Cette nana peut porter n'importe quoi, elle ne sera jamais à son désavantage…, songea-t-il.

— Pas moins sexy que ce bonnet que tu trimbales en permanence, répliqua-t-elle, railleuse. Je pensais que c'étaient plutôt les filles qui regardaient *Riverdale*[1]…

— *River* quoi ?

— *Riverdale.* Jughead Jones ? Très actif au sein du journal de son lycée et apprenti écrivain. Non ?

— Tu dois confondre avec Matthias, là…

Isadora éclata de rire. Non, il ne connaissait vraiment pas la série ! Et il était vrai que cette description de personnage, mis à part le couvre-chef, correspondait bien au meilleur ami de Julien.

— C'est une série, lui apprit-elle en se servant un café. Jughead porte en permanence un bonnet. Il ne l'enlève que pour dormir, prendre une douche ou conduire une moto.

— Ça nous fait trois points communs alors…

— Tu as une moto ? demanda-t-elle, soudain intéressée.

— Elle est dehors et n'attend plus que nous pour rentrer à Chamonix.

Si la conversation s'était jusqu'à maintenant déroulée sur un ton badin, cette phrase lancée le plus sérieusement du monde fit revenir Isadora à une tout autre réalité. Elle se laissa tomber sur une chaise et serra le mug entre ses paumes.

— Je ne sais pas si c'est une bonne idée, Julien…, murmura-t-elle, les yeux baissés. Je pense que je ne suis plus la bienvenue là-bas.

---

1. Série télévisée américaine diffusée en France sur Netflix, basée sur les personnages de l'éditeur *Archie Comics*. (source : Wikipédia) (*NdA*)

Le jeune homme se redressa et tendit les mains pour couvrir celles d'Isa. Il resta un moment figé, surpris par son propre geste qu'il ne se serait pas permis il y a encore quelques heures, mais ne les retira pas pour autant.

— Tu n'as jamais été aussi loin de la vérité, Isadora... Matthias ne te reproche rien, il sait ce que tu as fait, je l'ai mis au courant. Quant à Sophie, c'est ta plus grande alliée.

— Et Philippe ? s'enquit-elle d'une toute petite voix. C'est quand même lui qui m'a fichue dehors...

— Il est prêt à t'écouter. Matthias et moi, on a pensé que ce serait mieux que tu lui parles de tout ça face à face...

— Tu seras là ?

La question désarçonna Julien.

— Je... ne sais pas. Si c'est ce que tu veux, oui, je serai là. Même si...

— Même si quoi ?

Fébrile, Isadora le fixait de ses grands yeux. Elle-même n'arrivait pas vraiment à comprendre pourquoi sa présence à ses côtés lui était nécessaire. Sans doute parce qu'il avait fait tout ce chemin pour venir la convaincre...

— À vrai dire, Philippe et moi, on s'est pris la tête tous les deux...

— À... cause de moi ? demanda-t-elle, troublée.

— Non... Enfin pas directement. On a eu des mots un peu... vifs et... Bref, c'est parti en vrille. Mais c'est bon, ne t'inquiète pas pour ça.

Isadora crut déceler une lueur de tristesse dans les iris de Julien, mais il finit par détourner la tête et se recala au fond de son siège, rompant ainsi le lien entre eux quand il lâcha ses mains.

— Écoute, ce serait vraiment dommage d'abandonner maintenant. Matthias a besoin que tu lui ouvres les yeux. J'étais furieux au début quand Sophie m'a avoué ce qu'elle et Philippe avaient fait, je me disais que c'était à lui seul de décider. Je n'ai pas lu son manuscrit, je ne m'en sentais pas le droit, mais je suis sûr qu'il a du talent, mon Matthou.

Isadora sourit avec tendresse. L'affection que ces deux hommes avaient l'un pour l'autre et cette merveilleuse amitié étaient vraiment touchantes. Que cela avait dû être dur pour Julien de trouver Matthias après sa tentative de suicide… Elle n'osait imaginer comment il avait pu surmonter le sentiment d'horreur et d'impuissance qu'il avait certainement ressenti à ce moment-là. Elle ne lui posa pas la question et préféra reprendre un ton plus léger pour détendre l'atmosphère.

— Est-ce que tu me laisserais conduire ?

Julien lui jeta un regard étonné.

— Quoi ? Ma moto ? Tu as ton permis ?

Isadora leva les yeux au ciel.

— Je ne te le demanderais pas si ce n'était pas le cas.

Le jeune homme sembla réfléchir.

— Ça veut dire que tu acceptes de rentrer avec moi ?

Elle hocha la tête.

— Bon… Quand on aura quitté l'autoroute, c'est toi qui prendras les commandes.

Libre. Cela faisait des années qu'Isadora n'avait pas tenu le guidon d'une moto, mais elle n'avait rien oublié. C'était une chose d'être passagère, on ressentait la puissance, la vitesse et on n'avait qu'à se laisser porter, confiante, par son compagnon de route. Mais avoir le contrôle de l'engin était encore plus grisant, toutes les sensations étaient décuplées. Isadora, concentrée sur la circulation et les indications de Julien, gardait néanmoins tous ses sens en éveil et elle irradiait.

Le doute qui l'avait submergée au petit déjeuner, ses questionnements sur la pertinence de son retour à Chamonix… Tout avait disparu. Tant qu'elle se trouvait sur cette moto, elle ne pensait à rien d'autre… Même pas au fait qu'elle n'avait toujours pas eu l'occasion de voir Julien sans bonnet ni casque. Le bougre avait déjà troqué le premier pour le second quand elle était descendue le rejoindre une fois habillée et prête à partir. Mais que cachait-il sous son éternel couvre-chef? Une calvitie naissante? Une teinture ratée? En tout cas, elle était sûre qu'il n'était pas complètement chauve, ayant pu apercevoir quelques boucles brunes dans son cou lorsqu'elle était installée à l'arrière de la moto. Malheureusement, c'était tout ce que son casque intégral lui avait permis de distinguer. Le mystère restait donc entier.

À quelques minutes de leur destination, Isadora ressentit néanmoins une certaine anxiété. Elle reconnaissait les rues, le paysage alentour et savait que bientôt elle se retrouverait face à Philippe.

— On peut s'arrêter cinq minutes? lança-t-elle à son équipier par-dessus le bruit du moteur.

— Tu es sûre?! On est quasiment arrivés, là…

— Je sais, oui. Justement…

Julien comprit que l'insouciance et la légèreté avaient fait place à une certaine angoisse dans l'esprit d'Isa. Il lui indiqua un emplacement à l'écart de la route où ils pouvaient faire halte. Une fois qu'ils furent arrêtés, il mit pied à terre et attendit qu'elle fasse de même, l'air soucieux.

— Tu t'inquiètes encore de l'accueil de Philippe, c'est ça?

Isadora, contrairement au jeune homme, retira son casque qu'elle posa sur la selle et passa une main nerveuse dans ses longs cheveux. En relevant la tête, elle capta le regard fixé sur elle, libéré de la protection de la visière.

— Oui, c'est ça.

— Tu n'as rien à craindre, Isadora. Je t'ai promis que je serai là. Matthias aussi. Alors, fais-moi plaisir…, poursuivit-il en saisissant délicatement le menton d'Isa. Débarrasse ton joli visage de ce vilain pli soucieux.

Malgré son appréhension, elle se surprit à sourire. Si quelqu'un lui avait affirmé, une semaine plus tôt, que Julien Charpentier prendrait les traits d'un justicier prêt à la défendre bec et ongles contre quiconque tenterait de la blesser, elle n'y aurait pas cru une seule seconde. Et pourtant, force était de constater que depuis les vingt dernières heures, il était son meilleur allié.

Chapitre 22

Sophie était déjà rentrée chez elle depuis une heure lorsque Matthias entendit la moto qui se garait devant le chalet. Il était installé avec son père sur la terrasse. Le nouveau locataire était quant à lui parti pour l'office de tourisme à Chamonix-Mont-Blanc. Félix Brémont n'avait, au départ, pas eu l'intention de commencer ses excursions dès son arrivée, mais Matthias s'était révélé très convaincant en lui affirmant qu'il y avait tant de choses à découvrir qu'il lui faudrait profiter de chaque moment de son séjour pour ne rien rater. Il était heureux d'avoir réussi à se débarrasser de lui. Sa drague à peine subtile de Sophie l'avait profondément agacé. En l'absence de Julien, il tenait à ce que personne ne manque de respect à la petite sœur de son meilleur ami. D'accord, il s'était peut-être montré un peu trop protecteur, d'autant que Sophie n'avait pas eu l'air de se formaliser du côté légèrement envahissant du nouveau venu, mais il fallait parfois agir pour le bien de ceux qu'on aimait… contre leur gré !

Matthias croisa le regard de son père. Voilà, on y était. Isa allait enfin avoir l'occasion de se défendre. Il quitta son siège et contourna le chalet par l'extérieur pour aller au-devant de Julien et de la jeune femme. Quelle ne fut pas sa surprise en constatant que celle-ci se trouvait à la place du pilote et non à celle du passager ! C'était d'autant plus étonnant qu'en général, Julien ne laissait personne conduire sa moto. Matthias n'avait pas trop réfléchi à la façon dont lui-même accueillerait Isa. Devait-il passer au tutoiement, maintenant qu'il était de notoriété publique qu'ils avaient fait une partie de leur scolarité ensemble ? Ou fallait-il qu'il garde une certaine distance due au caractère initialement professionnel de la présence d'Isa en ces lieux ? Il n'eut pas à se poser davantage de questions, car lorsqu'Isa le vit approcher, elle alla lentement à sa rencontre et s'adressa à lui en s'affranchissant des conventions :

— Je suis désolée, Matthias. J'aurais tellement voulu avoir le courage de faire plus pour toi, si tu savais...

Elle le regardait d'un air triste, mais sans commisération. Il n'avait qu'à voir les larmes briller dans ses yeux pour comprendre qu'elle était sincère. Matthias lui sourit.

— Je sais, Isa. Je ne t'en veux pas. Au contraire, tu as fait plus que n'importe qui d'autre ce jour-là...

Julien observait la scène à l'écart. Il avait promis à Isadora qu'il serait présent quand elle parlerait à Philippe, mais avec Matthias, elle ne craignait rien. De plus, il sentait qu'ils avaient besoin de ce petit moment juste tous les deux. Il accrocha son casque au guidon de la moto et enfila son bonnet. Lorsqu'il leva de nouveau les yeux sur le chalet, il aperçut le père de son ami qui le fixait, hésitant. Fallait-il que Julien aille vers lui pour désamorcer le conflit avant qu'il parle avec Isa ? Le jeune homme n'arrivait pas à s'y résoudre. Il avait sans doute provoqué Philippe, mais celui-ci l'avait giflé et le souvenir de ce geste pesait sur son cœur comme une chape de plomb.

— Julien ?

L'intéressé sursauta en entendant son prénom. Matthias lui sourit avant de le gratifier d'une chaleureuse accolade.

— Je suis content de te revoir, vieux frère...

— Moi aussi, Matthou...

Isa assistait, attendrie, aux retrouvailles des deux amis. Julien ne lui avait pas précisé si Matthias était présent ou non lors de sa dispute avec Philippe, mais en voyant le jeune Lacroix si heureux d'être aux côtés de son frère de cœur, elle avait l'intuition que c'était le cas.

— Bonjour, Isa…

Elle tressaillit. Philippe se tenait près d'elle, observant lui aussi son fils et son ami.

— Bon… bonjour monsieur Lacroix, bégaya-t-elle.

Instinctivement, son regard chercha celui de Julien et elle laissa échapper un soupir de soulagement lorsqu'il s'accrocha au sien. Le jeune homme avait vu Philippe se rapprocher d'Isa et s'était raidi imperceptiblement, alertant Matthias.

— Il faut que vous parliez, tous les deux, affirma ce dernier.

Débarrassée de ses sacs de course, Sophie pesta en lisant le message sur son téléphone.

— Et voilà ! Juju attend que je sois partie depuis une heure pour arriver au chalet ! Il ne pouvait pas me prévenir plus tôt ?!

Pixel regarda sa maîtresse en secouant énergiquement la queue. Il avait bien compris que Julien était de retour et se faisait une joie de le retrouver, mais comme Sophie, il aurait préféré ne pas avoir à patienter jusqu'à la fin de la journée. La jeune femme posa son portable sur le plan de travail et entreprit, résignée, de ranger ses achats à leur juste place.

La matinée s'était déroulée de façon étrange. Sophie avait fait la connaissance du locataire de la seconde chambre du chalet et l'avait trouvé assez sympathique au premier abord. Peut-être un peu trop dans la séduction à son goût, mais elle avait malgré tout été flattée de l'intérêt qu'il lui avait porté. En revanche, Matthias ne semblait pas trop l'apprécier. En général il se montrait plutôt amical avec les gens, pourtant

Sophie avait senti son agacement durant toute la discussion qu'elle avait eue avec Félix Brémont. Il s'était d'ailleurs arrangé, sans en avoir l'air bien sûr, pour l'envoyer à l'autre bout de la ville en quête de renseignements pour ses futures randonnées, alors qu'il aurait été plus simple de lui fournir lui-même ces informations. Il n'y avait pas un seul circuit dans le coin, un seul site que Matthias ne connaisse sur le bout des doigts… enfin, des pieds serait plus exact. S'il l'avait souhaité, il aurait même pu servir de guide à ce Félix, mais il était évident que Matthias ne lui ferait jamais cette proposition.

Une fois les victuailles rangées, Sophie posa les yeux sur son chien, qui ne l'avait pas lâchée du regard depuis qu'elle avait lu le message de Julien.

— Bon, on fait quoi mon Pixou ? On les rejoint ? J'ai bien envie de revoir Isa et mon Juju, moi. Et puis, on ne sait jamais, si ça se passait mal… D'un autre côté, ils ont peut-être besoin d'être seuls tous les quatre pour s'expliquer. Et Isadora n'a rien à craindre, elle est bien entourée, ajouta-t-elle avec un clin d'œil pour Pixel.

Philippe entraîna Julien à l'écart, abandonnant Isadora et Matthias en tête-à-tête dans la cour du chalet. Le frère de Sophie le suivit sans mot dire, préférant lui laisser le soin d'entamer la conversation. Une fois qu'ils furent sur la terrasse, le père de son ami se retourna pour lui faire face, l'air tourmenté.

— Je regrette pour la gifle. Tu avais raison, je n'ai de leçon à donner à personne. Moi aussi, j'ai mal agi.

— Isa n'a pas mal agi.

— OK. Je vais l'écouter, promis. Mais je voudrais que tu me pardonnes ce geste, Julien, s'il te plaît… Je sais à quel point…

— C'est moi, je n'aurais pas dû remettre cette histoire sur le tapis, surtout devant Matthias. Ça m'a énervé que tu enfonces Isa alors que tu ne lui as même pas laissé la possibilité de s'expliquer. J'ai cherché à te blesser, à te pousser dans tes retranchements… juste pour te provoquer. Je suis allé trop loin, moi aussi.

Le regard de Philippe se fixa sur un point derrière Julien. Il sembla un moment perdu dans ses pensées.

— Je vais faire un effort avec Isa, je te le jure. Et puis, après tout, si toi tu es convaincu qu'elle est sincère…

— Elle l'est, le coupa Julien. Je n'ai aucun doute là-dessus.

— Ça a l'air de mieux se passer entre vous, je me trompe ?

Le jeune homme haussa négligemment les épaules.

— Disons que j'ai pris le temps de la connaître.

Un sourire éclaira le visage de Philippe.

— Tu es moins buté que moi, alors…

Isadora et Matthias s'étaient assis sur un banc de la cour, et étaient restés silencieux quelques minutes, appréhendant de potentiels éclats de voix du côté de la terrasse. Ils se rendirent bientôt compte qu'ils pouvaient se tranquilliser : les deux hommes paraissaient avoir trouvé un terrain d'entente.

— Qu'est-ce qui s'est passé exactement entre eux ? Julien m'a juste dit que c'était parti en vrille.

Matthias poussa un long soupir.

— Julien a déterré un vieux cadavre et mon père l'a giflé.

Isadora ouvrit des yeux ronds, choquée. Philippe lui avait toujours semblé être un homme sage, doté d'une grande maîtrise de lui-même… enfin jusqu'à ce qu'il fasse preuve d'une certaine virulence envers elle. Mais elle n'aurait jamais imaginé qu'il puisse s'en prendre physiquement à l'ami de son fils.

— Julien l'a poussé à bout, mais c'est pas une excuse. Mon père n'aurait pas dû faire ça, il sait combien l'enfance de Julien a été compliquée jusqu'à ses six ans… Je ne devrais pas discuter de ça avec toi, c'est son histoire et il n'apprécierait pas que…

— Je ne lui en parlerai pas, Matthias, promis. La dernière chose que je souhaite c'est qu'il t'en veuille. Je ne te demanderai pas de m'en raconter davantage, ajouta-t-elle, compréhensive. J'avais bien saisi que Julien avait pris ma défense, d'une certaine manière, mais je ne pensais pas qu'ils en étaient arrivés là.

— Julien a toujours détesté l'injustice. Nous n'habitions pas le même quartier, il était scolarisé à Échirolles. Mais s'il avait été à Champollion, il n'aurait pas hésité à remettre Verdier à sa place…

— C'était un ado bagarreur ?

— Pas du tout. Je dirais juste qu'il peut en venir aux mains quand on s'en prend à ceux qu'il aime. Moi j'essaie toujours d'ouvrir le dialogue, de négocier pour éviter que les choses s'enveniment.

— Julien agit et il discute ensuite, murmura Isadora, un léger sourire aux lèvres.

— Le plus souvent, oui, admit Matthias.

La jeune femme songea qu'effectivement, Matthias n'aurait jamais été harcelé si Julien s'était trouvé dans les parages. Il n'aurait rien laissé de tel arriver à son frère de cœur. Isadora était une adolescente assez solitaire au collège, sérieuse et élève modèle, elle ne faisait pas l'unanimité auprès de ses camarades. Ses rares amies pouvaient se compter sur les doigts d'une main. De plus, elle avait tellement honte de se montrer faible face à ses tortionnaires qu'elle avait préféré n'en parler à personne.

— Tu dois sûrement penser que comparé à ce que tu as subi, ce que moi j'ai vécu, c'est…

— Non, Isa, je t'arrête tout de suite, l'interrompit Matthias en posant la paume sur son bras. Il n'y a pas de petit ou de grand harcèlement. Chacun souffre à sa manière, selon sa propre sensibilité. Se moquer de ton prénom, te couper les cheveux, c'est toucher à ton identité, à ce que tu es, au même titre que mon corps a été une cible. Ce n'était pas forcément moins violent pour toi… surtout la dernière fois.

Isadora se rappela qu'effectivement, elle avait vécu cette ultime agression comme un anéantissement. Avec le manque d'air, l'impossibilité de se débattre, elle avait cru mourir.

— Je ne sais pas comment j'ai pu me laisser abuser à ce point par Anthony…

Matthias tressaillit. Le seul fait d'entendre son prénom lui donnait la nausée.

— Il t'a montré de lui ce qu'il voulait.

— C'est gentil de ne pas faire mention de ma grande naïveté… En tout cas, je suis heureuse d'avoir découvert son vrai visage avant que notre… relation ne devienne plus poussée. Excuse-moi, je ne sais pas pourquoi j'ai cru bon de préciser ça, se reprit-elle en voyant rougir Matthias.

Ce dernier la gratifia d'un sourire gêné.

— Non, c'est rien. Pour moi, imaginer qu'il ait pu être aimé par quelqu'un le rend un peu trop humain.

— Je ne sais pas si j'étais réellement amoureuse ou si j'aimais l'idée de l'être. À vrai dire, il a été mon premier petit copain, je n'avais pas vraiment de point de comparaison.

Matthias resta silencieux. Sa vie affective à lui avait commencé beaucoup plus tard. Il lui avait fallu de nombreux mois, voire des années, avant de pouvoir accepter de partager une certaine intimité avec une femme. Après sa tentative de suicide, il avait dû se relever du départ précipité de son père et cela avait été long… très long. Sa décision était prise : il ne retournerait pas au lycée et il mettrait à profit le temps qu'il avait devant lui pour devenir un autre. Pas moralement, non, mais physiquement. Une fois que sa mère et lui eurent quitté Grenoble, il entreprit, en parallèle d'une seconde année de terminale par correspondance, un programme intensif pour perdre du poids. Il avait malmené son corps pendant des années en le nourrissant à outrance, désormais il le brutaliserait à coups de footing quotidien, pompes, abdominaux et autres tortures sportives… Car ce fut une torture, oui. Passer d'un adolescent obèse aux habitudes plus que sédentaires à l'homme qu'il était aujourd'hui avait été douloureux, mais il avait tenu bon, dépassant chaque jour un peu plus ses limites. Il s'imposait depuis une discipline drastique, tant du point de vue de son alimentation que de son activité physique.

Quelques femmes étaient entrées dans sa vie, mais aucune n'avait partagé son quotidien. Entre son travail qui lui faisait mener une existence nomade et sa quête éperdue pour retrouver son père, il n'y avait eu aucune place pour une relation stable.

Julien avait respecté sa promesse. S'il ne s'était pas tenu trop près d'Isadora pendant la mise au point de celle-ci avec Philippe, restant à une distance assez éloignée pour ne pas être intrusif, il s'était positionné dans son champ de vision afin qu'elle sente qu'il veillait au grain. Lorsqu'il fut clair que Philippe et Julien avaient terminé, la jeune femme et Matthias les avaient rejoints sur la terrasse. Et si ce dernier avait préféré quant à lui les laisser seuls, se disant que la présence de Julien suffisait amplement à la tranquilliser, il l'avait néanmoins assurée de son soutien.

Comme il l'avait juré à l'ami de son fils, Philippe n'avait à aucun moment élevé la voix, accordant le loisir à Isa de raconter sa version des faits. Elle aurait certainement fait l'impasse sur son rôle dans l'intervention des deux surveillants si Julien ne lui avait pas lancé un regard insistant pour qu'elle en parle. Elle s'était pourtant persuadée que pour le père de Matthias, cet aveu n'aurait sûrement que peu de poids, puisque personne n'était en mesure de prouver ses allégations. Contre toute attente, toutefois, Philippe la crut sur parole.

Il n'était pas buté au point de penser que tout ce qui sortait de sa bouche était un mensonge. Si Julien la disait sincère, elle l'était forcément. Il avait toujours eu confiance en son jugement. Philippe avait demandé à Isa de l'excuser pour son attitude et tout était rentré dans l'ordre. Chacun avait repris sa routine au chalet comme si rien n'était arrivé. Ou presque. Isadora n'était désormais plus une totale étrangère pour les Lacroix, elle connaissait les tourments de Matthias pour les avoir vécus elle-même. La jeune femme n'avait plus vraiment l'impression d'être en mission professionnelle. Elle renouait avec le passé, pansait des blessures qui s'étaient rouvertes. À l'instar de Matthias quelques années plus tôt, elle prenait un nouveau départ.

Chapitre 23

Sophie décacheta, anxieuse, l'enveloppe qu'elle avait gardée dans sa poche toute la matinée. Ce n'était pas tous les jours qu'elle recevait une lettre provenant d'une ancienne « camarade » de promo. Sophie et Lison s'étaient très peu côtoyées durant leurs études à l'institut de formation en soins infirmiers d'Annecy-Pringy. Contrairement à la première qui employait son temps à potasser ses cours, la seconde préférait s'échapper pour s'amuser en dehors de l'établissement. Sophie avait d'ailleurs du mal à croire qu'elle ait tout de même pu décrocher son diplôme. Et pourtant, c'était le cas, sinon elle se serait bien gardée d'organiser cette soirée d'anciens élèves !

Entendant des pas derrière elle, la jeune femme s'empressa de glisser le courrier dans la poche de son chemisier. Le geste peu discret de sa sœur n'échappa pas à l'œil aguerri de Julien.

— Qu'est-ce que tu planques, Fifi ? demanda-t-il, suspicieux.

— Absolument rien, répliqua-t-elle du tac au tac en tentant de contourner son frère, qui profita de sa proximité pour extirper l'enveloppe de sa cachette. Hé, donne-la-moi, espèce de gremlin !

— Alors là, ma vieille, si tu m'appelles comme ça, je ne suis pas près de te la rendre ! rit-il tout en dépliant la feuille largement au-dessus de sa tête pour que Sophie, bien plus petite que lui, ne puisse l'atteindre.

Il lut rapidement son contenu et lança à sa sœur :

— C'est génial ! Tu vas y aller, bien sûr !

— Bien sûr… que non.

— Comment ça « non » ?!

— Je n'ai rien à faire là-bas.

— Mais tu es invitée ! s'exclama Julien, incrédule.

— Toute la promo l'est, nuance !

— Fifi…

— Ah, ne commence pas, hein ! Tu sais à quel point j'ai été heureuse de quitter l'IFSI ! Toutes ces nanas étaient insupportables et je n'ai rien en commun avec elles.

— Si, vous êtes infirmières, répliqua-t-il, hilare. Non, plus sérieusement… je peux t'accompagner, si tu veux.

Sophie posa sur son frère un regard plein d'ironie.

— Bah voyons. Je vais venir à cette soirée avec mon frangin qui s'est tapé au moins la moitié de la promo… sauf les mecs, bien sûr.

Julien afficha un air faussement offensé.

— La moitié, faut pas pousser quand même. J'ai peut-être passé une nuit avec deux ou trois filles, c'est vrai, mais avec les autres, on ne faisait que sortir de temps en temps, c'est tout. Arrête de me coller cette étiquette de don Juan, sœurette, je ne suis pas du tout comme ça !

— Eh bien, figure-toi que ce n'est pas ce qu'elles prétendaient… Tu comprends maintenant pourquoi je ne veux pas y aller ?

— Elles ont peut-être changé…

— Laisse tomber ! J'ai pas envie. Et puis, je t'adore mon Juju, mais… me pointer là-bas avec mon frère, c'est la honte quand même.

Julien réfléchit quelques instants, puis son visage s'illumina comme si un éclair de génie venait de le foudroyer.

— Demande à Matthias de t'accompagner !

— C'est une soirée où l'on danse. Matthias déteste danser.

— Il le fera pour toi, il ne peut rien te refuser.

— Justement, je ne veux pas qu'il se sente obligé. Oublie cette idée ! Et ne t'avise surtout pas de lui en parler ! ajouta-t-elle d'un ton menaçant, l'index pointé dans sa direction.

Julien leva les deux mains en signe de reddition.

— OK, pas un mot à Matthias !

Mais à Isadora, je peux, se dit-il, malicieux. *Et si elle en discute avec lui, je ne serai pas responsable…*

Depuis le canapé du salon, Isa s'amusait de la scène qui se jouait devant ses yeux depuis une bonne demi-heure. L'échange entre Matthias et Félix, le nouvel arrivant, était à la limite du burlesque. Entre deux phrases enthousiastes sur la beauté des sites de Chamonix et sa difficulté à faire un choix parmi toutes les excursions existantes, Félix s'arrangeait pour poser une question, de prime abord innocente, au sujet de Sophie.

La réaction de Matthias était imparable. Son visage se fermait instantanément et il faisait mine de ne pas avoir entendu. Heureusement, Félix ne s'en formalisait pas et embrayait sur un autre sujet… avant de revenir à la charge quelques minutes plus tard. La petite Sophie l'avait clairement séduit.

Isadora n'arrivait pas à définir si l'attitude de Matthias tenait du grand frère protecteur ou si l'intérêt de Félix pour Sophie titillait chez lui une jalousie toute masculine. Peut-être un mélange des deux.

En tout cas, Isa était soulagée de ne pas faire le moindre effet à Félix. Ils avaient brièvement discuté de ce qui les amenait tous deux à Chamonix, mais sans plus. Elle avait seulement déclaré qu'elle était en vacances, n'ayant nulle envie de mettre Matthias mal à l'aise avec les questions que ne manquerait pas de lui poser Félix sur son manuscrit.

Au bout d'un certain temps, le jeune Lacroix prétexta avoir à faire au sous-sol et faussa compagnie à Félix, qui tourna en rond quelques secondes dans la cuisine avant d'en sortir et de lancer à Isa qu'il allait préparer son sac à dos pour aller se balader du côté des sources de l'Arveyron. Au moment où il quitta le chalet quelques minutes plus tard, il croisa Julien, le salua rapidement puis s'éclipsa.

Dès qu'il la vit, le meilleur ami de Matthias fonça droit sur elle. Sans préambule, il lui prit la main et l'entraîna sur la terrasse, vérifiant au préalable qu'il n'y avait personne dans les parages.

—Mais… dis-moi ce qui se passe, Julien, enfin !

—Chut… viens, chuchota-t-il.

Une fois assez loin de la demeure, le jeune homme s'arrêta.

—J'ai quelque chose à te raconter, mais Matthias ne doit pas nous entendre, précisa-t-il avant de lui lâcher la main.

—Tu fais des cachotteries à ton meilleur ami ? ironisa-t-elle.

—Sophie ne veut pas que je lui en parle, alors j'ai besoin d'une alliée.

—Rectification : tu as besoin d'une délatrice. Je ne dirai rien à Matthias contre la volonté de Sophie, asséna Isa, les bras résolument croisés sur la poitrine.

—Même si, au final, c'est pour lui rendre service ?

Isadora fronça les sourcils. Cela lui ferait énormément plaisir d'aider Sophie, mais elle ne voyait pas comment agir derrière son dos pouvait lui rendre service. Alors, elle pensa à ce que Philippe et la jeune infirmière avaient entrepris en cachette pour encourager Matthias dans sa carrière d'écrivain. Elle décida donc de laisser Julien lui exposer son idée.

—Je t'écoute.

Julien lui relata alors l'invitation reçue par sa sœur et son entêtement à refuser de se montrer à cette soirée. Il lui expliqua que Sophie avait constamment fait figure d'ovni au sein de l'IFSI, que ses centres d'intérêt n'étaient pas les mêmes que ceux de la grande majorité des étudiants, enfin plutôt des étudiantes, puisqu'elle s'était toujours bien entendue avec les garçons.

— Je lui ai proposé de l'accompagner, mais elle pense que c'est une mauvaise idée… pour différentes raisons, ajouta-t-il négligemment, ne désirant pas entrer dans les détails de ses aventures d'un soir. Alors je lui ai suggéré de demander à Matthias.

— Il accepterait sûrement, affirma Isa.

— Justement, elle est certaine que oui, pour lui faire plaisir, mais il déteste danser. Elle refuse qu'il s'y sente obligé.

— Hum… et elle répugne à y aller toute seule ?

— À vrai dire, elle n'est pas très chaude pour y aller tout court…, avoua-t-il, gêné, en frottant nerveusement sa nuque. Mais si Matthias lui proposait, ça passerait crème !

Isadora observa Julien, l'air sceptique. Elle avait l'impression qu'il voulait qu'elle aille à cette soirée, pour une raison précise.

— Pourquoi c'est si important pour toi qu'elle se montre à cette réunion d'anciens élèves ? J'ai le sentiment que tu ne me dis pas tout, je me trompe ?

Les épaules de Julien s'affaissèrent, comme s'il rendait les armes.

— OK… Écoute… Je sais que Sophie a renoncé à pas mal de choses durant cette période où elle étudiait. Elle pensait qu'elle n'avait pas le droit de s'amuser pendant que moi je travaillais pour qu'elle n'ait à se préoccuper de rien. C'est son point de vue, moi je ne l'ai jamais perçu comme un sacrifice. Mais du coup… je me sens un peu coupable de l'avoir privée d'une certaine insouciance. Sophie a toujours été suffisamment bosseuse pour pouvoir gérer ses études et sa vie sociale, elle aurait très bien pu lever le pied et… mieux s'intégrer, mais elle ne l'a pas fait, elle ne s'en est pas donné le droit. Et aujourd'hui, elle est tellement prise par son métier et tout le temps inquiète pour Philippe et Matthias… Je voudrais seulement qu'elle se déconnecte de tout ça, qu'elle s'octroie une pause, parce qu'elle le mérite.

Cette tendre déclaration de Julien envers sa sœur émut Isadora plus qu'elle ne l'aurait cru. L'amour fraternel qui les liait était si fort qu'il aurait pu déplacer des montagnes. Julien désirait que Sophie pense à elle, qu'elle s'amuse et qu'elle arrête de se démener sans arrêt pour aider les autres. Au moins pour une soirée. Le jeune homme voulait la voir plus souvent heureuse et épanouie, légère et insouciante. Il s'y prenait peut-être de façon maladroite en agissant à son insu, mais il était tellement touchant de sincérité qu'Isa n'aurait pu lui refuser ce service, même si elle l'avait souhaité.

—Je vais essayer de glisser l'info dans la conversation, promis, assura-t-elle en lui souriant.

Chapitre 24

— Mon fils… est… un crétin, haleta Philippe, à l'attention d'Isa.

Essoufflé, il s'assit lourdement sur le transat situé près de celui de la jeune femme sur la terrasse. Le simple fait de marcher lui était de plus en plus pénible et les cernes violacés qui marquaient son visage semblaient davantage prononcés. Il n'avait que cinquante-huit ans, mais en paraissait à cet instant quinze de plus.

— Pourquoi vous dites ça ? demanda Isa en tentant de dissimuler l'inquiétude qu'elle éprouvait de le voir ainsi.

— Au lieu d'accepter d'écrire des articles à la pige, il préfère louer la seconde chambre à ce lourdaud.

— Vous parlez de Félix ? Vous ne l'aimez pas non plus ?

Philippe lui jeta un regard interrogateur.

— Vous ne l'appréciez pas ?

— Oh non ! Moi, je n'ai rien contre lui, il est charmant. Mais il semble agacer fortement Matthias.

Philippe s'esclaffa.

— Il ne doit s'en prendre qu'à lui-même. C'est lui et personne d'autre qui a fait entrer le loup…

Le loup ? Que sous-entendait-il ?

— Vous pensez que Félix est un homme dangereux ?

— Ça dépend pour qui…, murmura-t-il, mystérieux.

Elle l'observa à la dérobée. Si maintenant il se mettait à parler par énigmes…

Reclus au sous-sol, Matthias, dégoulinant de sueur, entamait une ultime série de pompes. Il avait prolongé sa session du jour de quelques exercices, histoire de se vider la tête. À propos de tête… il se disait qu'une petite coupe de cheveux serait la bienvenue. Il avait l'habitude de les porter très courts, presque en brosse, et il sentait, aux mèches qui le titillaient au-dessus des oreilles, qu'il était temps de passer un coup de tondeuse. D'ordinaire, c'était Sophie qui se chargeait de cette corvée, mais avec ce Félix dans les parages, il n'avait aucune envie de lui demander de venir au chalet. Il se débrouillerait donc tout seul.

Le nouveau locataire avait décidé que ce jour était de relâche et n'avait pas l'intention d'aller crapahuter dans les hauteurs. Et quand il était là, il passait son temps à déambuler dans toutes les pièces à la recherche de quelqu'un à qui raconter ses périples de routard.

Si Sophie met les pieds chez nous, elle sera assaillie dès son entrée par ce lourdingue, pensa Matthias.

Ce dernier termina sa séance intensive, se saisit d'une serviette pour s'éponger le visage et attrapa une bouteille pour avaler une grande goulée d'eau. Il en avait assez fait pour aujourd'hui. Son corps avait produit suffisamment d'endorphines pour baisser son niveau de stress. Au bout de quelques minutes, il sortit de son antre. Le chalet semblait silencieux et il ne rencontra âme qui vive jusqu'à la salle de bains de l'étage, où il prit une douche chaude et bienfaisante. Personne ne viendrait l'y déranger à cette heure.

— Youhou ! Il y a quelqu'un ?! lança Sophie en laissant la porte claquer derrière elle.

Elle traversa l'entrée pour se rendre dans le salon. Au pied de l'escalier, elle entendit une sorte de vrombissement provenant de l'étage. Ce bruit lui était vaguement familier. Elle s'apprêtait à monter vérifier son origine lorsque Félix apparut comme par miracle à ses côtés.

— Bonjour Sophie, vous êtes très en beauté, aujourd'hui ! s'exclama-t-il avec un sourire rayonnant.

Par réflexe, Sophie baissa les yeux sur sa tenue. Elle portait un jean élimé surmonté d'une chemise cintrée à carreaux qui mettait, certes, en valeur sa poitrine, mais n'avait rien de spectaculaire. Bien au contraire, elle trouvait qu'elle la boudinait.

— Euh… merci, Félix, c'est gentil. Vous n'auriez pas vu vos hôtes par hasard ?

L'intéressé parut réfléchir quelques secondes avant de lui répondre.

— J'ai aperçu Matthias il y a plus d'une heure descendre au sous-sol. J'ai passé un moment dans le jardin, mais je pense qu'il a dû remonter depuis… Quant au vieux monsieur et Isa, ils sont sur la terrasse.

Sophie eut un mouvement de recul en entendant la description peu flatteuse du père de son ami.

— Philippe n'a que cinquante-huit ans, c'est encore très jeune…, répliqua-t-elle en s'efforçant de rester polie.

— Vraiment ? Oh, je suis désolé, mais il paraît tellement plus âgé. Il est peut-être fatigué…

Sophie se mordit la lèvre. Oui, fatigué, ça, il l'était résolument. Et très malade. Mais cela, elle se garda bien de le préciser, même si Félix n'avait pu manquer de remarquer que Philippe s'éclipsait régulièrement dans sa chambre.

— Excusez-moi, lâcha-t-elle. Je vais voir si Matthias est à l'étage…

— Oh, vous m'abandonnez déjà ? Je vous ai froissée ? Je suis désolé…

— Non, non, du tout, mentit-elle. Si ça ne vous fait rien, nous poursuivrons cette discussion plus tard, ajouta-t-elle en se forçant à sourire.

— Avec plaisir, So…

Elle ne lui laissa pas le temps de finir sa phrase et grimpa les marches de l'escalier quatre à quatre, trop heureuse de s'éclipser. Elle avançait dans le couloir en direction du vrombissement qu'elle avait entendu plus tôt lorsqu'un juron tonitruant retentit. La salle de bains. Elle hâta le pas et toqua à la porte.

— Matthias ? Tout va bien ?

Le meilleur ami de son frère jurait rarement, contrairement à Julien, mais la voix qui venait de résonner était bien la sienne. La porte s'ouvrit quelques secondes plus tard sur un Matthias torse nu, arborant une coupe de cheveux très inégale.

— Sophie ?! Qu'est-ce que tu fais là ?

Confuse, la jeune femme mit quelques secondes à réagir.

— Euh… je… Visiblement, tu as besoin d'un coup de main, se reprit-elle, rougissante. Je tombe à pic, ajouta-t-elle en le poussant pour entrer dans la salle de bains. Viens t'asseoir que j'arrange ça…

Embarrassé d'avoir été surpris en flagrant délit d'incompétence, Matthias referma la porte et prit place sur le tabouret que lui présentait Sophie.

— Tu ne devais pas passer aujourd'hui…

— Tu n'es pas content de me voir ? répliqua-t-elle en mettant la tondeuse en route. Ça fait plaisir…

Matthias leva les yeux sur elle.

— Mais non, pas du tout, qu'est-ce que tu vas chercher ? Tu sais bien que tu es chez toi ici, ma Sophie…

La jeune femme sourit. Elle baissa la tête et rencontra les iris bleus de son ami. Leurs regards s'accrochèrent un instant.

Un léger trouble s'installa quelques secondes avant que Sophie rompe délibérément le contact visuel en s'attaquant aux mèches blondes hirsutes.

— Pourquoi tu as décidé de faire ça tout seul ? C'est mon job d'habitude, enchaîna-t-elle.

C'est ça, Sophie. Parle, ne laisse pas ce silence prendre trop de place…, s'encouragea-t-elle.

— Je pensais pouvoir m'en sortir pour une fois. Pas besoin de te faire venir ici pour si peu…

Sophie risqua un coup d'œil à Matthias. Il la fixait toujours intensément.

Bon sang, Matthias, arrête de me regarder comme ça…

— Tu veux bien fermer les yeux, s'il te plaît ? Je vais attaquer le devant du crâne, tu pourrais être gêné par les retombées.

Et moi, ça m'aidera à me concentrer…

Il s'exécuta.

Mais qu'est-ce qu'il lui prenait aujourd'hui ? Pourquoi Matthias la fixait-il de cette manière ? Peut-être que cette chemise cintrée lui conférait un irrésistible pouvoir d'attraction, finalement… Elle secoua la tête.

N'importe quoi, ma pauvre Sophie. Tu te fais des idées…

— Qu'est-ce que tu as dit ?

— Hein ?

Est-ce qu'elle s'était exprimée à voix haute ?

Matthias avait rouvert les paupières et la dévisageait, l'air perplexe.

— Euh… rien… Je parlais toute seule, assura-t-elle en baissant les yeux.

Non, ne regarde pas là, Sophie… Mais pourquoi il n'a pas enfilé un T-shirt, bon sang ?!

La jeune femme soupira bruyamment.

— Ça va pas, ma Sophie ? s'enquit-il, inquiet.

C'est moi ou la température a grimpé d'un coup ? Mais qu'est-ce que j'ai, moi aussi ?!

— Bon, où sont passés les ciseaux que je coupe les pattes...

Matthias observa Sophie s'agiter à la recherche de l'objet convoité. Elle se comportait bizarrement aujourd'hui. Enfin, pas plus que lui quand il songeait à la manière dont il la mangeait des yeux depuis son arrivée. Il ne comprenait pas ce qui lui arrivait tout à coup. Pourquoi cette proximité, pourtant habituelle avec Sophie, le troublait à ce point ?

Depuis la venue de ce Félix au chalet et le jeu de séduction incessant de celui-ci vis-à-vis de la sœur de son meilleur ami, quelque chose avait changé. Sa Sophie était convoitée par un homme. Cette situation était inédite pour Matthias, qui n'avait jamais vu la jeune fille dans un tel contexte. Oui, tout était nouveau... et dérangeant. Toutes ces années passées auprès d'elle ne lui avaient pourtant pas évité de nier l'évidence. Sophie n'était plus une gamine, c'était une femme. Une femme qui pouvait faire tourner les têtes. Et force était de constater que même la sienne n'était pas épargnée par ce vertige...

Chapitre 25

Un livre entre les mains, Matthias, assis sur le canapé du salon près de la cheminée, fixait, comme hypnotisé, les trombes d'eau qui venaient se fracasser sur les planches de la terrasse. Avec ce temps, son père et Isa ne pourraient clairement pas profiter des transats. La température avait chuté de presque dix degrés depuis la veille, ce qui signifiait que toutes les personnes présentes au chalet seraient assignées à résidence jusqu'à ce que le déluge cesse.

Il n'avait pas revu Isa et Félix depuis le petit déjeuner et son père, plus fatigué que jamais, avait décidé de rester au lit toute la matinée, après sa séance de dialyse habituelle et avoir avalé l'en-cas que lui avait apporté son fils. Matthias était de plus en plus inquiet pour lui, le voyant décliner à vue d'œil. Et si Philippe avait raison ? S'il était impossible qu'il aille mieux, s'il lui fallait une greffe et qu'on n'arrive pas à trouver de donneur à temps, que se passerait-il ? Il le perdrait encore et cette fois, il n'y aurait aucun espoir de retour. Peut-être que publier ce manuscrit était la meilleure chose à faire, finalement : un dernier cadeau à son père avant…

Il secoua la tête. Non, il refusait de penser ainsi. Le considérer comme déjà mort était insupportable. Mais voir son fils embrasser une carrière d'écrivain était un rêve pour Philippe. Si Matthias devait accepter que son histoire soit éditée pour rendre son père heureux et fier de lui, alors c'était une victoire qu'il voulait bien lui concéder.

Il abandonna sa contemplation de l'averse pour reporter son attention sur sa lecture. Que pouvait-on ressentir lorsque l'on tenait son œuvre entre ses mains, le travail de plusieurs mois d'écriture intense durant lesquels on avait jeté son cœur et ses tripes sur le papier ? Caresser la couverture de son roman, humer son odeur, en feuilleter amoureusement les pages… Matthias fut parcouru d'un frisson. Son père avait vu juste : inconsciemment, il en avait toujours rêvé. Pourquoi donc alors s'entêtait-il à renoncer à son rêve ?

Des bruits de pas dans l'escalier lui firent tourner la tête. Isa. Il fut presque soulagé que ce soit elle, n'ayant aucune envie de faire la conversation à Félix.

— Alors, on bouquine ? lui lança-t-elle avant de prendre place à ses côtés.

Elle tenait contre son abdomen un énorme pavé.

— Toi aussi, apparemment.

— J'aurais préféré m'installer sur la terrasse, comme d'habitude, mais là…

— Oui, c'est le déluge !

Isadora regarda quelques secondes la pluie tomber, songeuse.

— Tu en penses quoi, toi, de cette soirée à Annecy ?

Bon, OK, ça n'a rien de subtil, mais autant être directe…, songea-t-elle.

— Quelle soirée ?

— La réunion d'anciens étudiants infirmiers, dans une semaine… Oh, et puis quelle importance, de toute façon, Sophie ne veut pas y aller apparemment, ajouta-t-elle en ouvrant son livre.

L'esprit de Matthias tourna à toute vitesse. Sophie avait été invitée à une soirée qui avait lieu à Annecy dans sept jours et elle ne lui en avait même pas parlé ?!

— Pourquoi elle ne veut pas s'y rendre ? demanda-t-il, sur un ton qu'il voulut neutre.

— Oh… je crois qu'elle ne s'entendait pas si bien que ça avec ses camarades de promo, alors y venir seule, en plus…

J'aurais pu l'accompagner, moi…, pensa Matthias.

Il ne se sentait pas vexé que Sophie ne l'en ait pas informé, mais plutôt peiné, à vrai dire. Elle n'ignorait pas qu'il se serait fait un plaisir d'y aller avec elle. Même s'il avait fallu danser, il aurait fait un effort… pour Sophie.

— Tu ne dis rien. Ça va ? Est-ce que j'aurais fait une gaffe ? ajouta-t-elle, ingénue.

— Non… non. Je suis juste étonné qu'elle ne m'en ait pas parlé… C'est une soirée dansante ? Sophie sait que je n'aime pas danser, c'est sûrement pour ça qu'elle n'a pas jugé utile de me tenir au courant…, affirma-t-il en se levant.

Mince, il a l'air vraiment dépité… Je n'aurais pas dû être aussi directe, se tança Isa.

— Tu lui aurais proposé, n'est-ce pas ? Même si c'est une soirée où les gens se trémoussent sur la piste, tu l'aurais fait… Je me trompe ?

Matthias s'appuya contre la vitre et regarda la pluie tomber.

— Il n'y a pas grand-chose que je ne ferais pas pour Sophie…, murmura-t-il.

Ça, c'est de l'amitié ! pensa Isa. *À moins que…*

Prenant conscience du caractère équivoque de sa phrase, il s'empressa d'ajouter :

— Pour Julien aussi, bien sûr !

— Bien sûr…

Mais Isadora n'était pas dupe. Tout dans l'attitude de Matthias ces derniers temps allait dans le sens de cet aveu qui lui avait échappé. Sa défiance et son agacement face à Félix qui papillonnait autour de Sophie avaient semé le doute dans l'esprit d'Isa, mais là elle était certaine que Matthias n'était pas au clair avec ses sentiments.

— Bon, je vais être honnête avec toi. C'est Julien qui m'a demandé de t'en toucher discrètement deux mots. Sophie lui a interdit de le faire.

Le jeune homme tourna brusquement la tête et vint se rasseoir à côté d'Isa.

— Mais… pourquoi ?

— Elle sait que tu n'aimes pas danser et elle ne voulait pas que tu te sentes obligé. Tu l'as reconnu toi-même : tu ne peux rien lui refuser… Julien souhaiterait qu'elle pense davantage à elle, qu'elle s'amuse. Et je crois qu'il préférerait qu'elle y aille avec toi…

Le soulagement se lisait sur le visage de Matthias. Après le moment un peu trouble qu'ils avaient vécu tous les deux la veille dans la salle de bains à l'étage, il avait eu peur que Sophie cherche à mettre un peu de distance entre eux.

— OK… Mais puisque je ne suis pas censé le savoir, ça ne va pas être simple d'amener le sujet sur le tapis…

Isadora réfléchit. Évidemment, il avait raison. Elle-même avait cruellement manqué de subtilité pour le tenir au courant. Tout cela était parti de la meilleure intention. Julien souhaitait que sa sœur prenne du bon temps, elle ne pouvait décemment pas lui en vouloir pour ça. Et à l'instar de Matthias qui ne pouvait dire non à Sophie, cette dernière n'aurait pas non plus le cœur à repousser son ami s'il lui proposait de se rendre avec elle à Annecy.

— Je crois qu'on se complique un peu trop la vie, Matthias. Personne ne souhaite nuire à Sophie dans cette affaire. Contente-toi de faire comme d'habitude avec elle : sois sincère. Elle vous aime trop Julien et toi pour vous en vouloir. Quant à moi, je ne suis que la messagère…, conclut-elle en souriant.

Du haut de l'escalier, au premier étage, Félix ne perdait pas une miette de cette conversation ô combien instructive. Et si c'était là l'occasion pour lui de passer un moment en tête à tête avec la jolie Sophie ? Il suffisait de couper l'herbe sous le pied à Matthias, mais pour cela, il devrait la jouer fine. Il avait pu remarquer que celui-ci n'appréciait pas trop qu'il tourne autour de la jeune femme. Si Félix n'en montrait rien, l'attitude de son hôte à son égard lui tapait un peu sur les nerfs. Pour ce qu'il en savait, lui et Sophie n'étaient que des amis, il estimait donc avoir le droit de tenter sa chance. Et contrairement à Matthias, lui adorait danser…

Un peu plus tard dans la journée, Philippe, se sentant moins las, était venu rejoindre Isa dans la cuisine, son fils étant parti faire un saut à la banque. Assise à table face à lui, la jeune femme lui jetait des coups d'œil furtifs. Une question lui brûlait les lèvres et elle voulait profiter de l'absence de Matthias pour interroger son père.

— Je peux vous demander quelque chose ?

L'intéressé leva le nez de son journal et fixa Isadora, curieux.

— Dites toujours…

Isa se mordit la lèvre. Sa question était délicate, car un peu indiscrète et ne concernait pas directement le père de Matthias, mais ce dernier.

— Est-ce que… est-ce que Matthias a déjà eu une relation suivie avec une femme ?

— Alors là, je ne m'attendais vraiment pas à ça ! répondit-il en riant.

— J'imagine que c'est surprenant, oui, avoua-t-elle, gênée. Mais je vous rassure tout de suite, mon intérêt pour Matthias est purement amical… et professionnel, bien sûr.

Philippe la dévisagea, les yeux pleins de malice.

—Mon fils n'est pas à votre goût ? Vous m'en voyez désolé, Isa…

—Non, mais je n'ai pas dit que je ne le trouvais pas séduisant, c'est juste que je ne suis pas attirée, c'est tout… Vous me faites marcher, pas vrai ? demanda-t-elle au bout de quelques secondes.

—Eh oui. Et vous, vous courez ! s'esclaffa-t-il, avant que son rire finisse en quinte de toux.

Isadora se leva pour aller remplir un verre d'eau et le lui tendit.

—Mer… merci.

—Je vous en prie… Ça va aller ? l'interrogea-t-elle, soucieuse.

—Oui, Isa, je ne suis pas encore mort, je vous rassure.

Le visage de la jeune femme perdit ses couleurs.

—Excusez-moi, j'ai un humour plus que douteux.

Elle reprit place sur sa chaise sans toutefois le quitter des yeux, attendant qu'il reprenne enfin son souffle.

—Mais pourquoi vous me posez cette question, Isa ?

—Je me demandais s'il avait déjà été amoureux, parce que… voilà… Je trouve que sa relation avec Sophie est… Comment vous expliquer ?

—Je vais vous aider, Isa. Mon fils a du mal à voir ce qui paraît aux autres plutôt évident. Ça fait des années qu'il connaît Sophie, ils ont pour ainsi dire grandi ensemble. Je ne prétends pas qu'elle fait partie du décor, mais disons… qu'elle a toujours été là. J'ai l'impression qu'il ne se rend pas compte qu'elle n'est plus une gamine…

—Je crois qu'il est en train de le réaliser, au contraire…

Philippe fronça les sourcils.

—Que voulez-vous dire ?

— Je pense que l'arrivée du « loup dans la bergerie » a changé la donne…, répliqua-t-elle, taquine, en faisant référence à leur dernière discussion.

Le visage du père de Matthias s'éclaira d'un sourire.

— Mon fils aurait enfin compris qu'il avait un trésor sous le nez depuis toutes ces années ?

— Je ne sais pas, mais je crois que ça le travaille sérieusement… Il est clairement jaloux de l'intérêt que Félix porte à Sophie.

— C'est seulement lorsque l'on risque de perdre quelque chose, ou quelqu'un en l'occurrence, que l'on se rend compte à quel point on y tient. J'aimerais tellement le voir heureux avant de m'en aller…

— Comme vous l'avez si bien exprimé tout à l'heure, monsieur Lacroix… vous n'êtes pas encore mort. Et le bonheur de Matthias est en bonne voie, j'en suis persuadée.

Philippe garda le silence un certain temps, le regard dans le vide.

— Il vous a dit que j'avais quitté la maison après sa tentative de suicide ?

Le sourire d'Isa disparut. Il avait tourné le dos à son fils ?! Au pire moment de sa vie ?!

— Étant donné la tête que vous faites, j'en déduis que non…

— Je… non, effectivement, je l'ignorais.

— Je sais ce que vous devez penser. Le père indigne qui abandonne son enfant quand il a le plus besoin de lui… C'est abominable… Je n'ai aucune excuse. Et pourtant Matthias m'a pardonné et il m'a cherché, pendant des années.

— Pourquoi êtes-vous parti ?

Philippe laissa échapper un soupir à fendre l'âme.

— La culpabilité. La honte. Je suis son père, je n'ai rien vu, rien soupçonné. Et je passais mon temps à lui recommander de s'endurcir, de ne pas se montrer aussi vulnérable, à l'avertir que des personnes mal intentionnées pourraient en tirer parti, profiter de sa gentillesse… Au lieu d'accepter mon fils pour ce qu'il était – un être sensible, doué, généreux – j'ai pris ça pour de la faiblesse alors que c'est sa richesse. Je me suis tellement posé en modèle, en homme fort qu'il n'a rien osé me confier de sa détresse, qu'il n'a pas voulu me décevoir… Au final, c'est moi qui l'ai déçu… Il n'avait pas besoin d'un père en dessous de tout dans sa vie.

— Et pourtant, ce père lui manquait à un tel point qu'il a tout fait pour le retrouver, non ? C'est vrai… Je connais Matthias depuis peu, mais je suis sûre qu'il est incapable d'en vouloir à ceux qu'il aime. Il vous a offert une seconde chance, vous l'avez saisie et vous avez bien fait. Vous n'avez qu'un fils et il n'a qu'un père. Personne ne sait combien de temps vous pourrez profiter encore l'un de l'autre, alors ne le gâchez pas en vous torturant. Matthias ne ratera pas le coche, son bonheur lui tend les bras.

Chapitre 26

La parka dégoulinante de pluie, Matthias fit son entrée au chalet, deux sacs de courses au bout des bras. Il s'apprêtait à les poser afin de se débarrasser de son vêtement humide lorsque Félix vint à sa rencontre.

— Laissez-moi vous aider, Matthias. Je vais les mettre dans la cuisine le temps que vous enleviez ça, proposa-t-il en désignant le manteau du doigt.

Le jeune homme n'eut pas le loisir de protester que Félix s'était déjà emparé des deux sacs. Matthias fronça les sourcils. C'était bien la première fois que son locataire se montrait aussi serviable… Il le remercia néanmoins du bout des lèvres. Une fois la parka accrochée dans l'entrée, il le rejoignit. Il constata avec surprise que Félix avait commencé à vider les cabas et ouvrait frénétiquement les placards dans le but de trouver la place idéale pour entreposer les victuailles.

— Laissez, Félix, je vais le faire…

— Oh, mais ça ne m'embête pas du tout, je vous assure ! répliqua ce dernier en continuant ses gesticulations.

— C'est très gentil, mais ce n'est pas à vous de ranger les provisions, VRAIMENT, insista Matthias.

Félix s'immobilisa avant de se tourner vers son hôte.

— Oh, excusez-moi, vous me trouvez un peu trop intrusif, c'est ça ? Vous avez raison, je fais comme chez moi alors que je ne le suis pas. Quand je vivais encore dans la maison de mes parents, j'avais l'habitude d'aider ma mère quand elle rentrait des courses, c'est pour ça…

— Ne vous excusez pas, Félix. Je sais que ça partait d'une bonne intention, mais ça va aller, je vais me débrouiller, lui assura-t-il en se forçant à sourire.

Rien à faire, même quand Félix n'était pas en train de papillonner autour de Sophie, Matthias n'arrivait pas à se décrisper en sa présence. Et il ne pouvait s'empêcher de penser que cette prévenance soudaine à son égard cachait quelque chose.

— Vu qu'il pleut des cordes et que mes plans tombent… à l'eau, sans mauvais jeu de mots, je tourne en rond, j'avoue. Alors si je peux me rendre utile…

— Mike Horn ne se laisserait pas impressionner par un peu de pluie, lâcha Matthias tandis qu'il plaçait une partie de ses achats dans le réfrigérateur.

Cette pique insignifiante qui n'était en fait qu'une taquinerie de la part du jeune homme arracha une légère grimace à Félix, un peu vexé. Matthias sous-entendait-il qu'il était un aventurier de pacotille ? Il ne répliqua pas, mais le rictus qui apparut sur ses lèvres en disait long sur les représailles à venir.

Tu feras moins le fier quand tu me verras au bras de ta petite Sophie…, songea-t-il.

Lorsqu'Isa croisa Félix dans l'escalier et qu'il répondit à peine à son sourire, elle se demanda quelle mouche l'avait piqué. Il était visiblement contrarié, mais elle ignorait si cela était dû au mauvais temps qui contrecarrait ses plans de la journée ou à un énième échange avec un Matthias agacé par sa présence. En voyant ce dernier à la cuisine, tout guilleret, elle pensa qu'il devait s'agir de la seconde raison.

— Besoin d'un coup de main ? proposa-t-elle.

Le jeune Lacroix se retourna et ses lèvres s'étirèrent en un large sourire.

— C'est gentil, Isa. J'ai terminé, assura-t-il en fermant la porte d'un placard.

— Je viens de croiser Félix en descendant. Tout va bien ?

— Pourquoi, il avait l'air ennuyé ? questionna-t-il sur un ton qui se voulait détaché, mais ne trompait personne.

— Pour reprendre l'expression de Julien, on aurait pu croire qu'il avait un balai... mal placé.

— C'est l'expression exacte de Julien, tu en es certaine ? ironisa-t-il, taquin, en finissant de se laver les mains.

Les joues d'Isa rosirent légèrement et elle secoua la tête.

— Il est possible que j'aie un peu vexé Félix, oui. Mais il n'y avait rien de méchant dans ce que je lui ai dit, je le jure.

— Quoi qu'il en soit, je regrette d'avoir raté ça, c'est toujours un régal de vous voir tous les deux dans la même pièce, rit-elle en prenant place sur une des chaises.

— Comment ça ? répondit Matthias en l'imitant.

— Je trouve tes réactions cocasses... notamment quand il est question de Sophie.

Ce fut au tour de Matthias de rougir.

— Je ne vois pas du tout de quoi tu parles... Mais c'est vrai qu'il est sacrément lourd parfois. Tu n'es pas d'accord ?

Isadora fronça légèrement le nez.

— Elle lui plaît, c'est tout. Alors il se renseigne, quoi de plus normal ?

— Il est franchement insistant...

— Comment tu t'y prends, toi, pour en apprendre plus sur une femme qui t'attire ?

Matthias haussa les épaules.

— Il ne s'agit pas de moi. Mais je suis beaucoup plus subtil, crois-moi. Bon, on peut parler d'autre chose ? lâcha-t-il, un peu agacé.

— Mais bien sûr, Matthias, de quoi veux-tu qu'on parle ?
Il la regarda droit dans les yeux.
— Du fait que ta maison d'édition souhaite me publier.

Isadora avait peine à y croire. Matthias avait changé d'avis ! Il souhaitait savoir dans les détails ce que le directeur éditorial de L'Escapade littéraire avait en tête pour son manuscrit. Il n'y connaissait pas grand-chose en contrats d'édition et comptait sur Isa pour tout lui expliquer. Comment cela se passerait avant, pendant et après la signature. Elle ne devait rien omettre. Rien n'était encore fait, mais il envisageait sérieusement une publication pour *Si la vie tient ses promesses* et si le projet se concrétisait, il voulait qu'elle soit son interlocutrice privilégiée.

Elle était plus touchée par cette marque de confiance qu'elle n'osait se l'avouer. Depuis son escapade imprévue à Grenoble, elle avait un peu perdu de vue la raison qui l'avait conduite jusqu'à Chamonix. Sa vie ici n'avait rien à voir avec celle qu'elle menait à Paris. Elle prenait du temps pour elle, lisait, se promenait dans les environs pour profiter de la nature et avait d'agréables échanges avec ses hôtes. Des affinités s'étaient révélées avec chacun d'entre eux, ainsi qu'avec Sophie et Julien, leur plus proche entourage. Ils formaient à eux quatre le noyau dur d'une famille liée par bien davantage que le sang.

Isa les appréciait chaque jour un peu plus. Elle aurait aimé rester parmi eux bien plus que cinq semaines, mais elle savait qu'à un moment ou à un autre, la réalité la rattraperait. Elle retrouverait sa routine parisienne si bien réglée, sa solitude, son appartement, qu'elle adorait pourtant, inexorablement vide et son travail, qui la passionnait, mais où elle avait l'impression de stagner depuis plusieurs mois. Bien sûr, si ce contrat avec Matthias était signé et si sa hiérarchie tenait sa promesse, sa carrière prendrait un tournant important. Mais serait-ce suffisant pour lui apporter l'épanouissement total auquel elle aspirait ? Elle l'ignorait. Dans tous les cas, elle n'avait pas l'intention d'abandonner ce roman et son auteur, elle désirait plus que tout le meilleur pour eux.

— Je me doute que ta maison d'édition te met la pression, Isa, mais est-ce que tu pourrais attendre quelques jours avant de les informer que j'ai… possiblement envie de publier ?

— Bien sûr, ne t'en fais pas pour ça, Matthias. Je ne ferai rien tant que tu ne seras pas sûr de toi… Mais je peux te poser une question ?

— Je t'écoute.

— Pourquoi maintenant ? Qu'est-ce qui a changé ?

Matthias sembla réfléchir quelques instants, l'air troublé. Il hésitait sur la manière d'évoquer ses craintes quant à l'avenir de son père, le désir de celui-ci de le voir concrétiser ce projet… Il avait conscience que tout cela jouait bien sûr dans sa décision, mais plus le temps passait et plus il souhaitait lui aussi que son rêve de gosse devienne réalité.

— Je voudrais nous faire ce cadeau… à mon père et à moi. Je le vois s'étioler de jour en jour, et même si je refuse de m'avouer vaincu, même si j'ai envie de croire qu'il y a encore un espoir pour qu'il s'en sorte, je suis assez lucide pour savoir que sa vie ne tient qu'à un fil. Il avait raison, devenir auteur, c'est un rêve de gamin pour moi… Alors si je peux faire en sorte de nous contenter tous les deux, qu'il soit autant en paix que moi, je dois tenter le coup.

Il avait prononcé ces mots les yeux brillants et sa voix trahissait son émotion. Isadora fut persuadée à ce moment-là que Matthias avait la conviction de bien faire et que, finalement, accepter de dévoiler ce texte intime au public ne serait pas un prix à payer mais, au contraire, une belle récompense.

— Et le fait que toi, Isa, tu sois venue à moi, toi qui fais partie de mon passé… Ça peut paraître dingue, mais je crois que c'est un signe du destin. Et on ne peut rien contre le destin, conclut-il en lui souriant.

— Hé ho ! Il y a quelqu'un ?!

Julien fit glisser une de ses boucles brunes dégoulinantes de pluie sous son éternel bonnet et ferma la porte derrière lui. Comme il était venu à moto, son jean trempé lui collait désagréablement aux jambes, mais il considéra qu'une petite halte près de la cheminée du chalet règlerait vite le problème. Il retira son manteau et l'accrocha à la patère avant de se diriger vers le salon où Isa, qui l'avait entendu arriver, l'attendait.

— Il n'y a que moi, lâcha-t-elle avec un pauvre sourire.

— QUE toi ? répéta-t-il, d'un ton réprobateur. Et te voir est censé m'être moins plaisant ? Tu sais, Matthias et Philippe, ils font un peu partie des meubles, ici, plaisanta-t-il. Alors que toi…

— Moi, je suis une nouvelle plante décorative, c'est ça ? répondit-elle du tac au tac.

Il la détailla des pieds à la tête, l'air charmeur.

— Si cela n'avait pas une connotation aussi péjorative, je dirais que tu es une belle plante, oui…

Isadora se composa une mine faussement offusquée.

— Tu mériterais que je t'envoie ce coussin à la tête, Julien Charpentier, répliqua-t-elle en désignant l'objet traînant sur le canapé.

— Hum… Toi, moi, une bataille de polochons… Pourquoi pas…

Isa leva les yeux au ciel et s'affala sur la confortable banquette. Il s'assit à son tour, laissant une place libre entre eux.

— Bon, s'il n'y a… QUE toi, ici, où sont les Lacroix, père et fils ?

La jeune femme se rembrunit.

— Matthias aide son père avec sa dialyse, il avait besoin d'un coup de main…

— Oh… Il ne lui a jamais demandé jusqu'à maintenant, commenta Julien, soudain redevenu sérieux.

— C'est ce que j'ai cru comprendre, oui…

— Ça explique ta petite mine : tu t'inquiètes pour Philippe…

— C'est en partie pour ça, effectivement…

Julien se rapprocha de la jeune femme et la fixa.

— Et l'autre partie…

— Matthias m'a annoncé qu'il acceptait de publier son histoire.

— Quoi ?! Mais c'est génial, tu devrais sauter de joie !

— L'une des raisons pour lesquelles il accepte, c'est qu'il voit son père aller de plus en plus mal et que…

Isadora prit une grande inspiration, l'émotion la gagnait et elle luttait pour ne pas se laisser submerger.

— Il veut lui faire ce cadeau ?

La jeune femme se mordit la lèvre en évitant soigneusement de croiser le regard de Julien.

— Il ne fait pas ça que pour son père, tu sais…

— Oui, je sais, lâcha-t-elle dans un souffle.

— Isadora…

Un frisson agréablement familier parcourut l'échine d'Isa. Elle aspira une nouvelle goulée d'air et considéra Julien. Ses yeux verts la fixaient, résolus.

— Je comprends que tu te sentes triste, mais… c'est une bonne nouvelle, et je suis sûr que Matthias est soulagé d'avoir pris cette décision. Pour lui, comme pour son père.

Isa hocha la tête en signe d'assentiment.

— Alors maintenant tu vas chasser toutes les pensées négatives de ce joli crâne et me faire ton plus beau sourire… Je sais qu'il existe, je l'ai déjà vu, la taquina-t-il.

C'était du Julien tout craché : sérieux quand il le fallait et blagueur lorsqu'il voulait désamorcer les tensions et rendre les choses plus légères. Isadora se laissait prendre à chaque fois. Julien finissait toujours par la convaincre et elle retrouvait une humeur plus joyeuse comme si le jeune homme, d'un coup de baguette magique, parvenait à lui faire oublier tous ses soucis.

— Bon, c'est pas tout ça ! s'exclama-t-il en se tapant sur la cuisse. Tu as réussi à parler de « tu sais quoi » à « tu sais qui » ? demanda-t-il sur un ton de conspirateur.

— Oui, Matthias a plus ou moins promis qu'il en toucherait deux mots à Sophie.

— Super ! Écoute… pour fêter tout ça, je vais t'emmener dans un endroit génial… Enfin, dès que le temps le permettra, ajouta-t-il en regardant par la fenêtre d'un air dépité.

— Oh… un endroit en pleine nature, donc. Rassure-moi, tu ne vas pas me faire parcourir des sentiers sauvages qui n'en finissent plus de nous faire prendre de l'altitude ? Parce que, pour être honnête, mes cuisses se souviennent encore de « la montée du pépé » !

Julien éclata d'un rire franc avant de lui répondre.

— Il y a quelques pentes, mais pas aussi raides, promis. Et le final vaut vraiment le détour… Tu n'es pas près de l'oublier, crois-moi, ajouta-t-il, mystérieux.

Chapitre 27

Depuis son lit, sur lequel elle avait décidé de paresser un peu après le déjeuner, Isadora fixait le ciel de Chamonix à travers le double vitrage de la fenêtre Il conservait son bleu éclatant depuis maintenant trois jours et elle n'avait pas eu de nouvelles de Julien et de l'escapade en pleine nature qu'il lui avait promise. Elle s'était donc fait une raison : il avait dû oublier. La crainte de ne pas pouvoir suivre le rythme de son compagnon de route avait laissé place à une grande déception. Sans vraiment se l'avouer, elle se faisait une joie de passer du temps avec Julien. Depuis cette parenthèse grenobloise, elle l'avait très peu vu au chalet et, contre toute attente, sa présence lui avait un peu manqué. Leur rencontre avait été chaotique, rien ne présageait alors qu'ils puissent un jour s'entendre, mais finalement ils s'étaient trouvé des points communs.

Julien n'était pas aussi insouciant qu'il le paraissait au premier abord. Il savait faire preuve de profondeur, d'écoute et de bienveillance pour peu qu'on prenne le temps de le connaître. Si l'on se fiait à sa première impression, on risquait de passer à côté du vrai Julien. Isa en avait plus que jamais conscience, car elle s'était trompée sur lui, au même titre que le jeune homme s'était fait une mauvaise opinion d'elle. Finalement, toutes les choses désagréables qu'elle avait vécues au chalet n'avaient pas été inutiles puisqu'elles lui avaient permis de le voir tel qu'il était réellement. Plus elle passait de temps avec lui et plus Isa comprenait l'attachement de Sophie pour son frère et de Matthias pour son meilleur ami. Et l'affection que lui portait Philippe était semblable à celle d'un père pour son fils.

Au lieu de se sentir exclue de cette tribu, Isadora avait au contraire l'impression d'avoir été intégrée, voire adoptée, par tout le monde. Même Pixel avait l'air de beaucoup l'apprécier, ce qui n'était pas peu dire étant donné la peur maladive de la gent canine qui ne l'avait pas quittée depuis toute petite. Et pourtant, lui aussi avait réussi à l'apprivoiser. Elle ne le craignait plus désormais. Voir cette grosse boule de poils surgir de nulle part lorsqu'elle profitait de la terrasse ne lui provoquait plus de crise de panique. Isadora trouvait même un certain réconfort à caresser le pelage de cet adorable monstre à quatre pattes.

Le matin même, Sophie était passée au chalet et avait été accrochée, dès son arrivée, par Félix. Ils avaient disparu un petit moment à l'étage où ce dernier l'avait suppliée de le suivre et elle était redescendue un peu plus tard, l'air préoccupé. Quand Isa lui avait demandé si tout allait bien, elle s'était contentée de hocher la tête et de lui sourire avant de rejoindre Philippe dans sa chambre pour sa prise de sang, qu'elle effectuait toujours à sa requête, même si elle était officiellement en congé.

Quant à Matthias, il avait fait la bise à Sophie comme si de rien n'était, fidèle à lui-même. Isa était certaine qu'il n'avait pas encore proposé à la jeune femme de l'accompagner à Annecy. Elle ignorait ce qu'il attendait pour sauter le pas. Que risquait-il ? Après tout, il ne s'agissait que d'une soirée ! Sophie changerait sûrement d'avis si elle savait pouvoir y aller avec lui. Bien sûr, d'après ce qu'Isa avait compris, cette sortie « en couple » dépassait un peu du cadre habituel de leur amitié. Dîner au restaurant, aller voir un film au ciné, ils le faisaient toujours à trois, avec Julien. Alors Matthias prenait son temps, sans doute mû par une certaine appréhension. Ce qu'il ressentait et vivait en ce moment devait le perturber. S'éloigner de sa zone de confort, c'était pour lui courir un risque, celui de bouleverser la relation qu'il partageait avec Sophie depuis deux décennies. Il était conscient qu'un changement était en train de s'opérer, dans sa manière de la regarder, dans l'affection qu'il lui portait depuis toujours. Lui proposer de passer cette soirée en sa compagnie, c'était le premier pas vers autre chose…

Toc, toc, toc!

Isadora sursauta, surprise par les coups frappés à la porte de sa chambre. Elle consulta le cadran de sa montre : il était presque 16 heures. D'une main, elle se recoiffa rapidement et se leva pour aller accueillir son visiteur imprévu. Elle ouvrit et tomba nez à nez avec Julien, son éternel bonnet vissé sur son crâne. Il la détailla des pieds à la tête, étonné.

— Bah alors, miss, t'es pas prête ?!

Isadora fronça les sourcils.

— Pour quoi faire ?

— Je devais t'emmener quelque part, tu te souviens ?

— Euh… je pensais que tu avais oublié, étant donné que tu m'en as parlé il y a déjà… trois jours ? J'étais censée être dans les starting-blocks à toute heure du jour et de la nuit ? répliqua-t-elle, mordante.

Julien n'eut aucun mal à percevoir le léger ton de reproche dans la voix d'Isa.

— C'est un fait que j'avais envisagé d'attendre que le climat soit plus clément… et qu'il l'est depuis trois jours, mais je n'avais pas précisé à quel moment on s'y rendrait… Enfin jusqu'à ce que je dise ce matin à Sophie de te prévenir puisqu'elle passait au chalet.

Le silence lui répondit, mais le visage d'Isadora trahissait clairement sa surprise.

— J'en conclus qu'elle a oublié…

— Effectivement… Mais il faut avouer qu'elle a été un vrai courant d'air, j'ai à peine eu le temps de la saluer.

— Ah oui ? Elle était un peu bizarre quand elle est revenue. Il s'est passé quelque chose ?

Isa se demandait si elle devait ou non parler de Félix à Julien. Quand elle y repensait, c'était après cette entrevue qu'elle avait eue avec lui que Sophie avait paru étrange.

— En fait, elle…

— Hé Julien, salut ! lança Matthias qui était apparu derrière son ami. Quoi que tu fasses, tu devrais te dépêcher, Pixel commence à s'impatienter dans le side-car…, ajouta-t-il avant de rejoindre sa propre chambre.

Isa écarquilla les yeux.

Pixel ? Dans un side-car ?!

— Tu as mis ton chien dans un side-car ?! s'exclama-t-elle, surprise.

— Bien sûr. Il a l'habitude, ne t'inquiète pas. Il adore cet endroit lui aussi… et ça lui fera plaisir de te voir, en plus. Bon, c'est pas tout ça, mais si on pouvait partir avant la nuit… Je t'attends en bas, OK ?!

Apparemment, je n'ai pas trop le choix…

Assise en tailleur sur le canapé du salon, une tasse de thé brûlante entre les mains, Sophie fixait sans les voir les images qui défilaient sur l'écran de télévision. Elle ne savait même pas pourquoi elle l'avait allumée, elle était incapable de se concentrer sur quoi que ce soit. Les mots que Félix avait prononcés ce matin résonnaient encore à ses oreilles : « Matthias est au courant pour ta soirée à Annecy. » Il lui avait plus ou moins fait comprendre que ça ne le tentait pas plus que ça de l'y accompagner. C'était du moins ce qu'il avait entendu de la discussion que son ami avait eue avec Isa. Matthias n'aimait pas danser, cela, Sophie le savait pertinemment, mais qu'il n'envisage même pas de faire un effort pour elle ne lui ressemblait guère. Et pourtant, force était de constater que depuis que Matthias avait été informé de cette soirée, il ne lui en avait pas du tout parlé. Cela faisait plusieurs jours et… rien, il n'avait rien dit.

Si elle s'était sentie blessée, Sophie n'en avait rien montré devant Félix, mais maintenant qu'elle se trouvait seule, elle se laissait aller à une mélancolie qu'elle n'avait pas vue venir. Tout cela la touchait beaucoup trop. Elle ne comprenait pas pourquoi elle réagissait ainsi alors qu'à la base, elle n'avait même pas envie d'aller à cette soirée.

Elle en voulut soudain à Julien d'en avoir parlé à Isa. Qui d'autre aurait pu le faire ? Il était le seul au courant ! Il fallait toujours qu'il intervienne, même quand elle lui ordonnait de ne pas le faire. Et maintenant, de quoi elle avait l'air ? D'une pauvre fille que personne ne voulait emmener en soirée ! Enfin… personne à part Félix, parce que, bien sûr, celui-ci s'était fait une joie de poser sa candidature. Pourquoi n'aurait-il pas tenté sa chance après tout ? Depuis qu'il était arrivé, ses avances à peine déguisées étaient incessantes.

Sophie soupira. Il y avait au moins un homme sur cette Terre qui la trouvait digne d'intérêt.

Le problème était qu'il n'était pas l'homme avec lequel elle voulait se rendre à cette fête…

— Me bander les yeux ? Mais pour quoi faire ?!

— Parce que le nom de notre destination est écrit au début du sentier et plusieurs fois tout le long du chemin. Je veux que ce soit une surprise, répliqua Julien en posant son écharpe sur les yeux d'Isa.

— Tu ne crois pas que tu en fais un peu trop ? ronchonna la jeune femme. Tout ça, c'est encore un prétexte pour que je ne voie pas ce que tu caches sous ton casque et ton bonnet…

Julien éclata de rire.

— On va dire que je fais d'une pierre deux coups, murmura-t-il à son oreille. Je te promets que dès qu'il n'y a plus de panneau, je te l'enlève.

— Et comment je fais pour avancer, moi ?!

Pour seule réponse, Julien entremêla ses doigts aux siens.

— Comme ça…

Isa sentit une vague de chaleur envahir son corps tout entier alors qu'à peine cinq minutes auparavant, elle était frigorifiée. Une agréable odeur d'eau de toilette lui chatouilla les narines et elle fut prise d'un frisson en réalisant que l'écharpe que Julien venait de nouer derrière son crâne se trouvait peu de temps avant autour de son cou.

— Tu as froid, Isadora ?

— Euh… non, ça va.

— OK… Bon, Pixel, on montre notre petit coin de paradis à la Parisienne ?

— Hé ! Ne m'appelle pas comme ça ! s'insurgea-t-elle en lançant son poing libre à l'aveuglette en direction de ce qu'elle croyait être le bras de Julien.

— Ah, non, là tu as mal visé, c'est un peu plus haut que sous la ceinture…, se moqua-t-il.

— Que… quoi ?! s'affola-t-elle en remontant l'écharpe sur son front.

Julien se tordait de rire. Il la faisait marcher, comme d'habitude, et elle courait… comme d'habitude.

— Allez, ne triche pas, la disputa-t-il en remettant le tissu en place.

— Rhô, Julien, t'es impossible ! Pixel, je ne sais pas comment tu fais pour supporter ton maître !

— Il m'aime, alors il me passe tout.
— Mouais… l'amour est aveugle…
— Comme toi en ce moment.
— Très drôle…

Ils marchaient depuis quelques minutes sur un chemin qu'Isa avait deviné assez plat, eu égard à la facilité avec laquelle elle avait progressé, lorsqu'elle sentit Julien stopper net.

— On fait une pause, déclara-t-il en débarrassant la jeune femme de son écharpe. Pour laisser boire Pixou.

Quand ses yeux furent parvenus à se réhabituer à la clarté ambiante, Isa observa le monstre à quatre pattes qui filait tout droit en direction d'un petit ruisseau. Emportée par sa « liberté » retrouvée, elle se mit à courir dans l'herbe pour le rejoindre, sous le regard amusé de Julien. À la grande surprise de celui-ci, elle s'immobilisa soudain et inclina la tête en arrière pour offrir son visage souriant aux rayons du soleil avant de pousser un « Hi ! Ha ! » libérateur en levant son poing vers le ciel.

— Cette nana est complètement dingue…

Resté à bonne distance, il contemplait ce spectacle si inattendu. Il l'avait crue guindée, hautaine et superficielle. Elle s'avérait spontanée, généreuse et d'un naturel désarmant. Au bout de quelques secondes, Julien vit, comme au ralenti, son chien s'élancer vers elle. Surprise par cette boule de poils qui venait se coller à ses jambes, elle perdit l'équilibre et, dans un éclat de rire, termina sa chute allongée sur le sol. Craignant une manifestation d'affection un peu trop enthousiaste envers la jeune femme, Julien commença à faire un pas, puis y renonça.

Isadora s'était assise et tendait les mains à Pixel, qui vint gentiment poser ses deux pattes sur ses cuisses et glisser sa grosse tête dans son cou. Elle referma avec douceur ses bras autour du corps massif de l'animal pour une tendre étreinte. La « minute câlin »… Julien resta debout sans bouger, hypnotisé par la scène. Une vague de chaleur envahit sa poitrine et son cœur se mit à cogner si fort qu'il en ressentit les battements jusque dans ses tempes.

Non… elle n'est pas dingue. Mais toi, en revanche… tu es foutu, mon vieux.

Chapitre 28

Emmitouflé sous un plaid, Philippe, allongé sur son éternel transat, observait son fils occupé à faire du tri dans une pile de documents administratifs, et souriait. Matthias était un homme intelligent et sensible, mais son manque d'organisation serait toujours sa plus grande faiblesse.

— Ça me rend nerveux de te voir te débattre avec toute cette paperasse…

— Je gère, grogna l'intéressé sans lever le nez.

— Ouais, ça m'en a tout l'air, en effet…

Matthias redressa la tête et jeta un regard noir à son père.

— Si tu penses faire mieux que moi, n'hésite pas !

— Oh là là ! Mais t'es à prendre avec des pincettes, aujourd'hui, dis-moi ! C'est encore Félix qui t'a agacé ? ajouta-t-il à voix basse.

— Non. Et tu peux parler plus fort, il est sorti, répondit Matthias en essayant de se concentrer sur ce qu'il était en train de faire.

— Ah, tu me rassures. Je croyais que ça t'avait énervé de le voir accaparer Sophie dès son arrivée, ce matin…

Le jeune Lacroix fit brusquement volte-face.

— Qu'est-ce que tu racontes ? Il lui a parlé ce matin ?

— Hum, hum… Il l'a entraînée à l'étage. Il avait quelque chose d'important à lui communiquer apparemment…

Le crayon de papier que Matthias tenait entre ses doigts se brisa dans un bruit sec.

— Si ce pauvre crayon avait été le cou de Félix, il serait mort à l'heure qu'il est…, plaisanta Philippe.

Matthias ne répondit pas. Il tapait nerveusement l'un des morceaux du crayon sur la table, visiblement perturbé.

— Tu as conscience que ta réaction n'a rien de normal, si ?

Le jeune homme sursauta.

— Hein ?!

— Matthias…

— Quoi ?! Rhô, et puis ça me saoule toute cette paperasse ! s'exclama-t-il en se levant brusquement.

— Hé, mais où tu vas ? lança Philippe en le voyant s'engouffrer à l'intérieur du chalet.

— J'ai besoin de me défouler !

Moi j'aurais plutôt suggéré un rendez-vous chez l'ophtalmo pour qu'il t'enlève tes œillères, pensa le quinquagénaire.

— Bon, il n'y a plus de panneau, je peux définitivement te retirer l'écharpe.

Isadora sentit avec regret la main de Julien quitter la sienne. Elle s'était habituée à cette douce proximité et à la chaleur qui émanait de sa paume. Cela lui avait donné le sentiment de sécurité dont sa progression à l'aveuglette la privait. Même s'il l'avait guidée avec précaution, l'avertissant chaque fois des obstacles qui pourraient entraver sa marche, être amputée de l'un de ses sens l'avait un peu désorientée. Pour autant, elle avait pris conscience que toutes ses autres perceptions étaient décuplées : le vent sur son visage, le bruit des brindilles qui se brisaient sous ses pieds, l'odeur de la terre, encore humide par endroits après l'averse tombée quelques jours plus tôt… Il lui semblait que cette promenade avait duré des heures alors qu'en consultant sa montre, elle constata qu'il s'était à peine écoulé une demi-heure depuis qu'ils avaient abandonné moto et side-car sur le parking jouxtant la gare du Buet. Ils n'étaient apparemment plus très loin de leur destination. Même sans les avoir vus, elle savait qu'ils avaient croisé nombre de randonneurs sur leur route. Elle avait tendu l'oreille, mais n'avait pas réussi à discerner dans les conversations des promeneurs le nom de l'endroit où elle et ses deux acolytes se rendaient. Depuis quelques minutes cependant, elle entendait clairement un bruit rappelant celui d'une rivière.

— Il y a de l'eau pas loin.

— C'est bien possible…

— Un torrent ? Une cascade ?

— Tu ne peux pas juste profiter de la vue ? la taquina Julien, amusé par sa curiosité.

— Des arbres, des pierres… rien que je n'aie déjà aperçu sur le Sentier du granit avec Matthias.

— Jeune fille, chercherais-tu à me vexer en insinuant que l'endroit où je t'emmène n'a rien d'exceptionnel ?

— Non, me bander les yeux pour m'y conduire n'a, en soi, absolument rien d'ordinaire, je te rassure…

— Tu préfères continuer à l'aveugle ?

Elle faillit lui avouer qu'elle était tentée, rien que pour le plaisir de retrouver le contact de sa main dans la sienne, mais elle se retint. Ce n'était ni le lieu ni le moment pour lui faire ce genre de déclaration et cela le ferait sans doute fuir plus qu'autre chose… Entre eux, il n'y avait que… Que quoi au juste ? Pouvait-on réellement parler d'amitié ? Non, pas vraiment, ils ne se connaissaient pas assez pour ça. Isadora ressentait une attraction physique certaine, un bien-être évident lorsqu'ils étaient ensemble, mais elle n'aurait su qualifier leur relation avec exactitude.

— Non, tu as raison, je vais profiter du paysage en silence… comme Pixel !

Le leonberger aboya en reconnaissant son nom et vint se mettre à la hauteur de la main d'Isa pour quémander une caresse. Elle s'exécuta avec plaisir.

— Ah, celui-là ! lança Julien. Tout est prétexte à se faire câliner…

— Jaloux ? insinua-t-elle, moqueuse.

Julien tourna la tête et son regard accrocha celui d'Isa.

— Peut-être…

Et il me répond ça le plus sérieusement du monde…, songea-t-elle.

Elle détourna les yeux, troublée.

— Euh… on est bientôt arrivés ?

Il sourit. Ses joues avaient légèrement rosi. Y avait-il une chance pour qu'elle aussi ressente ce vertige, ce bouleversement des sens lorsqu'ils étaient ensemble ?

— Oui, on approche. Tu n'as pas peur du vide, j'espère ?

— Non, ça va.

Ils marchèrent encore quelques minutes et arrivèrent à proximité d'un escalier métallique. Le bruit assourdissant ne laissait plus aucune place au doute. L'eau devait tomber de très haut pour faire un tel vacarme. Julien se posta près de la rambarde et son bras fit une sorte de moulinet pour l'inviter à passer devant.

— Si la Damoiselle Isadora veut bien se donner la peine…

La jeune femme posa une main sur sa poitrine et inclina légèrement la tête en guise de remerciement.

— Trop aimable, Monseigneur…

Elle entreprit alors la descente des marches étroites. L'escalier était raide et sa largeur ne permettait la circulation que d'une seule personne à la fois. Elle arriva bientôt sur une plateforme grillagée et sécurisée qui laissait entrevoir le vide sous les pieds des promeneurs. Elle comprenait maintenant pourquoi Julien lui avait demandé si elle était sujette au vertige. Au bout de la passerelle, on voyait l'eau se déverser avec force du haut des rochers jusqu'à un torrent quelques mètres plus bas.

— Le plus joli point de vue se situe après l'autre escalier, l'informa Julien en indiquant des marches qui donnaient accès au sommet de la cascade.

Pixel, docile, suivait son maître tout en se tenant à une distance respectable de la rambarde bordant la plateforme. Isadora, qui s'était avancée jusqu'au bout de celle-ci, revint sur ses pas et amorça la montée, silencieuse. Elle ignorait à quoi ressemblait ce « point de vue plus joli », mais elle était déjà subjuguée par ce qu'elle voyait. Arrivée à la moitié de l'escalier, elle s'arrêta. En fait, la source de la cascade se trouvait beaucoup plus en amont que ce qu'elle avait pensé. Des gerbes d'eau s'insinuaient entre les pierres et poursuivaient leur route toujours plus loin, toujours plus bas. Un pont, fait de bois et de métal, passait juste au-dessus et semblait conduire à la terrasse d'une petite brasserie nichée dans les hauteurs.

— Han, mais c'est génial ! s'exclama-t-elle en se retournant pour faire face à Julien.

Celui-ci sourit jusqu'aux oreilles, attendri par la spontanéité et la candeur d'Isa face à la beauté du site.

— Tu avais raison, c'est superbe !

— C'est que la première étape…

Isadora fronça les sourcils.

— Il y a encore plus beau ?

Julien hocha la tête.

— Oui, mais il va falloir patienter environ trois heures pour voir la suite.

Isa regarda sa montre : 17 heures. Qu'est-ce qu'il mijotait ?

Reprenant son souffle, Matthias regardait, comme hypnotisé, les morceaux de mousse éparpillés sur le sol. Après le crayon de papier, c'était le punching-ball, déjà bien malmené par les années, qui venait de rendre l'âme. Il s'était littéralement déchaîné, laissant sortir toute sa rage contenue… et cela lui faisait peur. La colère n'était pas dans son A.D.N. Réagir de la sorte était inhabituel chez lui. En même temps, tout ce qu'il ressentait ces derniers temps l'était. Sa jalousie, l'attraction irrésistible qu'exerçait sur lui la sœur de son meilleur ami, cette sœur qu'il n'avait jamais regardée jusque-là autrement que comme un membre de sa famille : tout cela était perturbant. Perturbant, et incontrôlable. C'en était d'ailleurs effrayant. Aurait-il été capable de se contenir si Félix s'était trouvé en face de lui ? Il l'ignorait et préférait ne pas trop creuser la question. Il n'avait jamais frappé qui que ce soit, la violence le répugnait de façon générale, mais il lui suffisait d'imaginer Sophie en compagnie de ce type pour devenir malade de jalousie.

Il devait se rendre à l'évidence. Ses sentiments pour elle avaient changé… ou plutôt ils s'étaient révélés au grand jour. Parce qu'il était impossible de ressentir quelque chose d'aussi fort pour quelqu'un du jour au lendemain, surtout quand on avait quasiment grandi avec cette personne. Depuis quelque temps, en sa présence, il se sentait comme un adolescent à son premier rendez-vous : les mains moites, le cœur battant, l'élocution difficile… et les hormones en ébullition. Il n'avait même pas encore osé lui proposer de l'accompagner à sa soirée. Si jamais l'information parvenait aux oreilles de Félix, celui-ci n'hésiterait pas une seule seconde et elle pourrait bien décider d'y aller avec lui…

Et là, tu ne pourras plus rien faire, parce que ça sera son choix…

Isadora n'en revenait pas. Julien l'avait fait crapahuter pendant des heures pour voir… un coucher de soleil. Parce qu'effectivement, la cascade de Bérard[1] valait le détour, mais à côté du spectacle qu'elle avait devant les yeux, elle n'était qu'un amuse-bouche. Si, à l'occasion de vacances à la mer avec ses parents, Isadora avait déjà assisté, petite, à la disparition de l'astre du jour sous la ligne d'horizon, le voir s'incliner ainsi face à la suprématie de la montagne était tout simplement magique.

Ils avaient débarqué sur ce promontoire une heure auparavant et elle avait enfin pu découvrir l'utilité du sac que Julien avait apporté. Il avait prévu de quoi se sustenter, une lampe torche et un grand plaid. Même le leonberger n'avait pas été oublié et avait dévoré ses croquettes préférées.

Il était 20 h 15 et le soleil commençait lentement à décliner. Le ciel se teintait d'un mélange de rose et d'orange lui donnant un aspect presque irréel. Par un effet miroir, les couleurs se répercutaient sur les montagnes alentour qui semblaient alors s'embraser. Le silence qui régnait en ce lieu était apaisant et tranchait radicalement avec le vacarme de la cascade admirée quelques heures plus tôt. La température avait bien sûr baissé et la doudoune légère qu'Isa portait ne lui tenait plus assez chaud. Debout face aux dernières lueurs du jour, elle frissonna.

— Encore froid ? demanda Julien en couvrant ses épaules du plaid.

Elle garda le silence et ne s'offusqua pas lorsque les bras du jeune homme se refermèrent sur elle. Lui ne semblait pas du tout souffrir de ces degrés en moins dus à l'altitude,

---

1. Un très joli site situé sur la commune de Vallorcine. La vue est splendide ! (*NdA*)

de son corps irradiait même une chaleur inattendue. Elle tremblait toujours un peu, mais cela n'avait plus rien à voir avec la température ambiante. La sentant tressaillir, il raffermit son étreinte.

— Je peux te demander quelque chose ?

— Hum…

— Tu as déjà emmené… des femmes, ici ?

Si la question surprit Julien, il ne le montra pas et répondit simplement :

— À vrai dire, même Sophie ne connaît pas cet endroit… Il y a juste… Pixel et moi.

— Et pourquoi ai-je droit à ce traitement de faveur ? s'enquit-elle, le souffle court.

Elle sentit la cage thoracique de Julien se soulever dans son dos, signe qu'il prenait une grande inspiration.

— Sans doute parce que seule une personne spéciale à mes yeux pouvait avoir le privilège de visiter cet endroit… unique.

Le cœur d'Isadora fit un bond dans sa poitrine. « Spéciale à ses yeux » ?

Lentement, elle se retourna pour faire face à Julien. Les derniers rayons du soleil donnaient à ses iris verts des reflets mordorés. Ceux-ci l'hypnotisèrent quelques secondes avant que son regard glisse de sa mâchoire mal rasée à sa bouche Elle détailla les contours de son visage sans les toucher jusqu'à parvenir à la lisière de ses cheveux dissimulés sous son éternel bonnet gris.

— Qu'est-ce que tu caches là-dessous ? demanda-t-elle d'une voix hésitante.

Les lèvres de Julien s'étirèrent en un sourire mutin.

— Je savais que tu finirais par me poser la question…

— Et ? Est-ce que tu m'accorderais un autre privilège ?

— Ce serait le troisième, ça commence à faire beaucoup…

Isadora fronça les sourcils sans comprendre.

— Le premier, c'est de t'avoir permis de conduire ma moto, précisa-t-il.

— Oh… d'accord… Hum… tu sais ce qu'on dit ? Jamais deux sans trois.

Julien laissa échapper un soupir.

— Tu y tiens vraiment ?

La jeune femme se contenta de hocher la tête sans détacher son regard du sien. Alors, d'un geste incertain, Julien porta sa main droite à sa tête et fit lentement glisser son bonnet en arrière, révélant des cheveux bruns vaguement bouclés qui lui arrivaient jusqu'à la base du cou. Partant de son front, une mèche d'un blanc éclatant d'environ deux centimètres de largeur tranchait avec sa tignasse sombre. Nerveux, le jeune homme chercha sur le visage d'Isadora le début d'un signe de moquerie. Rien, à part une légère surprise qui laissa très vite place à une sorte de fascination.

— Quand je fais enrager Sophie, elle m'appelle le gremlin…, avoua-t-il avec un sourire contrit.

— Je refuse de croire que tu sois aussi méchant avec ta sœur que cette créature l'est avec les habitants de Kingston Falls[1].

— Waouh ! Tu te souviens même du nom de la ville !

— J'ai une excellente culture cinématographique, assura-t-elle. Tu l'as toujours eue ?

Julien baissa la tête, mal à l'aise.

— Mes cheveux se sont mis à blanchir à cet endroit quand mon père a quitté la maison. J'avais six ans. Ma mère m'a dit à l'époque que c'était parce que, en tant que nouveau chef de famille, je me faisais plus de souci pour elle et Sophie.

---

1. *Gremlins* est un film américain de Joe Dante, sorti en 1984. Une de ces créatures sort particulièrement du lot : un gremlin affublé d'une mèche blanche, sans doute le plus cruel de tous. (*NdA*)

Et c'est bien connu, quand on s'inquiète pour les gens qu'on aime…

— On se fait des cheveux blancs, termina-t-elle en lui souriant.

— C'est ça…

— Pourquoi tu ne veux pas qu'on la voie ?

— Je suppose que j'ai fini par en avoir marre qu'on ne regarde que ça…

Isadora tendit la main vers le visage de Julien et releva son menton du bout des doigts avant de lui rétorquer, ses yeux plantés dans les siens :

— Tu ne devrais pas la cacher… Cette mèche, elle fait partie de toi, c'est ta singularité, ton identité. C'est toi…

À quelques différences près, c'étaient exactement les mots qu'il avait prononcés à Grenoble lorsqu'il avait voulu la convaincre de ne pas renoncer à son prénom. Le fait qu'elle les dise à son tour pour le rassurer toucha Julien à un point qu'il n'aurait jamais pu imaginer.

Les doigts d'Isa avaient glissé jusqu'à sa joue. Le cœur battant, il approcha son visage du sien.

— Isadora…

Taquine, elle appuya son index sur ses lèvres pour le faire taire. Il secoua la tête en souriant avant de s'emparer de la main de la jeune femme et de poser sa bouche sur la sienne. Une première fois… puis une seconde… comme s'il voulait s'assurer qu'elle consentait pleinement à ce baiser. Isa libéra ses doigts pour venir caresser sa nuque et son corps se colla au sien. Julien comprit alors qu'elle le désirait tout autant que lui. Le plaid sur les épaules de la jeune femme glissa à terre, mais nul ne s'en soucia. Leurs bouches devinrent moins timides, s'entrouvrirent pour se goûter l'une l'autre avec une lenteur délibérée.

Isa ne put réprimer un frisson quand les mains froides de Julien s'insinuèrent sous son pull dans le creux de son dos. Il sourit contre ses lèvres en la sentant tressaillir. Tout comme lui, elle ne pouvait pas dissimuler les réactions de son corps à son contact. Comme lui, elle ne pouvait s'empêcher de toucher sa peau. Aussi lorsque son autre main vint caresser sa nuque, un gémissement rauque lui échappa.

— Je… crois qu'on devrait faire une pause avant de choquer Pixel, suggéra-t-elle en reprenant son souffle, le front contre celui de Julien.

Le monstre à quatre pattes, comprenant qu'on parlait de lui, manifesta sa présence par un aboiement étonnamment proche. Effectivement, en baissant les yeux, les deux jeunes virent le leonberger les observer d'un air… réprobateur ? Ils éclatèrent de rire.

— Tu crois qu'il est jaloux ? plaisanta Julien.

— Je ne pense pas, non…

Leurs regards s'accrochèrent quelques secondes.

— Loin de moi l'idée de rompre le charme d'un moment aussi… délicieux, mais si tu ne veux pas passer la nuit ici – et les nuits sont plutôt fraîches en altitude, je te l'assure – on devrait… commencer à redescendre avant que le soleil ait complètement disparu.

Isadora hocha vivement la tête en signe d'assentiment. Même si elle n'avait aucune envie de quitter les bras de Julien, elle ne se voyait pas du tout dormir dehors. Ils s'écartèrent à regret et Julien ramassa le plaid avant de le plier pour le ranger dans son sac. Quand ils furent certains de n'avoir rien oublié, ils entreprirent la descente, main dans la main… même si aucune écharpe ne venait cette fois-ci entraver la vision d'Isa.

Chapitre 29

Lorsqu'après 21 heures, Matthias réalisa qu'Isa et Julien n'étaient toujours pas rentrés, il décida de ne pas les attendre et d'aller dans sa chambre pour y lire. Après tout, ils étaient adultes et n'avaient nul besoin qu'il joue l'ami inquiet de les voir revenir tard. Ils s'étaient rapprochés depuis l'épisode grenoblois, c'était évident pour Matthias. Et cette nouvelle escapade en tête à tête, si on ne comptait pas la présence du chien à leurs côtés, dans un endroit que Julien avait tenu à garder secret, ne ferait que renforcer leur récente complicité. Le problème, c'était que Matthias connaissait mieux que personne son ami et son rapport à la gent féminine, il espérait donc que personne ne souffre si jamais leur relation venait à changer…

Quand ils arrivèrent enfin en vue du chalet, celui-ci était plongé dans la pénombre. Ils avaient retardé le plus possible leur retour, allant jusqu'à risquer une balade au bord du lac des Gaillands malgré le froid. Ils ne souhaitaient pas croiser les habitants de la demeure des Lacroix, pas ce soir. Ce soir n'appartenait qu'à eux.

Lorsqu'Isa et Julien franchirent le seuil avec Pixel, ils n'avaient rien planifié, rien décidé de ce qui arriverait ou non entre eux durant les prochaines heures. Isa désirait bien sûr prolonger ce tête-à-tête avec Julien un peu plus longtemps, et bien qu'il ait fait le choix de ne pas rentrer chez lui ce soir-là, vu l'heure avancée, ça ne signifiait pas pour autant qu'il avait envie de passer la nuit avec elle. D'ailleurs, cela aurait sans doute été prématuré, voire présomptueux, de le lui proposer. Aussi lorsqu'ils parvinrent en bas de l'escalier menant à l'étage, il y eut comme un moment de flottement entre eux, une gêne soudaine et évidente. Debout l'un en face de l'autre, ils se fixèrent quelques secondes sans rien dire avant que Julien rompe le silence.

— Et là, se pose la grande question : où vais-je dormir ? chuchota-t-il, sur un ton badin pour dissiper un peu la tension.

Isadora esquissa un sourire.

— Vais-je dormir tout court, d'ailleurs…, ajouta-t-il, charmeur.

Au moins, les choses étaient dites.

— Je te ferais bien une suggestion, mais tu risquerais de me prendre pour une dévergondée… Enfin, juste pour information : mon lit est plus confortable que le canapé du salon. Mais c'est toi qui vois.

— Mais quelle dévergondée ! la taquina-t-il.

Elle lui mit une tape sur le bras. D'une main sur sa nuque, il l'attira à lui et posa son front sur le sien.

— On peut dormir dans le même lit sans faire quoi que ce soit aussi… Je sais me tenir, chuchota-t-il.

— Toi, peut-être. Moi, je ne peux rien garantir…

— Pffiou… C'est moi ou il fait chaud tout à coup ?

Isadora le fixa, amusée. Julien était pris à son propre piège. Il commençait à comprendre qu'au jeu du chat et de la souris, elle pouvait aussi être le chat.

— OK… Alors, advienne que pourra. On verra bien si on arrive à rester sages ou pas…, susurra-t-il avant de lui voler un baiser. Tu me prêtes ta salle de bains ?

— Bien sûr… Tu connais la maison, lança-t-elle avant de monter l'escalier.

Au bout de vingt minutes à se rafraîchir et à se demander si passer la nuit avec Isa était une bonne idée, Julien finit par quitter la salle d'eau. Il hésita encore quelques secondes devant la chambre d'Isadora avant de baisser la poignée de la porte et d'entrer. En débardeur et short, la jeune femme était étendue sur le lit et avait déjà sombré dans les bras de Morphée. Leur balade avait dû l'épuiser.

Un léger soupir s'échappa des lèvres de Julien. Peut-être était-ce mieux ainsi finalement… Il referma doucement derrière lui et vint s'allonger le plus discrètement possible à côté de la belle endormie, en prenant soin de la couvrir au passage avec drap et couette. Il avait encore le souvenir du pyjama peu seyant en flanelle qu'elle portait chez ses parents à Grenoble. Isa était de nature frileuse, la tenue minimaliste dont elle était vêtue ce soir-là n'était pas habituelle. Julien ressentit un pincement au cœur. Elle s'était voulue plus féminine, juste pour lui, au risque d'avoir froid…

Julien n'avait pas fermé l'œil. À ses côtés, Isadora avait changé dix fois de position avant de trouver celle où elle se sentait le mieux : lovée contre lui, son bras en travers de son abdomen. Il avait perçu le souffle chaud de la jeune femme contre sa joue une bonne partie de la nuit et la fragrance sucrée de son parfum semblait s'être insinuée en lui comme l'alcool dans les veines. Ce n'était pas seulement la proximité d'Isadora qui l'avait empêché de dormir, mais les mille questions qui avaient torturé son esprit.

Plus les heures s'égrenaient et plus il avait le sentiment qu'il n'aurait pas dû se trouver là, dans ce lit. Julien avait apprécié chaque minute passée auprès d'Isadora depuis le début de leur balade la veille, mais chacune de ces minutes avait créé une faille de plus en plus profonde dans la carapace qu'il s'était forgée. Il avait baissé sa garde, complètement sous le charme, et il n'avait pas pu résister, sa raison s'était fait la belle. Il aurait dû réagir avant qu'il soit trop tard, avant de se laisser hypnotiser par ce regard caramel, avant de fondre sur ses lèvres. Il savait déjà comment cela allait finir et il repoussait l'échéance autant qu'il le pouvait. Pourtant, il devait mettre un terme à tout ça… pour ne pas souffrir. Mais s'il le faisait, c'était Isadora qu'il blesserait.

Malheureusement, les habitudes de Julien étaient tenaces, ses doutes et ses peurs ancrés bien trop profondément et depuis tellement d'années pour qu'il les balaye d'un revers de main. Il n'y renoncerait pas juste parce qu'il ne pouvait se résigner à faire du mal à Isadora. Doucement, il écarta le bras de la jeune femme posé sur son ventre et se glissa hors du lit. Il la contempla encore quelques minutes. Il s'en voulait déjà de ce qu'il s'apprêtait à faire, mais il y avait réfléchi toute la nuit. Il était certain que, sur la durée, ça ne pourrait pas fonctionner entre eux, et cela d'autant plus qu'elle allait bientôt rentrer chez elle, à Paris. Ce serait peut-être difficile pour elle au début, mais elle finirait par l'oublier. Ils étaient beaucoup trop différents…

Lorsque Julien sortit et referma silencieusement derrière lui, il ne vit pas Matthias dans le couloir qui venait de quitter sa chambre. Celui-ci observa son manège, mais ne prononça pas un mot, le laissant descendre au rez-de-chaussée où Pixel l'accueillit en lui faisant la fête.

— Doucement, chuchota-t-il. Il y a encore du monde qui dort. Allez, on va prendre l'air !

Julien alla ouvrir la porte d'entrée pour faire sortir son ami à quatre pattes. Le chien le fixa, indécis.

— Je pense que Matthias ne serait pas ravi de trouver tes petits cadeaux dans son jardin, alors, la terrasse, c'est exclu, dit-il en lui faisant un clin d'œil.

Julien se rendit sur le perron et inspira profondément pour permettre à ses poumons de se remplir d'air frais. Son manteau était à l'intérieur du chalet, sur le canapé du salon. Il le récupèrerait dès que Pixel aurait satisfait ses besoins naturels. Il lui donnerait quelques croquettes dans la gamelle mise à sa disposition dans la cuisine des Lacroix et ils rentreraient tous les deux chez eux. Il ne voulait pas s'éterniser et prendre le risque de croiser Isadora. Il n'avait pas le courage de lui faire face, pas ce matin.

Moins de dix minutes plus tard, ils revinrent à l'intérieur. Dans l'office, Matthias se tenait debout contre le plan de travail et sirotait son café. Un seul coup d'œil à son ami suffit à Julien pour savoir qu'il n'ignorait pas où, et avec qui, il avait passé la nuit.

— Salut Matthou.

— Salut. Bien dormi ?

L'intéressé se préparait à lui lancer un regard noir lorsqu'il comprit qu'il n'y avait aucune ironie dans la question de Matthias.

— On n'a pas couché ensemble, si ça peut te rassurer.

— C'est pas mes affaires. La seule chose qui m'inquiète, c'est que tu t'apprêtes à partir comme un voleur, sans même lui dire au revoir.

— Qu'est-ce qui te fait croire que je ne l'ai pas fait ?

— J'étais dans le couloir quand tu as refermé la porte de sa chambre. Tu faisais très attention à faire le moins de bruit possible pour ne pas la réveiller.

— Et c'est un crime de la laisser se reposer ?

— Vous avez passé la nuit tous les deux.

— Je te répète qu'on n'a pas…

— Vous avez dormi ensemble, Julien, donc il y a forcément eu quelque chose entre vous pour que vous en arriviez à partager le même lit.

— OK, on s'est embrassés ! T'es content ?!

— Et ça n'a aucune importance pour toi ?! s'exclama Matthias, incrédule.

Julien fixa son ami et soupira.

— Ne fais pas ça, Julien, pas avec Isa…

— Arrête, Matthias…

— Mais c'est n'importe quoi, bon sang ! s'emporta ce dernier en posant brusquement sa tasse. Ça crève les yeux que tu tiens à elle ! Et si elle a accepté de passer la nuit avec toi, c'est forcément réciproque !

— Elle se lassera, comme les autres…

— Tu es de mauvaise foi, tu n'as jamais laissé de chance à aucune…

— Tu as la mémoire courte, Matthias.

— Une fois, Julien ! C'est arrivé une seule fois ! Elle ne saura jamais ce qu'elle a perdu, cette fille !

Julien ricana.

— Ne fais pas comme Sophie, s'il te plaît. Je ne suis pas Superman, je ne mérite pas tous les éloges que vous me faites.

— Tout à fait d'accord avec toi. Surtout quand tu fais ce que tu t'apprêtes à faire avec Isa. Dans ce cas-là, tu es un vrai crétin !

— Putain, tu me gonfles ! s'exclama Julien en sortant de la cuisine. Pixel ! On y va !

Mais Matthias n'était pas prêt à lâcher son ami. Il le suivit jusqu'à la porte d'entrée.

— Tu es en train de faire la plus belle connerie de ta vie. Elle ne mérite pas ça !

Julien se retourna avec brusquerie.

— Et toi, monsieur Parfait. T'en fais jamais de connerie ?! Tu attends quoi pour parler à Sophie ?!

Matthias eut un mouvement de recul.

— Je… vais lui proposer de l'accompagner. C'est juste que j'ai pas encore eu l'occasion de…

— Fais pas semblant de pas comprendre, Matthias.

— Que… quoi ? Je ne…

— Quand tu te décideras à mettre ton cœur sur la table, on reparlera de mon comportement minable avec les femmes. En attendant, tu n'as aucun conseil à me donner ! cracha-t-il avant de claquer la porte au nez de son ami.

Chapitre 30

Allongée sur le dos, Isadora se réveilla en sursaut. Les murs du chalet semblaient trembler. Une porte avait claqué. Ou bien était-ce dans son rêve ? Mue par une intuition, elle tourna la tête et prit conscience de la place vide à côté d'elle. Avant d'avoir eu le temps de se demander où était passé Julien, elle entendit le vrombissement d'une moto et sauta du lit pour se précipiter vers la fenêtre. Elle tira le rideau et regarda l'engin et son side-car occupé par Pixel s'éloigner. Sans réfléchir, elle se rua hors de sa chambre, longea le couloir en courant et dévala les marches de l'escalier pour rejoindre l'entrée. Arrivée au salon, elle heurta Matthias qui revenait du hall, visiblement perturbé. Ce n'est qu'en voyant les yeux du jeune homme glisser de ses pieds à son visage qu'elle prit conscience d'être très peu vêtue. Instinctivement, elle croisa les bras sur sa poitrine. Reprenant ses esprits, Matthias se dirigea vers le canapé, récupéra le plaid qui gisait sur l'accoudoir et l'en recouvrit.

— Tu risques d'attraper froid…, murmura-t-il, plein de sollicitude.

— Merci… Julien est parti ? parvint-elle à articuler.

La question était de pure forme et complètement inutile, puisqu'elle savait pertinemment que c'était le cas, mais elle avait besoin de la lui poser. Elle voulait entendre Matthias lui assurer que son ami était juste allé faire une course, qu'il allait revenir et lui confirmer qu'elle n'avait pas rêvé tout ce qu'ils avaient vécu depuis la veille, qu'ils s'étaient embrassés, qu'elle avait passé la nuit dans ses bras. Que tout cela avait bien existé et qu'il n'avait pas tout balayé sur un coup de tête. Elle attendait que Matthias la rassure, mais face à sa mine affligée et à son mutisme, Isadora ne pouvait que faire face à la réalité. Julien était parti comme un voleur, sans lui donner la moindre explication.

— Pourquoi ?

Matthias ne savait que répondre à la jeune femme. Devait-il lui révéler ce qui se tramait dans la tête de son ami ? La raison pour laquelle il agissait ainsi ? En tout état de cause, ce n'était pas à lui de justifier le comportement de Julien. Ce dernier devait se montrer adulte et discuter avec Isa, mais il avait fui… comme un lâche. Un lâche qu'il n'avait pourtant jamais été dans ses relations passées avec les femmes. Il avait toujours assumé ses actes. Mais cette fois, il n'avait pas eu le courage de lui faire face.

— Je suis désolé, Isa. Je ne cautionne pas du tout l'attitude de Julien. J'aimerais pouvoir t'expliquer ce qui ne tourne pas rond chez lui, mais c'est à lui de le faire, pas à moi. Moi… je peux juste être là pour toi. Si tu en as besoin…

Les lèvres d'Isadora s'étirèrent en un pâle sourire. Matthias la fixait de ses iris bleus emplis de tristesse. Il avait sincèrement mal pour elle, elle le sentait. Cela devait être émotionnellement épuisant d'être constamment en empathie, d'absorber les bouleversements, les douleurs des êtres proches ou non, comme une éponge.

— C'est pas la première fois que je donne mon cœur à la mauvaise personne, soupira-t-elle. On croit devenir adulte et gagner en discernement, mais on finit toujours par commettre les mêmes erreurs… Je… pensais que Julien était différent.

Il l'est, Isa. C'est la trouille qui lui fait faire n'importe quoi..., eut-il envie de lui répondre.

Mais il ne le fit pas. Julien cachait ses peurs comme il dissimulait son étrange mèche blanche sous son bonnet. Pour Matthias, c'était bien là son unique défaut, car son meilleur ami était un type épatant qui gagnait à être connu, de cela il était certain. Même s'il lui assénait parfois des phrases assassines pour le faire réagir, comme il l'avait fait quelques minutes plus tôt en mentionnant Sophie...

—Je... vais monter m'habiller, dit Isadora en amorçant un demi-tour.

—OK. Je reste là. N'hésite pas à venir me voir si...

—C'est gentil, Matthias, mais je ne veux pas te mettre en porte-à-faux. Julien est ton meilleur ami. Personne ne te demande de choisir un camp, encore moins le mien.

—Je ne choisis pas de camp, Isa. Je suis là pour vous deux, martela-t-il, résolu. Étant donné les circonstances, Julien n'a rien à dire.

En passant devant la porte ouverte, Sophie regarda encore une fois la chambre vide de son frère. Julien n'avait pas dormi là. Et vu qu'il devait aller chercher Isadora dans l'après-midi – information qu'elle avait totalement oublié de fournir à sa nouvelle amie quand elle s'était rendue au chalet le matin –, elle avait l'intuition que celle-ci n'était pas étrangère à son absence. Elle aurait aimé se réjouir à l'idée qu'Isa et son frère se soient rapprochés au point de passer la nuit ensemble, mais connaissant Julien, elle craignait que tout cela se termine mal, pour l'un comme pour l'autre.

Isadora ne remplissait pas toutes les conditions, certaines idiotes, que Julien imposait dans ses relations avec la gent féminine. En fait, une seule manquait à l'appel pour qu'il la trouve parfaite. Parfaite pour lui. Son frère ne s'engageait jamais amoureusement avec des femmes plus diplômées que lui… Bien sûr, dans sa vie professionnelle, il assumait complètement d'être autodidacte, c'était même sa plus grande fierté : avoir lancé sa carrière de graphiste free-lance sans jamais avoir mis un pied dans une école dédiée à ce domaine. Mais il en était tout autrement dans la sphère privée, surtout depuis qu'il avait rencontré une certaine Sarah avec laquelle il avait jusqu'à maintenant vécu sa plus longue relation de couple… Six mois. Un record pour Julien.

Sophie ne l'avait jamais vu aussi amoureux. Personnellement, elle n'avait jamais compris son engouement pour cette fille qu'elle avait toujours trouvée hautaine et mesquine. D'ailleurs, sa véritable nature avait fini par se révéler au grand jour et c'était ce pauvre Julien qui en avait fait les frais. Leur relation était plutôt passionnelle de façon générale, ils se querellaient assez régulièrement et se réconciliaient systématiquement de la même façon : sur l'oreiller. Mais il y eut LA dispute de trop, celle qui s'était terminée par une flopée d'insultes de la part de Sarah. Certaines avaient profondément blessé Julien : celles de « minable » et de « raté » notamment. Cette pimbêche avait mis le doigt où ça faisait mal en attaquant Julien sur son absence de diplôme et son prétendu manque d'ambition. Car de l'ambition, elle, en avait à revendre, ses dents rayaient même le parquet.

Quand Sophie y repensait, il n'y avait pas couple plus mal assorti que ces deux-là. Mais l'amour rend aveugle et cette fois-là, Julien n'avait rien vu venir. Depuis, il préférait anticiper et s'évertuait à n'entretenir que des relations de passage avec des femmes possédant un diplôme supérieur à celui du baccalauréat. C'était sa façon à lui de protéger sa dignité… et son cœur. Mais le cœur n'est pas si facilement manœuvrable et ne fait la plupart du temps que ce que ses émotions lui dictent. Et Sophie avait bien saisi que concernant

Isa, celui de Julien s'était incrusté à la fête sans y avoir été convié. Les choses pouvaient donc s'avérer plus compliquées.

— Tiens-toi tranquille, Pixel !

La voix de Julien provenant de l'entrée la sortit de sa rêverie. Elle alla à la rencontre de son frère. Lorsqu'elle vit ses traits tirés et sa mine renfrognée, elle comprit que quelque chose n'allait pas.

— Bonjour, mon Juju, l'interpella-t-elle en caressant distraitement la tête du chien qui venait de se faire rabrouer par son maître.

— Salut…, lâcha-t-il en évitant de croiser son regard.

— Tu as dormi à la belle étoile ? On dirait que tu as passé une mauvaise nuit…

— Ah, tu ne vas pas t'y mettre toi aussi, hein ! fit-il, énervé, en prenant la direction de sa chambre.

— Mais… qu'est-ce que j'ai dit ? Juju, attends ! supplia Sophie en suivant son frère.

— Laisse-moi, Fifi, s'il te plaît…, murmura Julien en se tournant pour faire face à sa sœur. Tu as raison, je n'ai pas dormi de la nuit, mais là j'ai… besoin d'être seul.

La jeune femme le fixa, désemparée. Il avait l'air complètement abattu, comme s'il avait passé les dernières heures à livrer un combat sans merci contre un bataillon tout entier… Ou plutôt avec sa conscience, si elle en croyait le pli soucieux qui barrait son front. S'il y avait eu prémices d'une romance avec Isadora, elle avait dû être très vite abrégée. Et son petit doigt lui disait que Julien ne devait pas être le seul dans cet état.

— OK… Repose-toi, alors. Je… vais passer au chalet pour voir Philippe. Si t'as envie de me parler, tu sais où me joindre ?

Julien se força à lui sourire et l'embrassa sur le front avant de disparaître dans sa chambre avec Pixel, qui avait visiblement décidé de ne plus le lâcher.

Bon, au moins il n'est pas tout seul…, pensa Sophie avant de se préparer à sortir.

L'astre du jour se cachait derrière les nuages, mais cela n'empêchait pas Isadora d'arborer d'énormes lunettes de soleil qui lui mangeaient la moitié des joues. Elle n'était pas descendue pour le petit déjeuner, prétextant manquer d'appétit, et était venue directement s'installer sur un transat de la terrasse, malgré les quinze degrés qu'affichait le thermomètre extérieur.

Matthias avait expliqué à son père ce qui s'était passé plus tôt lorsqu'il dormait encore. Philippe déplorait que la jeune femme ait été la victime des peurs irraisonnées de Julien, mais il n'avait pas osé en discuter avec elle. De toute façon, elle semblait ne pas avoir envie d'évoquer le sujet avec qui que ce soit. Elle cachait son désarroi sous une apparente indifférence et ses yeux probablement rougis, derrière les verres teintés de ses lunettes. Matthias n'avait pas réitéré sa proposition, mais si elle décidait finalement de s'épancher, il l'accueillerait les bras ouverts, en toute amitié.

Vers 10 heures, Sophie débarqua au chalet, la mine soucieuse. Elle ne savait pas trop ce qui la tourmentait le plus : découvrir la peine sur le visage de sa nouvelle amie ou se retrouver face à Matthias. Elle n'eut pas à se poser très longtemps la question, car ce dernier fut la première personne qu'elle croisa en franchissant la porte. Lorsqu'elle entra, le jeune homme s'immobilisa, troublé. Depuis que Julien avait prononcé ces mots un peu plus tôt dans la matinée, Matthias n'avait pas cessé de penser à elle. La voir soudain se matérialiser devant lui le déstabilisa.

— Salut ! lança-t-elle sur un ton qu'elle voulut le plus neutre possible. Isa est dans le coin ?

Matthias sembla brusquement redescendre sur terre.

— Salut… Euh… oui, elle est sur la terrasse. Sophie ?! l'interpella-t-il alors qu'elle se dirigeait vers le salon.

Elle se retourna, légèrement anxieuse.

— Oui ?

— Tu vas bien ?

— Pourquoi ? J'en ai pas l'air ?

La sécheresse de sa réponse déstabilisa Matthias. Il fit deux pas dans sa direction.

— Sophie, est-ce que tu m'en veux ? J'ai fait quelque chose qui t'a contrariée ?

L'inquiétude était clairement visible dans ses prunelles bleues. Désireuse de lui fausser compagnie au plus vite, Sophie ne s'était pas rendu compte qu'elle avait été un peu abrupte. Mais elle avait tellement de mal à cacher sa déception depuis la veille… quand elle avait appris qu'il n'avait pas envie de l'accompagner à Annecy. Elle en devenait irritable. Il fallait absolument qu'elle parvienne à lui dissimuler ses sentiments.

— Non, tout va bien, Matthias, je t'assure, lui affirma-t-elle en se forçant à sourire.

Mais le jeune homme voyait bien que quelque chose la tracassait. Il ne pouvait s'empêcher de penser à ce que lui avait dit son père à propos du temps qu'elle avait passé avec Félix la veille. Aussi, il ne réfléchit pas avant de lui demander :

— C'est Félix ? Il t'a raconté un truc sur moi ?

Sophie ne put se retenir de rougir. Mais la question de Matthias était tellement inattendue, tellement déstabilisante qu'elle perdit un instant toute repartie.

— Que… qu'est-ce que Félix vient faire là-dedans ?

— On parle de moi ?! s'exclama l'intéressé, qui débarquait tout juste dans l'entrée.

Le soupir d'exaspération que lâcha Matthias et son changement radical d'expression n'échappèrent pas à la jeune femme, qui sentait une tension palpable émaner de son ami. Il n'appréciait pas Félix, c'était évident, il semblait même difficilement supporter sa présence. Et cette question de Matthias… Pourquoi pensait-il que Félix avait été médisant sur son compte ? Elle observa le globe-trotter : le regard qu'il jeta à Matthias était sans équivoque. Il existait une rivalité flagrante entre les deux hommes, mais pourquoi ?

En était-elle la cause ?

Elle reporta son attention sur le meilleur ami de son frère. Ce regard, elle ne le lui connaissait pas. C'était celui d'un homme qui se sentait agressé, menacé par un autre. Celui d'un homme… jaloux ?

Lorsque Matthias prit conscience que Sophie le fixait avec intensité, ses traits se détendirent instantanément et ses yeux accrochèrent les siens. Faisant abstraction de l'intrusion de Félix, il lui sourit avec douceur, comme si rien ni personne n'était venu troubler leur tête-à-tête. Mais il était trop tard. Le cœur de Sophie avait perçu le secret du sien et cela changeait toute la donne…

Chapitre 31

Lorsqu'Isadora descendit dans la cuisine ce matin-là, elle la trouva bizarrement inoccupée alors que l'ordinateur de Matthias trônait, l'écran allumé, sur la table. Le délicat fumet qui flottait dans l'air indiquait également que le café avait été fraîchement préparé et n'attendait plus qu'elle. Tous les ingrédients indispensables à un bon petit déjeuner avaient même été disposés sur le plan de travail. Matthias avait pensé à tout. Mais où était-il donc passé ? La matinée était déjà bien avancée, il était donc sorti de son antre au sous-sol depuis un moment, et la présence de son ordinateur attestait qu'il l'avait utilisé récemment.

Après s'être servi un café, Isadora s'approcha d'un peu plus près et vit qu'une page internet était ouverte, celle du chalet si elle en croyait la présentation et le dessin faisant office d'arrière-plan. Elle prit place devant l'écran et regarda plus en détail l'aquarelle illustrant le site. Sur le côté droit du chalet, on identifiait clairement la silhouette d'un chien qui, après une rapide manœuvre d'agrandissement de l'image, s'avéra être Pixel. La jeune femme sourit. La mascotte n'avait pas été oubliée… Elle scrolla jusqu'en bas de la page et constata sans surprise que l'auteur crédité de ce dessin était Julien.

Malgré les derniers événements, elle parvenait tout de même à faire la part des choses et reconnaissait qu'il avait un joli coup de crayon.

— Il publie ses créations sur un site, si ça t'intéresse...

Isadora eut un léger sursaut en entendant la voix de Matthias, mais elle se ressaisit rapidement et lui répondit sur un ton sans équivoque :

— Je ne vois pas pourquoi je serais intéressée...

Elle se décala sur la chaise voisine pour lui laisser la place et se concentra sur son café. Il s'installa près d'elle.

— Tu ne veux rien manger ? Tartine ? Croissant ?

— Tu es une vraie mère pour moi, Matthias, mais, non, merci, je n'ai pas faim.

— Tu n'as pas avalé grand-chose depuis hier, insista-t-il.

— J'ai comme une grosse pierre sur l'estomac depuis hier, rétorqua-t-elle en se tournant vers lui.

— Elle est sur l'estomac, tu es sûre ?

— Entre autres..., avoua-t-elle en baissant les yeux.

Il ne s'y trompait pas, son cœur était aussi lourd que du plomb, elle ne pouvait le nier. Isadora avait beau tenter de donner le change à ses hôtes, elle devait le reconnaître : le fait que Julien soit parti la veille comme un voleur, sans aucune explication, l'avait meurtrie. Elle s'était attachée un peu trop vite et un peu trop fort à ce jeune homme impétueux et fantasque. Elle en payait désormais le prix.

Avec le temps, Matthias avait appris à apprécier la jeune femme. La voir ainsi lutter pour faire bonne figure lui faisait mal au cœur. Dans ces moments-là, il maudissait Julien de toute son âme. Pourquoi avait-il fallu qu'il jette son dévolu sur elle ? Les jolies filles ne manquaient pourtant pas dans cette ville ! D'accord, Matthias avait conscience que c'était un peu facile de raisonner ainsi. Il savait très bien qu'au fond de lui, son ami avait de réels sentiments pour Isa et il souffrait aussi certainement de cette situation. Mais c'était lui, et lui seul, qui l'avait provoquée.

Durant quelques minutes, le silence ne fut interrompu que par le bruit des doigts de Matthias sur son clavier, puis le « ping » d'une notification se fit entendre. Le jeune homme ouvrit la boîte de dialogue qui venait d'apparaître à l'écran : l'alerte émanait justement du site où Julien mettait ses créations en ligne. Elle avertissait Matthias de l'arrivée de nouvelles publications. Curieux, il cliqua sur le lien. Des esquisses qu'il n'avait jamais vues s'affichèrent. Des paysages que Matthias connaissait bien, comme la cascade de Bérard, mais aussi des dessins moins communs, tel celui d'un coucher de soleil ou d'une prairie où une jeune femme brune et un chien s'enlaçaient dans un câlin improvisé. Il le regarda de plus près… Isa et Pixel, cela ne faisait aucun doute.

Matthias tourna la tête vers sa voisine qui semblait perdue dans ses pensées, son regard fixant un point invisible dans le ciel chamoniard.

— Il a du mal à l'admettre et surtout à te le montrer, mais Julien tient à toi, Isa. Si ça n'avait pas été le cas, il n'aurait jamais fait ce dessin, crois-moi…

D'abord ébranlée par ces mots, Isa fronça les sourcils avant de porter son attention sur l'écran que lui désignait Matthias d'un signe de tête. Un frisson lui parcourut l'échine au souvenir de ce moment plein de liesse et de légèreté. Elle ne s'était jamais sentie aussi en paix qu'à cet instant-là, se laissant gagner par la chaleur et la douceur de l'animal. Et c'était justement cela que Julien avait décidé de capturer dans sa mémoire pour le reproduire quelques heures plus tard. Pourquoi ? Pour ne pas l'oublier ?

Elle posa la main sur la souris et visionna les dessins représentant les lieux qu'ils avaient vus ensemble l'avant-veille. Même le coucher de soleil était là… celui qui avait été témoin de leur premier baiser. Elle sentit les larmes lui monter aux yeux. Pourquoi garder tous ces souvenirs après lui avoir fait si mal ?! Ça n'avait aucun sens ! Isadora se leva et sortit en trombe de la cuisine. Elle traversa le salon et ouvrit la grande porte-fenêtre pour rejoindre la terrasse, encore déserte à cette heure-ci.

Une fois la surprise passée, Matthias la suivit. D'une certaine façon, il s'en voulait d'avoir insisté pour lui montrer les dessins de son ami, mais après les avoir découverts, il ne pouvait laisser les choses en l'état. C'était un tel gâchis !

— Isa, je suis désolé, mais tu devais les voir…

La jeune femme se tourna nerveusement vers lui, le visage ravagé par les larmes.

— C'était censé me faire du bien ?!

— Il fallait que tu comprennes…

— Comprendre quoi, Matthias ?! Au contraire, maintenant ses raisons sont encore plus obscures pour moi… S'il tient vraiment à moi, pourquoi il a décrété que notre… histoire devait s'achever comme ça ?!

— Parce qu'il a peur.

— Mais de quoi, bon sang ?! s'écria-t-elle avant de fondre une nouvelle fois en larmes.

Matthias avait pris sa décision. Cette fois, il ne laisserait pas Julien tout saborder. Il fit un pas vers elle et l'enlaça. D'abord, la calmer. Ensuite, lui parler… tout lui expliquer dans les moindres détails. Au diable sa conscience qui lui dictait toujours de ne pas trahir les secrets de son ami. Là, il n'avait pas le choix. Julien lui en voudrait sûrement, mais à ce stade, c'était le cadet de ses soucis.

— Je vais tout te raconter, Isa. Mais s'il te plaît, arrête de pleurer…

— Mais c'est complètement absurde ! s'insurgea Isadora après avoir entendu le récit du cataclysme nommé Sarah dans la vie de Julien. Et puis c'est quoi ces règles idiotes ?!

J'ai un diplôme équivalent à trois années après le bac et je suis indigne de lui ?!

Les larmes de la jeune femme avaient désormais fait place à la colère.

— C'est pas exactement ça… En fait, c'est plutôt le contraire.

— Quoi alors ?! Je suis trop bien pour lui ? Mais c'est ridicule ! Un diplôme, c'est qu'un bout de papier, ça n'a jamais donné de talent à personne. Et si j'en crois ce que j'ai vu, il en a à revendre !

— Tu prêches un convaincu, Isa. Mais cette fille a fait beaucoup de dégâts, il était vraiment accro…

Une pointe de jalousie s'insinua dans le cœur de la jeune femme.

— Elle ne le méritait pas…, murmura-t-elle.

Matthias sourit. Isadora avait beau être furieuse contre Julien, elle continuait à défendre la partie de lui-même qui ne l'avait pas blessée.

— Mais… il me pense réellement capable de lui faire une chose pareille ? poursuivit-elle plus doucement. Il n'ignore pas ce que j'ai subi, à quel point ça a été difficile pour moi… Être humiliée, je sais ce que c'est, je ne ferais vivre ça à personne… surtout pas à Julien.

— Je crois plutôt qu'il est persuadé que cette… différence de niveau d'études finira, à terme, par représenter un obstacle à votre histoire. Ça… et le fait que vous résidiez à des centaines de kilomètres l'un de l'autre.

Isadora y avait déjà pensé. Lui à Chamonix, elle à Paris. Il y avait beaucoup de compromis à faire dans une relation longue distance.

— Non, le fait que nous ayons un niveau d'études différent n'est pas un obstacle et ne le sera jamais… pas pour moi en tout cas. Je suis tombée amoureuse d'un homme, pas d'un diplôme. Quant à la distance… Moi j'aurais été prête à faire des concessions… voire à ce que ma vie prenne un nouveau tournant.

Un nouveau tournant ? Isadora aurait-elle pu envisager de quitter Paris pour se rapprocher de Julien ? Matthias n'en croyait pas ses oreilles. Elle aimait son meilleur ami, elle venait de l'affirmer devant lui.

— Tu devrais lui parler de tout ça, Isa.

La jeune femme regarda Matthias droit dans les yeux.

— Tu penses vraiment que ça le ferait changer d'avis ?

Il haussa les épaules en signe d'impuissance.

— Tu peux toujours tenter. Tu crois que ça pourrait être pire si tu lui avoues ce que tu ressens ?

Isadora prit conscience de l'ironie de la situation. Le beau Matthias Lacroix, qui réalisait depuis quelques jours que ses sentiments pour la sœur de son meilleur ami n'étaient plus les mêmes et n'osait pas s'en ouvrir à l'intéressée, lui suggérait de mettre son cœur sur la table…

— Matthias… Tu donnes de très bons conseils à ton entourage, mais… est-ce que tu as déjà pensé à les appliquer à ta situation ?

Le jeune homme fronça les sourcils.

— Qu'est-ce que tu veux dire ?

— La réunion d'anciens élèves de Sophie, c'est ce soir. Et c'est officiel, elle y va, elle me l'a appris hier. Seule ou accompagnée, je l'ignore en revanche. Tu as eu une semaine pour lui proposer de t'y rendre avec elle. Tu ne l'as pas fait, je me trompe ?

— Je… ne vois pas bien le rapport avec notre discussion.

— Le rapport ?

Isadora s'approcha de lui et planta résolument son regard dans le sien.

— Ne fais pas comme Julien, Matthias. Ne laisse pas tes peurs t'empêcher d'être heureux. Parce que c'est peut-être en cachant tes sentiments à Sophie que tu risques de la perdre.

Chapitre 32

D'une main tremblante, Philippe désolidarisa le tube de la poche reliée à son cathéter. La procédure terminée, il resta quelques instants assis sur le bord de son lit. Il n'avait pas appelé Matthias à la rescousse ce jour-là. Cela ne signifiait pas qu'il n'aurait pas eu besoin d'aide, mais il avait préféré le faire seul pour ne pas inquiéter son fils. Deux jours auparavant, lorsqu'il avait demandé à Matthias de le rejoindre dans sa chambre pour lui donner un coup de main, il avait lu l'angoisse sur son visage. Philippe ne l'avait jamais sollicité pour sa dialyse, alors dans l'esprit du jeune homme, s'il l'avait fait, c'était parce qu'il était au plus mal. Il n'avait pas tout à fait tort d'ailleurs…

Philippe sentait, de jour en jour, ses forces l'abandonner. La dialyse péritonéale qu'il effectuait désormais quatre fois par jour ne suffisait plus, ce que confirmaient les résultats de sa dernière analyse de sang : ses taux d'urée, de créatinine et de potassium grimpaient en flèche. Il n'en avait rien dit à Sophie, allant jusqu'à prétendre qu'il n'avait pas encore reçu le compte rendu de son prélèvement. Lorsque, très professionnelle, elle avait voulu savoir s'il vidait régulièrement sa vessie, il avait ronchonné en arguant que ce n'était pas le genre de choses que l'on demandait à un homme qui vous avait déjà vue en couche-culotte. Ce à quoi elle lui avait répondu, rougissante, qu'elle lui posait la question en tant qu'infirmière et non en tant que sœur du meilleur ami de son fils. Et la discussion s'était arrêtée là.

Il devait tenir le coup, jusqu'à ce que les rêves de Matthias se concrétisent enfin. Il était conscient que quelque chose se tramait au chalet depuis quelques jours, mais pour une raison qu'il ignorait, il n'avait pas été mis dans la confidence. Depuis qu'Isa lui avait révélé que son fils était en train de réaliser l'importance que Sophie avait pour lui, Philippe se sentait plus léger, mais rien n'était fait. Matthias était têtu et sans doute aussi peureux que son meilleur ami concernant ses relations amoureuses. Son bonheur était peut-être en bonne voie et lui tendait les bras, comme le prétendait Isa, mais un petit coup de pouce du destin ne serait pas de trop…

Un sourire aux lèvres, Isadora referma l'ordinateur de Matthias.

Un souci en moins, se réjouit-elle.

Finalement, le fait que le jeune homme soit sorti à la dernière minute afin de se rendre en ville pour une course mystérieuse tombait à pic. L'effet de surprise n'en serait que meilleur. Philippe n'étant pas non plus dans les parages quand Félix avait demandé à solder sa note, Isa s'était fait un plaisir d'accéder à sa requête. Il avait tout d'abord trouvé un peu étrange qu'une locataire puisse procéder à la clôture de son compte, mais lorsqu'elle lui précisa qu'elle connaissait Matthias depuis le lycée et qu'elle avait décidé de séjourner là pendant ses congés pour revoir un vieil ami, il ne s'était pas posé plus de questions. Matthias et elle se tutoyaient, ils passaient du temps ensemble et Félix n'était pas assez présent au chalet pour jauger leur degré d'intimité. Le fonctionnement du logiciel s'avéra assez simple et Matthias avait eu la bonne – ou l'imprudente – idée de coller une étiquette avec ses codes d'accès en évidence sur le clavier de l'ordinateur. Cela avait été un jeu d'enfant !

Félix avait décidé de mettre fin à son séjour avant le terme officiel de la durée de sa location. Isadora en ignorait la raison, mais peu lui importait. Le rival numéro un de Matthias mettait les voiles, et ça, c'était plutôt une excellente nouvelle.

Voilà, c'était le grand jour ! Ou plutôt, ce soir serait le grand soir. Sophie avait ressorti de son armoire une robe de cocktail qu'elle n'avait portée qu'une fois, pour le Nouvel An lorsqu'elle avait seize ans, et dans laquelle elle rentrait encore, par miracle. Elle était prête pour aller danser. Seule ou accompagnée, cela n'avait aucune importance. Matthias n'avait pas envie d'y aller avec elle ? Tant pis pour lui. Mais elle ressentait plus que jamais le besoin de se changer les idées. Julien avait raison, elle devait penser à elle, s'amuser. Un petit break de quelques heures ne pouvait lui faire que du bien.

Voyant que son frère n'était pas en grande forme après sa « rupture » à sens unique avec Isa, elle lui avait finalement proposé de l'accompagner à la soirée, mais il avait décliné. Depuis son retour du chalet deux jours auparavant, il n'était quasiment pas sorti de sa chambre et passait son temps à dessiner sur sa tablette graphique. Pourtant, aux dernières nouvelles, il n'avait pas de projet en cours. Ce qui l'occupait devant son écran devait donc être une création toute personnelle. En rapport avec une jolie brune, peut-être ?

En pensant à son amie, Sophie observa de nouveau son reflet dans le miroir et songea que cette robe siérait davantage à Isa. Longue, échancrée sur le côté gauche jusqu'à mi-cuisse… Il fallait mesurer au moins un mètre soixante-dix pour bien la porter. Et sauf à chausser des talons aiguilles qui allaient lui meurtrir les orteils pendant toute la durée des réjouissances, Sophie ne dépassait pas le mètre cinquante-huit. De plus, son corps était un peu trop moulé dans cette robe. Elle n'avait pourtant pas pris de poids depuis dix ans, mais force était de constater que sa poitrine avait gagné en volume. Elle dut se rendre à l'évidence : pendant cette fête, ses pieds allaient souffrir… et son décolleté pourrait bien devenir l'attraction de la soirée.

Matthias en était encore à se demander si ce qu'il s'apprêtait à faire était une bonne idée lorsqu'il entendit des voix provenant du rez-de-chaussée. Il regarda sa montre : 18 h 15. Sophie était en avance, elle n'aurait pas dû arriver avant au moins une demi-heure, c'était en tout cas ce que lui avait appris Isadora avant qu'il parte en ville dans le but de trouver une tenue appropriée pour aller à Annecy. Isa avait prétexté vouloir prêter des boucles d'oreilles à Sophie pour inciter celle-ci à passer au chalet.

Cela faisait des années qu'il ne s'était pas rendu à ce genre de soirée et sa garde-robe habituelle se résumait à des vêtements sportswear confortables qui manquaient clairement de raffinement. La chemise blanche passait encore, mais porter une veste de costume ajustée et un pantalon à pinces lui donnait l'impression d'être un pingouin sur sa banquise. La vendeuse lui avait pourtant assuré que sur lui, ce costume était très seyant. Il n'était pas convaincu, mais étant donné la façon dont elle l'avait dévoré des yeux quand il était sorti de la cabine d'essayage, il avait imaginé que pour la gent féminine, cette tenue le mettait en valeur. En revanche, il était hors de question qu'il porte une cravate et encore moins des chaussures de dandy. Sa paire de baskets noires qu'il arborait seulement pour les grandes occasions ferait très bien l'affaire.

Au bout de quelques minutes de tergiversations, Matthias songea qu'il serait peut-être temps de descendre. Il ressentait une appréhension indescriptible à l'idée de se trouver face à Sophie. Il ne lui avait pas proposé de l'accompagner, il voulait lui faire la surprise. Il se retrouva bientôt dans le couloir de l'étage, les mains moites et le cœur battant à tout rompre. Il parcourut les quelques mètres qui le menaient à l'escalier presque en apnée. Arrivé en haut des marches, il prit une grande inspiration et commença à descendre avant de se figer en entendant la voix de Félix.

— Bon, on devrait peut-être y aller, c'est qu'il y a pas mal de route jusqu'à Annecy !

Un froid glacial s'insinua soudain dans ses veines. Félix était au courant pour la soirée ?! Il avait invité Sophie et elle avait accepté ?! Isa lui avait avoué qu'elle ne savait pas si la jeune infirmière serait ou non accompagnée… Maintenant les choses étaient claires. Félix lui avait coupé l'herbe sous le pied. Lui au moins ne s'était pas livré à une valse-hésitation pendant une semaine, il avait tenté sa chance et gagné les faveurs de la belle. Matthias se traita silencieusement d'imbécile. Isa avait raison, à force de trop réfléchir, il l'avait perdue…

Le jeune homme descendit lentement les dernières marches et tourna la tête en direction de l'entrée juste à temps pour voir le bras de Félix entourer nonchalamment les épaules de Sophie.

Isadora regarda, dépitée, la voiture de Sophie s'éloigner du chalet. Matthias n'était pas descendu. Jusqu'à la dernière minute, elle avait espéré qu'il le fasse, au moins pour voir disparaître ce soupçon de déception dans les yeux de son amie. Et ce Félix… quel culot ! Demander au dernier moment à Sophie de lui servir de chauffeur jusqu'à Annecy. La pauvre n'avait pas osé refuser ; après tout, c'était sa destination.

Furieuse, Isa claqua la porte avec fracas et se dirigea vers l'escalier dans le but d'aller débusquer Matthias dans sa chambre, là où il s'était terré depuis son retour du centre-ville, cet après-midi-là. Elle s'apprêtait à monter quand elle réalisa que la baie vitrée menant à la terrasse était entrouverte, laissant entrer un courant d'air frais dans le chalet. Elle allait fermer lorsqu'elle distingua le profil d'une silhouette masculine assise sur un transat. Comme Philippe était en ce moment même dans sa chambre pour sa séance de dialyse, elle savait que ça ne pouvait être que…

— Matthias ? Mais qu'est-ce que tu fais dans le n…

Elle se tut en voyant la tenue qu'il portait et, lentement, prit place sur l'autre chaise longue, face à lui. Il s'était préparé pour accompagner Sophie, mais avait dû renoncer au dernier moment.

— J'ai fait tout ce que j'ai pu pour la faire patienter, Matthias. Pourquoi tu n'es pas venu ?

— Je suis descendu… trop tard. De toute façon, elle avait déjà choisi avec qui elle voulait y aller, non ? lâcha-t-il, amer.

Quoi ?!

— Non, non, tu fais fausse route, là. Sophie n'a jamais eu l'intention de se rendre à cette soirée avec Félix. Crois-moi, elle t'a attendu jusqu'au dernier moment. C'est avec toi qu'elle voulait…

— Je ne suis ni sourd ni aveugle, Isa, répliqua-t-il en quittant brusquement son siège. Il la pressait pour qu'ils ne soient pas en retard et elle n'a pas réagi quand il a passé le bras autour de ses épaules.

— Mais laisse-moi finir, bon sang ! s'exclama-t-elle en se levant à son tour. Félix ne va pas à la soirée ! Elle lui sert juste de chauffeur jusqu'à Annecy !

Matthias la fixa, interdit.

— Quoi ?

Isadora poussa un long soupir.

—Je voulais t'en parler à ton retour, mais tu es allé te cloîtrer dans ta chambre et je ne t'ai pas revu de tout l'après-midi. Après, ça m'est complètement sorti de la tête. Félix a avancé son départ, il a souhaité clôturer son compte… Bien sûr, il a quand même réglé les deux semaines puisque c'était la durée de sa réservation. Des amis l'ont invité à Annecy. Comme je lui ai dit que Sophie devait passer par le chalet avant de s'y rendre, il en a profité pour jouer les sangsues et lui demander de l'y emmener étant donné que c'était sa route…

Le cœur de Matthias fit un bond dans sa poitrine.

—Ça signifie que… Sophie va toute seule à cette soirée ?

—Pas si tu l'y rejoins…, suggéra-t-elle avec un sourire espiègle.

Sans qu'elle s'y attende, Matthias la serra dans ses bras avec force.

—Merci, Isa…, souffla-t-il.

La jeune femme sourit par-dessus l'épaule de Matthias. Elle avait réussi ! Enfin presque… Maintenant, il fallait qu'il parcoure le reste du chemin tout seul.

—Allez, file ! lança-t-elle en brisant leur étreinte.

Il hocha la tête avant de se diriger vers la porte-fenêtre.

—Matthias ! l'interpella-t-elle.

Il se retourna, surpris.

—Oui ?

—Tu es vraiment très beau, ce soir.

Il sourit et ses joues rosirent légèrement.

—Vous serez bien assortis… Sophie est resplendissante dans cette robe.

—J'en suis certain…, murmura-t-il avant de s'éclipser.

Isadora le regarda disparaître à l'intérieur du chalet, puis se souvint soudain qu'il ne connaissait pas l'adresse de l'endroit où se déroulait la fête. Elle trottina donc à sa suite et allait le lui faire remarquer lorsqu'elle vit la porte d'entrée s'ouvrir sur Julien et Pixel.

— Waouh, la classe, Matthou ! s'exclama-t-il en détaillant son ami. Mais… tu vas à Annecy, finalement ? Pourquoi tu ne pars pas en même temps que Fifi ?

— Euh… c'est une longue histoire, marmonna Matthias en jetant un regard gêné à Isa.

Celle-ci caressa l'animal et ignora volontairement Julien avant d'extirper un morceau de papier de la poche de son jean.

— Tiens, Matthias, ça peut t'être utile, dit-elle en lui tendant la fameuse adresse.

Les yeux de Julien se perdirent un moment dans la contemplation de la jeune femme avant qu'il sorte brusquement de sa torpeur.

— Ah oui, j'oubliais, Matthou… Puisque je l'ai ratée de peu et que tu la rejoins, tu peux donner ça à Sophie ? Elle en aura sûrement besoin dans quelques heures, ajouta-t-il avec un clin d'œil à Matthias.

Curieux, Matthias ouvrit le sac à dos que lui tendait son ami et ses lèvres s'étirèrent en un large sourire en découvrant son contenu.

— Effectivement, il y a des chances…

Chapitre 33

Après que la porte se fut fermée sur Matthias, Isadora soupira bruyamment et déclara en tournant les talons :

— Bon, c'est pas tout ça, je vais aller préparer le dîner, moi.

— Depuis quand ce sont les clients qui s'occupent du dîner ? demanda Julien en la suivant dans la cuisine.

— Je sais que pour toi, c'est mieux de me considérer comme une étrangère, mais c'est pas le cas de tout le monde, ici…

— Isadora…

La jeune femme fit brusquement volte-face.

— Je t'interdis de m'appeler par mon prénom ! lâcha-t-elle, furieuse.

— Je… croyais que ça ne te faisait plus rien de l'entendre…

— C'est pas le problème ! Aujourd'hui TU n'en as plus le droit ! Seul le Julien qui m'appréciait pour ce que j'étais et me respectait le pouvait, ajouta-t-elle, la voix tremblante.

Le reproche déguisé, mais tellement mérité, qu'elle lui assénait le percuta de plein fouet.

— C'est toujours le cas, Isa…

Elle émit un rire amer.

— On ne traite pas les gens qu'on prétend apprécier et respecter de cette façon…

— C'est vrai… Tout ça n'était qu'une erreur…

L'entendre prononcer le mot « erreur » pour parler de ce qu'ils avaient vécu ensemble glaça le cœur d'Isa.

— Alors, on en est là… C'est tout ce que ça représente pour toi… une erreur ?

— Non, ce n'est pas…

— Tu sais quoi, Julien ? La véritable erreur, on ne l'a pas commise, si ça peut te rassurer. Faire l'amour avec toi cette nuit-là aurait été la pire connerie de ma vie ! lâcha-t-elle avant de lui tourner le dos pour s'affairer dans la cuisine.

Ne lui montre surtout pas à quel point ça te touche…, s'exhorta Isa en retenant à grand-peine les larmes qui menaçaient d'affluer.

Le jeune homme resta sans voix. Sa douce Isadora était devenue une femme blessée et pleine de ressentiment. Il savait qu'elle avait prononcé ces mots sous le coup de la colère, cherchant sans doute à lui faire autant de mal qu'elle en avait éprouvé, mais ça n'en était pas moins difficile à entendre.

— Tu as sûrement raison, Isa…, lâcha-t-il avant de sortir de la cuisine.

Il était bien décidé à quitter le chalet lorsqu'il heurta Philippe dans le salon. Déjà très affaibli, le père de Matthias vacilla légèrement sur ses jambes ; heureusement, Julien eut le réflexe de tendre les bras pour l'empêcher de tomber.

— Hé ! Ça va Philippe ? Je ne t'avais pas vu dans le noir… Tu es aussi discret qu'un chat.

— Oui… oui, tout va bien. J'ai cru distinguer des éclats de voix, alors j'ai voulu vérifier ce qui se passait.

— Rien, ne t'inquiète pas.

— Je suis désolée, on a dû parler trop fort et vous réveiller, intervint Isadora qui les avait entendus.

— Vous vous disputiez ?

Les deux jeunes gens se regardèrent d'un air gêné, mais seul le silence lui répondit.

— Pas maintenant, s'il vous plaît…, supplia Philippe. Faites une trêve. Au fait, où est Matthias ?

— Parti à Annecy, déclarèrent-ils de concert.

Les yeux de Philippe s'éclairèrent soudain d'une étrange lueur, comme si la vie qui semblait éteinte en lui se rallumait d'un coup.

— À Annecy ? Ce n'est pas là que Sophie se rendait ce soir ?

Julien et Isa hochèrent la tête.

— Bon, allons dans la cuisine, vous allez me raconter tout ça pendant le dîner !

Depuis qu'elle était arrivée, dix minutes plus tôt, Sophie s'évertuait à se tenir aussi éloignée que possible de la bande des trois mousquetaires en jupon siliconés qui semblaient ne pouvoir se déplacer qu'en groupe et gloussaient à qui mieux mieux chaque fois qu'un jeune homme pas trop mal passait à proximité. Décidément, non, aucune de ces filles n'avait changé. Elles étaient aussi superficielles que lorsqu'elles étudiaient à l'IFSI. Sophie espérait, au moins pour les patients qu'elles avaient en charge, qu'elles étaient plus sérieuses dans l'exercice de leur profession.

Coincée entre un mur et une table garnie d'amuse-bouches et de coupes de champagne, Sophie commençait vraiment à regretter d'être là. À part quelques spécimens de la gent masculine qui étaient venus loucher d'un peu trop près sur son décolleté, personne ne s'était approché d'elle pour entamer la discussion. La soirée promettait d'être, au mieux, profondément ennuyeuse, au pire, carrément insupportable… surtout quand on était perchée, comme elle, sur des talons aiguilles de dix centimètres. Que n'aurait-elle pas donné pour glisser ses pieds dans sa confortable paire de Converse !

Subitement, le trio s'agita à quelques mètres d'elle. D'ordinaire bavardes, les trois filles avaient braqué leur regard sur l'entrée. En les voyant ainsi la bouche ouverte, Sophie s'amusa à les imaginer un filet de bave au coin des lèvres. Plutôt réjouissant comme spectacle ! Au bout de quelques secondes, elle s'interrogea tout de même sur le pourquoi de leur mutisme soudain et se pencha pour tenter d'apercevoir ce qui éveillait autant leur intérêt. Elle manqua de tomber à la renverse, au propre comme au figuré.

À quelques mètres de la porte se tenait un homme blond d'environ un mètre quatre-vingts qui semblait chercher quelqu'un dans l'assemblée. Sophie connut un bref moment de flottement avant de réaliser qu'il s'agissait de Matthias. Elle avait si peu l'habitude de le voir habillé aussi élégamment qu'elle avait failli ne pas le reconnaître. Et indéniablement, vêtu de la sorte, il était vraiment… à tomber.

Il est venu…

Sophie avait tellement espéré qu'il se propose de l'accompagner et attendu bien trop longtemps qu'il daigne descendre la rejoindre ce soir-là dans l'entrée… Le découvrir ici, dans cette salle… Elle n'en croyait pas ses yeux. Quand elle le vit passer nerveusement la main dans ses cheveux, elle décida d'aller à sa rescousse. Il valait mieux ne pas le laisser seul parmi des gens qu'il ne connaissait pas. Matthias n'était pas sauvage, mais toute cette agitation et ces regards féminins braqués sur lui allaient rapidement le mettre mal à l'aise.

Sophie se fraya donc un chemin parmi les invités et avança aussi vite que ses talons hauts le lui permettaient – autrement dit, très lentement, pour éviter de s'étaler de tout son long – afin de le rejoindre. Elle ne le quittait pas des yeux, comme si elle craignait qu'il s'échappe si elle le perdait de vue plus de deux secondes. Alors qu'elle ne se trouvait plus qu'à trois mètres de lui, il tourna la tête dans sa direction.

Leurs regards s'accrochèrent un instant avant que celui de Matthias glisse sur son corps comme une caresse impudique. Sa respiration se coupa. L'avait-il jamais contemplée de cette manière ? Sophie n'en avait aucun souvenir en tout cas. Il fallait avouer qu'elle n'avait jamais non plus porté une telle tenue en sa présence.

Lorsque les yeux bleu céruléen de Matthias vinrent se poser de nouveau à hauteur des siens, Sophie avait parcouru le reste de la distance qui les séparait. Elle s'immobilisa face à lui. Comme la jeune femme était chaussée de talons aiguilles, leur différence de taille était moins flagrante qu'en temps normal, mais la proximité de leurs visages n'en était que plus ténue.

— Je suis heureuse que tu sois venu, avoua-t-elle en souriant.

Le regard de Matthias se fixa un instant sur les petites parenthèses qui creusaient les joues de Sophie. Ce qu'il pouvait aimer ces jolies fossettes !

— Et moi, je suis heureux d'être ici avec toi. Désolé d'avoir tardé…, ajouta-t-il dans un souffle.

— L'essentiel, c'est que tu sois là.

— Sophie…

— Oui ?

— Tu es vraiment sublime ce soir…

La jeune infirmière rougit, pas tant sous l'effet du compliment qu'à cause de la façon dont il l'avait prononcé.

— C'est fou ce qu'une simple robe peut transformer une femme, hein ! s'exclama-t-elle avec légèreté.

— L'écrin est beaucoup moins spectaculaire que le bijou qu'il met en valeur…

Et il me dit ça, comme ça, droit dans les yeux !

Sophie déglutit péniblement.

— Bon, à part ça, tu as faim ? Soif ?

Le changement inopiné de sujet amena un sourire sur les lèvres de Matthias. Elle trouvait le terrain un peu trop glissant et elle avait sans doute raison. La soirée commençait à peine, il n'était pas utile de brûler les étapes. Il attendrait qu'ils soient seuls pour lui faire comprendre ce qu'il ressentait vraiment. Pour l'heure, il devait faire en sorte qu'elle passe un bon moment.

— Les deux ! Tu nous guides jusqu'au buffet ? suggéra-t-il en lui proposant son bras.

Le bonheur se lisait sur le visage fatigué de Philippe. Bien sûr, le fait que Matthias se soit décidé à rejoindre Sophie à cette soirée n'était qu'un premier pas et rien n'assurait que la relation des deux amis évolue vers quelque chose de plus intime.

— Julien, qu'est-ce que tu en penses ? souffla Philippe.

Perdu dans ses pensées, le jeune homme sursauta.

— Quoi ? demanda-t-il en jouant avec sa fourchette.

— Sophie… Matthias… Tu verrais un inconvénient à… un quelconque rapprochement entre eux ?

Julien pouffa.

— Pourquoi ?! Ils sont majeurs et vaccinés, après tout ! Le changement d'attitude de Matthias est récent, mais personnellement j'ai compris très vite que ma petite sœur en pinçait pour lui. Les voir ensemble me semble évident. Je sais qu'avec Matthias, je n'ai pas à me faire de souci pour Sophie. Il prendra soin d'elle.

Isadora ne put retenir un sourire. Pour Julien, Matthias était sans conteste le beau-frère idéal. Il était son meilleur ami et avait toujours eu beaucoup d'affection pour Sophie. Il pouvait, sans appréhension, lui confier ce qu'il avait de plus précieux, en l'occurrence, sa sœur.

— Donc, si un jour tu les voyais... s'embrasser, ça ne te poserait aucun problème ? insista Philippe, joueur.

Une grimace involontaire déforma brièvement les traits de Julien.

— J'aime autant ne pas être obligé d'assister à ce genre de scène... C'est quand même ma petite sœur.

— Elle n'en reste pas moins un être sexué..., déclara Isa pour enfoncer le clou.

— Merci pour cette précision..., grogna Julien.

— Quand tu draguais ses camarades de l'IFSI, tu ne te demandais pas si ça la gênait..., le taquina Philippe avant de tousser.

Une petite pointe de jalousie vint titiller Isa, qui voyait Julien devenir écarlate. Elle comprenait mieux pourquoi Sophie avait refusé que son frère l'accompagne à Annecy.

— Je constate que le niveau d'études de tes conquêtes ne t'a pas toujours posé de souci..., lança-t-elle, acerbe, en allant déposer son assiette dans l'évier.

Julien la fixa, surpris. Quelqu'un l'avait-il mise au courant pour Sarah ?

— Euh... Qui t'a parlé de ça ?

La jeune femme se contenta de hausser les épaules avant de sortir. Julien interrogea Philippe du regard, mais celui-ci leva les deux mains en signe d'incompréhension. La fuite ne venait pas de lui. Julien se leva et suivit Isadora jusqu'à la terrasse où elle s'était de nouveau réfugiée.

— On peut en discuter, Isa ?

— En discuter ?! Maintenant ?!

— Je ne voudrais pas que tu te méprennes...

— Me méprendre ?! Julien, quand tu m'as embrassée et que tu as passé la nuit avec moi, tu savais très bien que j'avais plus que le bac, non ?!

— Oui, mais...

— Mais quoi ? Tu vas prétendre que l'envie était trop forte et que tu as préféré y céder, quitte à me faire du mal par la suite ?

— Je ne voulais pas te faire de mal, Isa…, assura-t-il.

— Eh ben, c'est raté…, lâcha-t-elle, les yeux brillants.

— Isa…, tenta-t-il en faisant un pas en avant.

— Le pire, Julien, c'est d'imaginer que tu me penses capable de te faire la même chose que cette… Sarah. Je croyais que tu avais une meilleure opinion de moi…

— Non, je… je ne t'en pense pas vraiment capable, je…

— Pas vraiment ?!

— Ce que je veux dire c'est… Je suis persuadé que tu n'es pas comme ça, mais…

— Mais quoi ? supplia-t-elle.

— Un jour, tu réaliseras que je ne suis pas à la hauteur…

— Tu dis n'importe quoi…

— Non, crois-moi, c'est ce qui se passera.

— Donc tu décides pour moi, pour nous, c'est ça ? Tu sais déjà ce que nous réserve l'avenir, alors ? Tu as des dons de voyance ?

— Isa…

— Non, mais vas-y, ça m'intéresserait d'apprendre comment tu peux être aussi sûr que toi et moi ça ne marchera pas…

Julien soupira.

— Cette discussion ne nous mènera nulle part…

— Ça aussi tu l'as vu dans ta boule de cristal ? railla-t-elle.

Julien secoua la tête. Il baissa les yeux, mais ne répondit pas.

Depuis quelques heures, l'ironie était devenue la seule arme d'Isa, celle qu'elle avait choisie pour cacher à Julien à quel point elle était meurtrie. Dans son travail, comme dans sa vie sociale, il apparaissait sûr de lui, prenait des initiatives, mais pas en amour. En ce qui concernait l'amour, le véritable amour, pas les relations de passage, il semblait avoir peur et manquer de confiance en lui… Il devait sans doute être persuadé que ce bonheur-là lui était inaccessible, avec elle plus qu'avec n'importe qui d'autre. Pourtant, ce qu'elle voyait dans ses yeux lui prouvait qu'il tenait sincèrement à elle et qu'il luttait contre ce qu'il ressentait. Que pouvait-elle faire de plus pour qu'il comprenne qu'il n'avait rien à craindre d'elle, qu'il pouvait se fier à elle et que tout était possible ?

— Julien…

Tout à coup, un bruit sourd se fit entendre à l'intérieur du chalet, suivi quelques secondes plus tard par les aboiements de Pixel. Les regards d'Isadora et de Julien se croisèrent, interdits, avant que le jeune homme, pris de panique, ne s'exclame :

— Philippe !

Chapitre 34

En s'apprêtant à quitter les toilettes, Sophie considéra que pour le bien de sa vessie comme pour le maintien de sa lucidité, elle ferait bien de lever le pied sur le champagne. Elle buvait très peu d'alcool en temps normal et ce soir-là, elle s'était un peu trop laissée aller sur les bulles et commençait à en ressentir les effets. Heureusement que Matthias veillait au grain, faisant en sorte qu'elle grignote toujours quelque chose pour accompagner son verre et l'entraînant sur la piste dès que le DJ passait un slow. C'était la seule danse à laquelle il consentait et comme Sophie trouvait bien agréable de se lover dans ses bras, elle ne lui en refusait aucun.

La main sur la poignée, elle entendit des rires qu'elle aurait pu reconnaître entre mille. Le trio d'enfer venait d'investir les lieux. Comme elle n'avait aucune envie de leur faire la conversation, elle préféra attendre qu'elles soient sorties des toilettes pour s'éclipser.

— Non, mais vous avez vu Sophie parader au bras de son Apollon ? Mais qu'est-ce qu'il lui trouve franchement ? Elle est tellement quelconque !

Dissimulée dans sa cabine, Sophie retint son souffle. Voilà qu'elle se retrouvait à devoir écouter les médisances de ces pimbêches sur son compte !

— Elle a peut-être des talents cachés…, répliqua l'une des filles d'un air entendu. Je ne vois que ça. Pour quelle autre raison un type aussi beau s'intéresserait à elle ?

Le cœur de Sophie se serra. Même si elle avait conscience que tout cela était de la méchanceté gratuite, elle ne pouvait s'empêcher d'être blessée. Et le fait qu'elle-même se soit toujours trouvée banale n'aidait pas. C'était vrai. Matthias était beau. Particulièrement ce soir-là. Et s'il avait conscience de plaire à la majorité des femmes présentes à cette fête, il n'en avait rien laissé paraître, accordant son attention à elle seule.

— Et sa robe… c'est d'un vulgaire ! Mais bon, elle n'a que sa poitrine comme atout, il faut bien qu'elle la montre, ajouta l'une des vipères.

Ne les écoute pas, ne les écoute pas ! s'ordonna-t-elle en fermant les yeux.

Elle aurait pu poser les mains sur ses oreilles pour ne plus les entendre, mais c'était plus fort qu'elle. Elle voulait savoir ce qu'elles pensaient du couple improbable qu'elle et Matthias formaient aux yeux de tous ce soir-là, même si cela devait lui faire mal.

— Dans mes souvenirs, son frère était plutôt mignon. C'est fou ce que la génétique peut être capricieuse parfois !

Et elles partirent toutes les trois d'un fou rire avant de sortir finalement des toilettes une fois leur retouche maquillage effectuée. Sophie attendit encore quelques secondes pour être certaine qu'elles ne rebroussaient pas chemin, puis poussa enfin la porte de sa cabine pour s'approcher du lavabo. Elle actionna le robinet et fit mousser du savon au creux de ses mains. Elle n'osait pas se regarder dans le miroir, mais savait très bien ce qu'elle y verrait. Elle sentait des larmes couler le long de ses joues. Des larmes qui étaient probablement en train de la faire ressembler à un panda. Elle sourit en se rappelant la remarque d'Isadora à ce propos. Isadora… Ce n'était pas à elle qu'on aurait pu reprocher d'être mal assortie avec Matthias. Son amie était belle au naturel, elle n'avait besoin d'aucun artifice.

Dans son dos, elle perçut le bruit d'un verrou. La porte d'une des cabines s'ouvrit et Sophie s'empressa de s'essuyer les joues. Un coup d'œil furtif dans le miroir lui apprit l'identité de la personne qui l'occupait. Cathy. La seule fille avec laquelle elle s'était bien entendue lorsqu'elle étudiait à l'IFSI.

Celle-ci vint se poster près d'elle pour se laver les mains.

— Ne fais pas attention à ce que disent ces garces, Sophie. Tu es très jolie et cette robe te met vraiment en valeur sans être vulgaire.

— C'est gentil, Cathy, dit-elle en baissant les yeux.

— Elles sont jalouses, c'est tout.

Sophie observa le reflet de la jeune femme dans la glace.

— Jalouses ?

— Aucun homme n'a jamais dû les regarder comme ça. Ça crève les yeux qu'il t'aime…

Le cœur de Sophie s'emballa. Depuis son arrivée à la fête, il était clair que Matthias avait à son égard une attitude aux antipodes de celles d'un simple ami d'enfance. Il la contemplait, la touchait et s'adressait à elle comme il ne l'avait jamais fait auparavant. Ce soir, elle avait le sentiment de ne pas être face au Matthias qu'elle connaissait depuis plus de vingt ans, mais à un homme qui tentait de lui faire comprendre à quel point il la trouvait désirable. Et Sophie se rendit compte que c'était tout ce qu'elle avait toujours voulu : qu'il la considère autrement que comme la petite sœur de son meilleur ami… qu'il la voie comme une femme à part entière.

— Merci, Cathy, murmura-t-elle en souriant.

À l'aide de serviettes en papier, Sophie répara tant bien que mal les dégâts causés par les larmes sur son maquillage, récupéra la pochette qu'elle avait posée sur la surface carrelée et sortit des toilettes pour dames, déterminée. Elle scruta la foule à la recherche de Matthias et le repéra bientôt, adossé à un mur à quelques pas d'elle, les mains enfoncées dans les poches de son pantalon. Sophie marcha résolument vers lui et sa volonté ne fléchit pas lorsque le regard intensément bleu de Matthias rencontra le sien.

Une fois face à lui, elle l'attira à elle d'une main sur sa nuque et planta sa bouche sur la sienne en fermant les yeux. Surpris par le geste de Sophie, Matthias ne réagit pas jusqu'à ce qu'elle s'écarte et le fixe droit dans les yeux, dans une attente fébrile. Elle avait eu le courage de faire le premier pas. Allait-il la laisser se tourmenter à l'idée qu'elle venait peut-être de commettre l'irréparable et de briser leur amitié à tout jamais ?

Sophie commençait à regretter son audace lorsque Matthias posa ses mains dans le creux de ses reins pour l'attirer tout contre lui et s'emparer à son tour de ses lèvres. Le jeune homme, pourtant peu adepte des démonstrations d'affection en public, se ficha soudain royalement que des dizaines de paires d'yeux soient braquées sur eux. Il échangeait son premier vrai baiser avec Sophie… SA Sophie, et plus rien d'autre ne comptait pour lui que le bonheur de tenir la femme qu'il aimait entre ses bras.

Le corps de Sophie se détendit et elle oublia d'un coup les médisances du trio. Lorsqu'un homme vous embrassait de cette manière, avec autant de fougue et de douceur mêlées, il ne pouvait qu'être amoureux… Au bout de quelques secondes d'une étreinte enflammée, elle s'écarta légèrement pour contempler le visage de Matthias. Celui-ci lui sourit avant qu'un pli soucieux vienne troubler la sérénité de ses traits.

— Tu as pleuré…

Décidément, elle ne pourrait jamais rien lui cacher.

— C'est rien… S'il te plaît, emmène-moi ailleurs…

Il hésita quelques secondes. Fallait-il qu'il insiste pour qu'elle lui donne la raison de ses larmes ? Il se promit d'obtenir une réponse dès qu'ils seraient seuls et lui sourit de nouveau.

— Et où tu veux aller, ma Sophie ?

— N'importe où, mais loin d'ici…

Le téléphone tout contre son oreille, Isadora tentait de garder son calme afin d'expliquer la situation au médecin régulateur des urgences. Julien, quant à lui, était resté auprès de Philippe, après lui avoir glissé un coussin sous la tête. Le père de Matthias semblait manquer d'air, se tordait de douleur et de la sueur perlait sur son front. Julien avait bien essayé de l'aider à se relever, mais il disait avoir trop mal pour bouger. Tout le long du dîner, Isa l'avait senti éteint, même s'il avait tout fait pour le cacher. Malgré ses difficultés à reprendre son souffle, il leur avait posé des tonnes de questions sur les circonstances qui avaient amené son fils à se rendre à Annecy.

Il avait passé le plus clair de sa journée dans sa chambre. Cela lui arrivait de plus en plus souvent ces temps-ci. Ce dîner en leur compagnie avait dû avoir raison de ses dernières forces.

— Je vais prévenir Matthias…, commença Julien en extirpant d'une main tremblante son téléphone de sa poche.

— Non !

Le jeune homme stoppa son geste.

— Mais, Philippe…

— Laisse-le profiter de sa soirée. C'est son moment… LEUR moment. Il n'a pas… pas besoin de… de se tourmenter… pour ça… pas ce soir, balbutia-t-il avec peine.

— Matthou va m'en vouloir si je ne l'appelle pas…

— Et moi… je… je te l'interdis ! ânonna-t-il avec le peu d'énergie qui lui restait.

À quelques mètres d'eux, Isadora, qui venait de raccrocher, ne perdait pas une miette de leur échange. Elle constatait, avec un pincement au cœur, que Julien se débattait avec sa conscience. Il essayait de se montrer fort malgré le désarroi qu'il ressentait à voir Philippe dans cet état.

— Ils arrivent, lâcha-t-elle simplement à leur intention.

Julien la regarda brièvement et se contenta de hocher la tête. La jeune femme s'approcha d'eux et s'agenouilla auprès de Pixel, qui avait posé son museau sur le bras de Philippe et poussait de temps à autre des gémissements plaintifs. Elle le caressa doucement entre les deux oreilles.

— Je resterai au chalet avec lui pendant que vous serez à l'hôpital, proposa-t-elle. Ils ne le laisseraient pas entrer…

— Merci, Isa…

La voix de Julien n'était plus qu'un murmure, mais elle sentait dans ses inflexions toute la gratitude qu'il lui témoignait en cet instant. Ses deux mains emprisonnaient fermement celle de Philippe et il ne le lâchait pas du regard. Cet homme avait toujours été un père pour lui, bien davantage que celui qui lui avait donné la vie, et le voir souffrir de la sorte sans pouvoir rien y faire le dévorait de l'intérieur.

— Matthias est à Annecy, mais toi tu es là, Julien, et ça, c'est important pour Philippe…, murmura-t-elle pour le rassurer.

— Elle… elle a raison, Julien… J'ai au moins un de mes… mes enfants à mes côtés.

En cet instant, leurs disputes puériles ne comptaient plus. Et lorsqu'Isadora vit une larme couler de long de la joue de Julien, elle eut grand-peine à retenir un geste de tendresse. Cet homme-là n'avait aucune conscience de sa valeur et il n'était pas prêt à accueillir toute l'affection qu'il méritait. Le serait-il un jour ? Au fond de son cœur, elle l'espérait.

Chapitre 35

Assis sur un banc non loin du bord du lac, Sophie et Matthias avaient définitivement quitté la fête. Une fois dans la voiture du jeune homme, elle l'avait guidé jusqu'à cet endroit, prétextant vouloir profiter du reflet de la nuit étoilée dans l'eau calme. Mais le soleil n'étant plus au rendez-vous, la température avait considérablement chuté et Sophie n'osait plus bouger, bien calée dans les bras protecteurs de Matthias.

— Est-ce que tu vas enfin m'expliquer pourquoi tu as pleuré ?

— C'est pas important…

— Pour moi, si. Surtout quand tu me sautes dessus juste après pour m'embrasser…

Sophie gloussa et leva la tête pour observer Matthias.

— Ça t'a surpris, hein ?

Le jeune homme sourit.

— Effectivement, mais la surprise était plutôt agréable, murmura-t-il en glissant une mèche de cheveux rebelle derrière l'oreille de Sophie. Mais je ne comprends toujours pas pourquoi…

— J'ai entendu des choses que je n'étais pas censée entendre…

— Comme quoi ?

Sophie tourna la tête et fixa le lac sans vraiment le voir.

— Que j'étais trop quelconque pour être avec un mec aussi beau que toi…

— Quelles pétasses !

— Matthias ! s'exclama-t-elle en faisant les gros yeux, le jeune homme ayant peu l'habitude de s'exprimer de cette façon.

— Je suis désolé, mais c'est ce qu'elles sont ! Tu es la plus jolie fille que je connaisse…, susurra-t-il contre sa joue.

— Tu es partial, Matthias.

— Pourquoi ? Parce que je t'aime ? Je suis sincère avec toi, Sophie. Je l'ai toujours été.

Sophie ne pouvait pas détacher son regard du sien. Est-ce qu'il se rendait compte qu'il venait de lui avouer qu'il l'aimait ?

— Matthias, tu…

— Je t'aime, ma Sophie. Et je ne laisserai personne affirmer que tu n'es pas assez bien pour moi. Ces filles ne t'arrivent pas à la cheville, aussi bien physiquement… qu'intellectuellement, visiblement.

Une énorme bouffée de tendresse submergea Sophie. Cet homme doux, intelligent, sensible… et sublime n'avait d'yeux que pour elle.

— J'ai toujours adoré t'entendre prononcer ce petit mot avant mon prénom…

— MA Sophie ? Pourquoi ? demanda-t-il avec un sourire.

Elle approcha son visage du sien, jusqu'à murmurer presque tout contre sa bouche :

— Cette idée d'être à toi, ça me plaît bien…

Une lueur indéfinissable s'invita dans les prunelles de Matthias avant que ses lèvres viennent caresser les siennes avec une lenteur délicieuse. Elles les quittèrent quelques secondes plus tard pour s'aventurer le long de sa mâchoire et terminer leur course dans le creux de son cou en une myriade de baisers qui la firent frissonner. Sophie laissa échapper un léger gémissement lorsque, taquin, il lui mordilla le lobe de l'oreille.

— On va finir par se faire verbaliser pour attentat à la pudeur…, lâcha-t-elle d'une voix rauque, les joues en feu.

— Désolé… Tu me fais perdre la tête…, avoua-t-il en venant poser son front contre le sien.

— On devrait peut-être… songer à trouver un endroit un peu plus… privé ?

Matthias la fixa en silence. Se montrait-elle trop empressée ? Avait-il seulement envie qu'ils prolongent ce moment dans la plus stricte intimité ? Quelques heures plus tôt, ils n'étaient encore que des amis. Des amis qui éprouvaient certes des sentiments ambivalents l'un pour l'autre, mais des amis tout de même. Elle ne voulait pas précipiter les choses si son désir n'était pas le même que le sien.

— Où est-ce que tu avais prévu de passer la nuit ? demanda-t-il soudain. Tu avais l'intention de rentrer à Chamonix ce soir ?

Sophie secoua la tête.

— J'ai… réservé une chambre à l'hôtel, là-bas, déclara-t-elle en désignant un bâtiment éclairé qui arborait fièrement des jardinières fleuries à ses balcons. J'avais envie d'une vue sur le lac à mon réveil.

Matthias soutenait toujours son regard tout en jouant distraitement avec une des boucles de la jeune femme.

— Je… je peux te faire une petite place si tu veux, se hasarda-t-elle à lui proposer. Enfin, on n'est pas obligés de faire quoi que ce soit, on peut juste… dormir, s'empressa-t-elle d'ajouter.

Les lèvres de Matthias s'étirèrent en un sourire attendri. Il la trouvait tellement belle et désarmante lorsqu'elle était embarrassée.

— Tu m'offres de partager ton lit sans te toucher ? Ma Sophie, permets-moi de te dire que tu me prends pour un surhomme. J'ai déjà du mal à m'arrêter de t'embrasser…

Les joues de la jeune femme rosirent de plaisir.

— Et pour être honnête, je n'ai pas du tout sommeil…

Sophie se mordit la lèvre dans un geste machinal. L'ambiance devenait clairement électrisante. Il était plutôt déstabilisant pour elle de voir Matthias aussi direct, mais cela ne lui déplaisait pas du tout. Un léger souffle s'engouffra dans sa chevelure et elle ne put réprimer un frisson.

— Tu as froid, constata Matthias. On devrait se mettre au chaud.

Et joignant le geste à la parole, il se leva et lui tendit la main. Elle ne put s'empêcher de grimacer en prenant appui sur ses pieds endoloris.

— Ça ne va pas ? s'enquit-il, soucieux.

Sophie se laissa retomber sur le banc.

— Ces talons sont une vraie torture. J'ai trop mal, gémit-elle.

Contre toute attente, un sourire se dessina sur les lèvres de Matthias.

— Attends, je reviens !

Interdite, Sophie regarda le jeune homme s'éloigner en direction de sa voiture. Il la rejoignit quelques secondes plus tard, un sac à dos à la main. Il s'assit près d'elle et le lui tendit.

— Tiens, Julien m'a donné ça pour toi avant de partir. Il a précisé que tu en aurais sûrement besoin ce soir…

Sophie fronça les sourcils et ouvrit la besace. Ses fossettes apparurent immédiatement lorsqu'elle en extirpa sa vieille paire de Converse.

— Oh, mon Juju… J'ai le meilleur frère du monde ! déclara-t-elle à l'intention de son compagnon en commençant à défaire l'attache de ses escarpins.

— Je sais, oui, confirma-t-il en récupérant le sac qu'elle venait d'abandonner.

En le posant sur ses cuisses, il sentit un objet bouger à l'intérieur. Curieux, il inspecta le ballot plus en détail et découvrit, dans une poche fermée par un scratch, une petite boîte en carton qu'il sortit. En voyant l'étui de préservatifs dans la main de Matthias, Sophie se mit à rougir violemment.

— Non, mais… mais il abuse là ! Il veut m'inciter à m'envoyer en l'air avec le premier venu, ou quoi ? Il ne savait même pas que tu serais là !

Matthias secoua la tête en riant et lui tendit l'objet du délit. Incrédule, elle le lui prit des mains et regarda, abasourdie, le petit dessin que Julien avait gribouillé et collé sur la boîte. Un affreux gremlin affublé d'une mèche blanche s'adressait à elle par le biais d'une bulle de dialogue :

Si ce n'est pas avec Matthou, abstiens-toi !

Bien qu'ayant de plus en plus de mal à respirer correctement, et donc à s'exprimer, Philippe s'évertua à supplier Julien d'aller dans sa chambre pour récupérer dans son armoire un bagage que Sophie l'avait aidé à préparer au cas où il viendrait à être hospitalisé en urgence. Une fois seul avec Isa, le père de Matthias saisit, à la grande surprise de celle-ci, sa main dans la sienne.

— Isa… j'ai… j'ai besoin que… que vous me fassiez une… une promesse.

Prise au dépourvu, la jeune femme attendit qu'il formule sa demande.

— Quoi… quoi que dise ou fasse Julien… ne… ne baissez pas les bras, Isa. Ne l'abandonnez pas. Il… il tient à vous.

Le regard rivé au sien, Philippe espérait une réaction, un mot d'Isa pour le rassurer. Elle ne pouvait pas le laisser dans cette insupportable attente, mais elle ne savait quoi lui répondre… Si cela n'avait tenu qu'à elle, elle vivrait en ce moment même une belle histoire avec Julien, mais voilà, c'était lui qui avait pris cette décision, lui qui avait décrété qu'ils n'avaient aucun avenir ensemble. Comment promettre à Philippe de ne pas abandonner son fils spirituel alors que ce dernier s'était détourné d'elle ?

— Philippe... Vous savez que ça ne dépend pas que de moi...

Des pas résonnèrent. Julien était déjà de retour, le fameux bagage pendant au bout de ses doigts.

— Je crois que j'ai entendu une voiture dehors, déclara-t-il. C'est sûrement le SMUR.

Effectivement, à peine avait-il terminé sa phrase que des coups retentirent contre la porte d'entrée. Julien s'empressa d'aller ouvrir à l'équipe médicalisée qui se chargea immédiatement d'apporter tous les soins à Philippe et de préparer son transfert à l'hôpital de Chamonix. Un médecin expliqua à Julien qu'il n'était pas autorisé à l'accompagner dans le véhicule, mais qu'il pouvait suivre et rejoindre Philippe sur place.

Une fois que le père de Matthias fut prêt, Isadora et Pixel accompagnèrent le petit groupe dehors. Avant de monter sur sa moto, Julien se retourna vers Isa puis, d'un geste hésitant, s'approcha d'elle. Ce regard vert qu'elle avait connu si pétillant de malice était à cet instant empli d'une tristesse sans nom et toute lueur d'ironie l'avait déserté. Sans réfléchir, elle posa les mains sur ses hanches et se blottit contre lui. Quelques secondes s'écoulèrent avant qu'il abdique et referme ses bras autour de ses épaules.

— Ça va aller, Julien.

— Oui..., répondit-il en essayant de s'en convaincre.

Elle s'écarta, comme à regret.

— Tu me tiens au courant, dès que tu en sais plus ? demanda-t-elle d'une petite voix, les yeux plongés dans les siens.

— Bien sûr...

Il hésita un court moment avant de déposer un baiser sur son front, et mit son casque. Puis il enfourcha son engin et disparut dans la nuit. À cet instant, elle réalisa que depuis son arrivée au chalet, Julien ne portait pas son bonnet.

Chapitre 36

— Voilà, on y est…, chuchota Sophie dans le couloir obscur de l'hôtel.

Adossée à la porte de la chambre qu'elle avait réservée, le visage levé sur Matthias, la jeune femme jouait nerveusement avec la clé. Sans ses talons, elle était redevenue la petite Sophie d'un mètre cinquante-huit devant se casser le cou pour croiser ce regard qui la fixait avec une intensité troublante.

Durant le trajet les menant jusqu'à l'hôtel, main dans la main, ils avaient marché lentement, sans prononcer un mot. Le silence de la nuit était un havre de paix comparé au tumulte qui avait cours dans leur esprit et dans leur cœur. Leur relation était en passe de prendre un tournant décisif qu'ils avaient déjà amorcé avec le premier baiser échangé à la soirée et tous ceux qui avaient suivi. Ils avaient conscience que s'ils franchissaient le seuil de cette chambre d'hôtel, il n'y aurait plus de retour possible. Pourtant, passer cette nuit ensemble leur semblait des plus naturel, la suite logique de leur désir commun.

Aussi lorsque Matthias lui prit la clé des mains, l'inséra dans la serrure et poussa le battant, les doutes et les appréhensions qui subsistaient fondirent comme neige au soleil. Sophie sourit à Matthias, agrippa son manteau et entra dans la chambre à reculons, ne donnant d'autre choix au jeune homme que de l'y suivre. Mais à cet instant, Matthias n'avait pas le sentiment de se forcer à quoi que ce soit. Il récupéra in extremis la clé sur la porte avant de refermer celle-ci derrière eux d'un coup de pied.

Les doubles rideaux de la fenêtre étaient restés ouverts et la seule source de lumière qui éclairait la pièce provenait des lampadaires extérieurs. Matthias lança la clé et le sac à dos qu'il tenait toujours au hasard sur le sol et posa ses deux mains de part et d'autre du visage de Sophie pour l'embrasser. La jeune femme, qui avait encore les siennes agrippées au revers de son manteau, entreprit d'en détacher les boutons. Matthias lâcha brièvement Sophie pour faire tomber d'un coup d'épaule le vêtement devenu encombrant, et se délester de sa veste. Il s'attaqua à son tour à la fermeture Éclair de sa parka pour l'en débarrasser, sans que ses lèvres quittent un seul instant les siennes.

Il plaqua les mains sur le dos de Sophie, dans l'échancrure de sa robe, et elle ne put réprimer un hoquet en sentant le contraste de ses paumes froides sur sa peau brûlante.

— Désolé, ma Sophie, murmura-t-il. Elles n'ont pas encore eu le temps de se réchauffer…

— Les miennes non plus, répliqua-t-elle, taquine, en tirant sur sa chemise.

Les doigts de la jeune femme s'insinuèrent sous le tissu et caressèrent lentement le ventre plat et ferme de Matthias. Il frissonna.

— Alors, c'est ça le résultat de tes séances intensives d'abdos ? Hum… intéressant, susurra-t-elle, le regard ancré à celui de Matthias dont les prunelles étaient de plus en plus sombres.

— Tu es diabolique…, glissa-t-il avant de venir déposer un baiser dans le creux de son cou tandis que ses mains remontaient le long de ses bras.

— Et c'est moi qui suis diabolique…, ronronna-t-elle en sentant les bretelles de sa robe glisser sur ses épaules.

Sophie savourait avec ravissement chaque caresse de la bouche de Matthias sur sa peau, chaque frôlement de ses doigts. Mais elle était elle-même bien loin d'être oisive durant cette délicieuse torture, déboutonnant avec un empressement grandissant la chemise de son amant.

— Je t'ai dit que tu étais sublime dans cette robe ? chuchota-t-il tout contre son cou.

— Oui…

— Et est-ce que tu sais que ma première pensée en la voyant a été de te l'enlever ?

La chemise de Matthias atterrit sur le sol en même temps que la robe.

— Hum… non… Tu as omis de mentionner ce détail, s'amusa-t-elle.

— Bon, le problème est réglé maintenant, lâcha-t-il en caressant distraitement du pouce la dentelle de son soutien-gorge.

Maintenant qu'il était débarrassé de sa chemise, Sophie pouvait clairement voir sa poitrine se soulever de plus en plus fort et vite au rythme de sa respiration. La jeune femme avait elle aussi bien du mal à reprendre son souffle et les battements désordonnés de son cœur résonnaient jusque dans ses tempes. Lorsque le haut de son corps fut, à l'instar de celui de Matthias, complètement nu, elle se colla tout contre lui dans un besoin urgent de sentir sa peau contre la sienne.

Dans un gémissement rauque, il fondit de nouveau sur ses lèvres pour un baiser enflammé. Et tout s'accéléra. Ils réduisirent la distance qui les séparait du lit, semant çà et là le reste de leurs vêtements. Bientôt les jambes de Sophie heurtèrent le bord du matelas et leurs deux corps étroitement enlacés basculèrent dans un même élan. Matthias se retint de justesse pour ne pas écraser Sophie sous son poids et ils partirent tous les deux d'un fou rire incontrôlable. Au bout d'un moment, Matthias caressa tendrement la joue de la jeune femme, fixant avec adoration la fossette qui disparaissait progressivement à mesure que Sophie reprenait son sérieux.

— Ça va ? Tu ne t'es pas fait mal ?

Sophie secoua la tête, hypnotisée par ce regard bleu rivé sur elle.

— J'aime le Matthias que je découvre ce soir : sensuel, fougueux... C'est une facette de toi que je ne connaissais pas...

— Et il n'y a que toi qui la verras, ma Sophie, assura-t-il. Parce que c'est avec toi, et seulement toi, qu'elle se révèle...

— Votre père souffre d'un œdème pulmonaire dû à la rétention d'eau. La dialyse est devenue inefficace.

Julien n'eut pas le cœur de reprendre le médecin sur son lien de parenté avec Philippe. S'il avait avoué n'être qu'un ami de la famille, on ne lui aurait sûrement rien appris de son état de santé. Tout ce charabia médical était un peu nébuleux pour lui. Il n'avait jamais demandé à Sophie ce qui risquait de se passer si le traitement par dialyse de Philippe s'avérait sans effet.

— Et qu'est-ce que vous pouvez faire pour lui permettre d'aller mieux ?

Le médecin fixa Julien d'un regard plein de commisération.

— Pour l'instant, on peut juste l'aider à ne pas souffrir le temps de traiter l'œdème. Nous l'avons placé en coma artificiel. Mais à terme, vous n'êtes pas sans savoir que l'unique solution reste la greffe.

Julien hocha la tête.

— Étant donné que l'état de ses reins s'est grandement dégradé, il remonte dans la liste d'attente, mais il n'est malheureusement pas le seul dans ce cas...

Le jeune homme serra les poings dans ses poches. Ce médecin était clairement en train de lui déclarer que sans transplantation, Philippe courait à une mort certaine et que, en tout état de cause, les chances qu'il en bénéficie étaient minimes. Il aurait tant aimé que Matthias soit à ses côtés ce soir-là et il était sûr que son meilleur ami aurait aussi souhaité être présent. Mais voilà, il avait promis à Philippe de ne pas l'informer de la situation. Son père voulait qu'il profite, qu'il s'amuse… Et si cette soirée, voire cette nuit, pouvait se terminer par un rapprochement entre son fils et Sophie, Philippe en serait le plus heureux. Ces deux-là s'aimaient depuis trop longtemps pour ne pas finir ensemble. Julien espérait qu'ils prennent enfin leur courage à deux mains pour se l'avouer.

À l'instar de Philippe, lui aussi désirait par-dessus tout que son ami connaisse le bonheur avec sa petite sœur. Mais Julien ne pouvait s'empêcher d'avoir un pincement au cœur à l'idée que si jamais le père de Matthias venait à rendre son dernier souffle cette nuit-là, son meilleur ami s'en voudrait toute sa vie de ne pas avoir été auprès de lui. Il s'était déjà fait beaucoup de mal onze années auparavant en se reprochant le départ de son père ; Julien refusait de le retrouver de nouveau en miettes. Matthias avait beau être devenu un adulte, il n'en demeurait pas moins un être d'une sensibilité extrême qu'un tel événement pourrait facilement fragiliser.

Une fois le médecin reparti, Julien alla s'asseoir sur un des sièges de la salle d'attente, près d'un distributeur de boissons. Il savait pertinemment qu'il ne servait à rien de rester à l'hôpital. Tant que Philippe serait placé en coma artificiel, il lui serait impossible de communiquer avec qui que ce soit. Mais Julien ne voulait pas rentrer. Et puis, pour aller où ? Sa maison était vide sans Sophie et s'il revenait au chalet, il serait bien capable de céder au chant des sirènes et il ne souhaitait pas donner une nouvelle fois de faux espoirs à Isadora. Il lui avait déjà fait suffisamment de mal.

Il lui avait promis de la tenir au courant de l'état de Philippe, mais il ne se sentait pas le courage de lui parler, alors il sortit son téléphone de sa poche et se contenta d'un texto pour lui expliquer la situation.

La joue posée sur la poitrine de Matthias, Sophie écoutait, sereine, les battements réguliers de son cœur tandis que le jeune homme caressait tendrement son épaule. L'heure qui venait de s'écouler avait été des plus intenses. Elle n'aurait jamais imaginé pouvoir vivre un moment tel que celui qu'ils avaient tous les deux partagé. Être aimée par le meilleur ami de son frère était un doux rêve qu'elle caressait depuis qu'elle était en âge d'éprouver des sentiments amoureux. D'aussi loin qu'elle se souvienne, elle avait toujours eu un coup de cœur pour lui et s'était contentée pendant des années d'être son amie. Elle était sortie avec quelques garçons, avait même vécu une relation assez longue avec l'un d'entre eux, mais rien d'assez important pour lui faire oublier celui qui comptait vraiment pour elle.

Sophie posa les yeux sur la main de Matthias entremêlée à la sienne et son regard glissa jusqu'à son poignet. Ces cicatrices ne disparaîtraient sans doute jamais. Elles seraient toujours là pour lui rappeler que ce maudit jour de février, onze ans auparavant, elle avait failli le perdre. Ce mauvais souvenir la fit tressaillir et, sans qu'elle s'en rende compte, une larme s'invita au coin de son œil pour finir sa course sur la peau de Matthias. La main qui caressait ses cheveux s'immobilisa aussitôt.

— Sophie ?

D'autres perles salées coulèrent sans qu'elle puisse les arrêter. Matthias se redressa sur un coude et releva le menton de la jeune femme. Les larmes de Sophie le déstabilisèrent un instant. Pourquoi pleurait-elle ? Quelle triste pensée avait bien pu soudain traverser son esprit et provoquer ce chagrin ?

— Hé… ma Sophie, qu'est-ce qui se passe ? demanda-t-il, inquiet, en caressant sa joue.

Elle secoua la tête, incapable de parler. Matthias eut l'impression qu'on lui enfonçait un pieu dans le cœur. Rien ne pouvait lui faire plus de mal en cet instant que de voir sa Sophie en sanglots.

— Je t'en prie, dis-moi ce qui t'arrive. Ça me rend dingue de ne pas comprendre pourquoi tu pleures…

Elle tenta de se calmer en prenant de longues inspirations. Elle ne voulait pas qu'il s'imagine qu'elle regrettait ce qui venait de se passer entre eux. Il fallait qu'elle parvienne à lui avouer ces choses qu'elle et Julien lui avaient toujours cachées. Lentement, elle saisit la main qu'il avait posée sur sa joue et traça de son pouce la fine cicatrice blanche qui traversait la largeur de son poignet. Le cœur de Matthias se serra.

— Pourquoi tu penses à ça, ma Sophie ? C'est du passé, c'est derrière moi tout ça…

— Tu… ne comprends pas… Tu ne sais pas…

— Qu'est-ce que je ne sais pas ? Explique-moi, la supplia-t-il.

Sophie tourna la tête, incapable de soutenir le regard de Matthias.

— Julien et moi, on t'a menti… On a menti à tout le monde.

— Menti ? Mais à propos de quoi ?

Matthias restait parfaitement calme. Il ne voyait pas ce qu'auraient pu lui dissimuler ses deux amis et il ne voulait surtout pas que Sophie soit davantage bouleversée.

— Ce… n'est pas Julien qui t'a trouvé ce jour-là… C'est moi…, lâcha-t-elle.

Matthias la fixa, abasourdi.

— J'ai… complètement paniqué, je ne connaissais pas les gestes… Je ne savais pas depuis… depuis combien de temps tu… étais comme ça et… Je pensais que tu allais mourir par ma faute…, hoqueta-t-elle, le visage ravagé par les larmes.

— Non, ma Sophie, tu…

— Alors, j'ai… appelé Julien… Il… il a fait ce qu'il fallait… et il… il m'a dit de rentrer, qu'il s'occupait de tout… que je ne devais dire à personne… que j'étais présente… On était bêtes, tu vois… Il… voulait juste m'éviter… m'éviter de… devoir raconter tout ça… et…

— Viens là, la coupa Matthias en la prenant dans ses bras.

— Je… suis tellement désolée, Matthias.

— Tu n'as pas à l'être, ma Sophie, au contraire… Tu m'as sauvé la vie ce jour-là.

— Mais… mais non… Je n'ai pas pu t'aider !

— Tu m'as trouvé et tu as appelé Julien. C'était la seule chose à faire vu les circonstances. Tu n'es responsable de rien. Tu m'entends ? De rien ! asséna Matthias en prenant le visage de Sophie entre ses mains pour qu'elle ne fuie pas son regard.

— Je ne voulais pas te perdre… Je t'aimais déjà tellement…

Matthias la fixa, incrédule.

— Tu… m'aimais ? À cette époque-là, tu m'aimais ?

— Oui. Je sais bien que toi, tu ne supportais même plus ton reflet dans le miroir. Mais moi, je ne voyais que la beauté de ton âme et celle, encore plus grande, de ton cœur. Le garçon qui inventait des histoires rien que pour moi, qui me consolait et me faisait rire quand j'étais triste et que Julien n'était pas là pour le faire… C'est ce Matthias-là dont je suis tombée amoureuse, de lui et de son regard bleu… Ce même regard dans lequel je suis en train de me noyer…

Une énorme bouffée d'amour gonfla le cœur de Matthias. Cette femme était merveilleuse. Elle l'avait aimé tel qu'il était quand lui n'éprouvait pour son propre corps que du dégoût.

Alors que lui, pour commencer à s'apprécier et pouvoir intégrer l'idée de l'être en retour, il avait fallu qu'il opère un changement radical.

— Qu'est-ce que je ferais sans toi dans ma vie, ma Sophie ? demanda-t-il soudain, l'air grave.

— Et moi sans toi, Matthias… Je ne serais même pas devenue infirmière s'il n'y avait pas eu ce drame, tu sais… Je me suis dit à ce moment-là que je ne voudrais plus jamais revivre ce jour-là, me sentir aussi impuissante…

Le jeune homme posa son index sur les lèvres de Sophie.

— Je refuse que tu te sentes coupable de quoi que ce soit. Je suis là aujourd'hui, avec toi, plus vivant que jamais… Et je compte bien te le prouver, ajouta-t-il en la renversant sur le lit.

Chapitre 37

Ce fut le froid qui réveilla Isadora ce matin-là. Elle avait dû s'assoupir dans le canapé du salon après avoir reçu le message de Julien. Le feu dans la cheminée s'était éteint depuis un moment déjà et Pixel, qui n'avait pas osé s'allonger à côté d'elle, s'était contenté du tapis. S'il avait dormi tout contre elle, il y avait fort à parier qu'elle n'aurait pas souffert de la baisse de température. Lorsqu'elle posa un regard ensommeillé sur lui, sa grosse bouille était nichée entre ses pattes avant et il la fixait ostensiblement. Isadora sourit.

— Contrairement à ton maître, tu es là à mon réveil, observa-t-elle, un peu mélancolique.

Le chien se redressa sur son arrière-train et posa sa tête sur le sofa, tout près de la main de la jeune femme.

— Toi, on peut dire que tu sais ce que tu veux, plaisanta-t-elle en le chatouillant entre les deux oreilles.

Le leonberger jappa de contentement avant de la délaisser pour se rendre à la cuisine, d'où il aboya une nouvelle fois.

— Pas de doute, tu sais exactement ce que tu veux : en l'occurrence, que je remplisse ta gamelle, déclara-t-elle, vaincue, en se couvrant du plaid avant de s'extirper du canapé.

Après avoir gâté Pixel avec ses croquettes, Isadora se prépara un grand café noir, histoire de se réveiller totalement. Appuyée contre le plan de travail, elle sirotait tranquillement son breuvage lorsqu'elle vit l'animal relever brusquement la tête et ses oreilles se dresser. Il abandonna son écuelle et trottina jusqu'à l'entrée. Intriguée, Isadora le suivit dans le hall où il commençait à gratter le paillasson. Il avait clairement été alerté par un bruit à l'extérieur. Sa tasse à la main, la jeune femme déverrouilla la porte pour le laisser sortir et constata que deux voitures stationnaient devant le chalet.

Sophie et Matthias quittaient chacun leur véhicule et se rejoignaient devant celui de ce dernier pour échanger un baiser. Debout sur le perron, Isadora sourit. Matthias avait enfin ouvert son cœur à Sophie qui n'attendait, apparemment, que ça. En voyant son amie porter les mêmes vêtements que la veille, à savoir sa robe de soirée, et la passion qu'ils mettaient tous les deux dans ce baiser, Isa songea que la nuit des deux jeunes gens avait dû être très courte.

Ce ne fut que lorsque Pixel vint papillonner autour d'eux qu'ils prirent conscience de ne plus être seuls. Tandis que Sophie s'accroupissait pour cajoler le chien, Matthias se tourna vers la demeure et aperçut Isa. Celle-ci était trop loin pour distinguer ses traits avec netteté, mais elle était presque certaine qu'il rougissait, embarrassé à l'idée qu'elle ait pu assister à son tendre échange avec sa belle. Lorsque Sophie se redressa, il lui prit la main et ils s'avancèrent tous deux en direction du chalet.

Isadora resserra le plaid autour de ses épaules. Ce n'était pas tant la fraîcheur qui la faisait frissonner que le rôle d'annonciatrice de mauvaise nouvelle qu'elle devrait endosser dans peu de temps. Elle appréhendait d'autant plus ce moment qu'il signifiait briser cet instant de pur bonheur partagé par Matthias et Sophie depuis quelques heures. Que n'aurait-elle pas donné pour avoir Julien à ses côtés, là, maintenant…

— Bonjour, Isa…, dit simplement Matthias. Tu… nous attendais ?

La jeune femme secoua la tête.

— Non, Pixel a dû entendre vos voitures et il s'est précipité. Alors, la réunion d'anciens, c'était sympa ?

— Bof…, lâcha Sophie. Une réunion de mégères serait un terme plus approprié… Mais le reste de la soirée a été beaucoup plus intéressant, ajouta-t-elle en posant sa joue sur le bras de Matthias dont le visage vira au cramoisi.

— Je n'en doute pas, répliqua Isa, espiègle.

— Où est Julien ? demanda Matthias en regardant par-dessus l'épaule de la jeune femme.

— Julien ?

— Oui. Si Pixou est là, c'est que Juju ne doit pas être bien loin, non ? déclara Sophie avec un clin d'œil à l'attention d'Isa.

Bon sang, est-ce qu'elle est en train de s'imaginer que son frère et moi avons de nouveau passé la nuit ensemble ?! s'inquiéta-t-elle.

— Non. Julien n'est pas ici, affirma Isa, l'air soudain grave.

Le sourire de Matthias disparut instantanément.

— Isa… qu'est-ce qui se passe ? Où est mon père ? ajouta-t-il après quelques secondes.

— Avec Julien… à l'hôpital.

Une expression de panique s'afficha sur leurs visages.

— Quoi ? Mais… depuis quand ? Et pourquoi ?! s'affola Matthias.

— Ton père avait du mal à respirer. Le SMUR est venu le chercher très tard, hier soir, et Julien…

— Hier soir ?! la coupa-t-il. Mais pourquoi vous ne m'avez pas prévenu ?!

— Matthias, calme-toi…, tenta Sophie d'une toute petite voix qui trahissait son bouleversement.

— Mais bon sang, Julien aurait dû m'appeler ! lui asséna-t-il, la faisant sursauter.

— Philippe lui a interdit ! intervint Isa. Matthias, je t'en prie, tu fais peur à Sophie...

Ces derniers mots eurent sur lui l'effet d'un électrochoc. Il avisa la femme qu'il aimait et la panique qu'il lut dans ses yeux le calma instantanément. Il l'entoura de ses bras.

— Pardon, ma Sophie...

— C'est exactement ce qu'il voulait, Matthias... Vous savoir ensemble et heureux... enfin. Il refusait qu'on vous prévienne parce que c'était VOTRE moment à tous les deux.

— Dis-moi qu'il est toujours en vie, s'il te plaît..., chuchota-t-il, le regard trouble.

— Oui, Matthias, il l'est. Les médecins lui ont détecté un œdème pulmonaire à son arrivée aux urgences. Ils l'ont placé en coma artificiel le temps de le traiter, pour qu'il ne souffre pas.

— C'est dû à la rétention d'eau..., observa Sophie comme pour elle-même. La dialyse est devenue inefficace, c'est ça ?

Isadora se contenta de hocher la tête.

— Allez rejoindre Julien.

— Et toi ? demanda Matthias, la voix tremblante.

La jeune femme regarda le chien à leurs pieds.

— Moi, je fais comme hier soir... Je tiens compagnie à Pixel.

Julien sentit qu'on secouait doucement son épaule et ouvrit les paupières. Le corps endolori, il maudit intérieurement le peu de confort des sièges de la salle d'attente et leva les yeux vers la personne penchée au-dessus de lui. Sophie lui souriait tristement. Il se mit debout et, dans un élan naturel, serra sa sœur dans ses bras.

— Ma Fifi... Ce que je suis content de te voir !

— Moi aussi, mon Juju, confia-t-elle en se blottissant tendrement contre son frère.

Julien s'écarta un peu et baissa la tête pour observer sa sœur.

— Ça va, toi ? Tu n'as pas l'air d'avoir beaucoup dormi…

Les joues de Sophie rosirent.

— Crois-moi, mon Juju, tu n'as pas envie de savoir comment s'est passée ma nuit…

Le jeune homme se sentit soudain gêné d'avoir abordé le sujet.

— Hum… oui… Où est Matthou, au fait ?

— Il est allé voir si on pouvait lui en apprendre davantage sur l'état de Philippe, lui avoua-t-elle avec un air morne. Isa nous a expliqué pour l'œdème et le coma.

— Aux dernières nouvelles, ils ne l'ont toujours pas réveillé.

— C'est sans doute mieux, ça lui évite de souffrir…

Julien reprit place sur son siège et incita sa sœur à l'imiter.

— Donc… est-ce que toi et Matthias aurez une bonne nouvelle à annoncer à Philippe quand il aura repris connaissance ?

Deux adorables fossettes s'invitèrent, comme de coutume, sur les joues de Sophie. Julien se dit que ce sourire valait plus que tous les mots. Sa petite sœur était amoureuse de son meilleur ami et heureuse. Il n'avait pas encore aperçu Matthias, mais il ne doutait pas qu'il verrait la même expression sur son visage, une fois qu'il aurait été rassuré sur l'état de son père.

— Est-ce qu'il m'en veut ?

Sophie fronça les sourcils.

— De ne pas l'avoir appelé pour le prévenir… Est-ce qu'il m'en veut ? répéta-t-il.

— Je ne te cache pas qu'il a été un peu énervé quand il l'a appris, mais lorsqu'Isa lui a précisé que Philippe te l'avait interdit… Enfin, je crois qu'il a compris.

— Promets-moi de ne pas te reprocher d'avoir été heureuse avec Matthias cette nuit.

— Quoi ?

— Je sais que tu y penses, Sophie. Ce serait arrivé, même si vous aviez été présents. Alors, ne culpabilise pas. Et Matthias non plus, il ne doit pas le faire.

— Tu… crois que Matthias pourrait s'en vouloir de…

— Non, ma Sophie, ce n'est pas le cas, lança une voix tout près d'eux.

Matthias prit place sur un siège face à eux et regarda Sophie.

— Je ne regrette absolument rien. Mon père souhaite que je sois heureux et je le suis… grâce à toi.

Sophie lui sourit et vint s'asseoir près de lui avant de poser sa tête sur son épaule. Le jeune homme passa alors son bras autour de sa taille et s'adressa à son meilleur ami.

— Et je ne t'en veux pas non plus, Julien.

L'intéressé tendit la main et donna une tape amicale sur le genou de Matthias.

— Bienvenue dans la famille Charpentier, vieux frère !

— Je croyais que je faisais déjà partie de la famille, le taquina celui-ci.

— Ouais, mais là c'est… officiel. Tu es passé du statut de frère de cœur à… beau-frère ?

Matthias secoua la tête en souriant. Même dans les moments les plus tristes, Julien était toujours là pour remonter le moral des troupes, quitte à manquer un peu de subtilité.

— Bon, sinon… que t'ont dit les médecins pour Philippe ?

— Que tant que l'œdème et les risques qu'il engendre n'ont pas complètement disparu, c'est aussi bien qu'il soit plongé dans le coma, il ne souffre pas.

— Rien qu'on ne savait déjà en fait…, soupira Julien.

—Oui… Ce serait mieux que le coma ne dure pas trop, mais pour l'instant, ils ne peuvent pas prévoir le temps que ça prendra. Alors ils nous conseillent de rentrer chez nous. On ne peut pas l'approcher tant qu'il est en service de soins continus de toute façon…, ajouta-t-il, dépité.

Lorsqu'Isadora sortit de la douche, elle eut juste le temps de récupérer son téléphone posé sur la table de nuit avant que le répondeur se mette en marche.

—Allô ? lança-t-elle sans vérifier le numéro.

—Bonjour, Isa.

Quand elle reconnut la voix d'Érick Schneider, elle se figea.

—Oh… Bonjour, Érick, comment allez-vous ?

—En fait, mon bien-être va dépendre en grande partie de ce que vous allez m'annoncer aujourd'hui. J'espère que vous avez de bonnes nouvelles…

L'esprit d'Isa tourna à toute vitesse. Matthias lui avait fait part de sa volonté de faire publier son histoire, mais lors de leur dernière discussion, il lui avait demandé d'attendre un peu avant de rendre les choses officielles auprès de ses supérieurs. Le problème était que son patron en personne était au bout du fil, elle ne pouvait donc plus se cacher derrière ses sempiternelles pirouettes. En cet instant, elle était certaine qu'il ne se contenterait pas d'un « C'est en bonne voie ». C'est pourquoi elle préféra jouer franc-jeu.

—Le père de Matthias Lacroix a de graves soucis de santé, il est à l'hôpital. Alors même s'il envisage à présent très sérieusement de faire éditer *Si la vie tient ses promesses*, vous comprendrez qu'il m'est difficile de… lui mettre la pression en ce moment.

—Je vois… bien sûr. Mais sur le principe, il est intéressé, donc ?

Isadora prit une grande inspiration.

— Oui, il l'est…

— Dans ce cas, plus rien ne vous retient à Chamonix, Isa. Je sais que nous nous étions entendus sur cinq semaines de congé, mais j'ai une épidémie de gastro qui a décimé une bonne partie de l'équipe éditoriale, donc si vous pouviez sauter dans le premier train, ça m'arrangerait énormément. Évidemment, la durée du séjour initialement prévue sera intégralement payée.

Isadora demeura muette sous le coup de la surprise. Partir ?! Aujourd'hui ?! Alors que ses nouveaux amis traversaient cette épreuve ?! Bien sûr, elle ne pouvait pas donner cette réponse à son supérieur. Elle n'était pas censée nouer de tels liens avec ses hôtes, il ne s'expliquerait pas qu'elle souhaite rester un peu plus longtemps pour les soutenir.

— Isa ? Vous êtes toujours là ? Écoutez, je ne vous le demanderais pas si ça ne devenait pas urgent, on a vraiment besoin de vous, ici…

— Oui, je comprends…, répondit-elle d'une voix terne. Mais, si vous le permettez, j'aimerais attendre que Matthias Lacroix revienne de l'hôpital. Je ne veux pas partir comme une voleuse…

— Ça va sans dire. Rappelez-moi quand vous aurez vos billets de train. À très vite, alors, ajouta-t-il en raccrochant sans même lui laisser le temps de réagir.

Lorsqu'Isadora se décida enfin à reposer son portable, elle réalisa que des larmes amères roulaient sur ses joues.

Isadora appela une société de taxis dès qu'elle reçut le message de Sophie l'informant qu'ils rentraient, leur présence à l'hôpital étant inutile. Elle n'ignorait pas que leur dire au revoir à tous allait être difficile et, un peu égoïstement, elle ne voulait pas que ce moment s'éternise. Elle se savait plus à fleur de peau ces derniers temps, notamment depuis la défection de Julien et, plus récemment, le départ brutal de Philippe pour les urgences. Mais elle ne pouvait envisager l'idée de quitter le chalet sans les avoir revus… tous les trois.

Sa valise était prête dans l'entrée. Isa avait prévenu son chauffeur qu'il devrait peut-être l'attendre quelques minutes, lui accordant le droit de faire tourner le compteur jusqu'à ce qu'elle monte dans le véhicule. Elle avait réservé un train au départ de Grenoble, quitte à payer les deux heures de course jusque là-bas. L'expérience du trajet aller l'avait en effet dissuadée de voyager directement depuis Chamonix. Lorsque Matthias, Sophie et Julien franchirent le seuil, Pixel lui tenait compagnie sur le canapé jouxtant la fenêtre de la terrasse. Cette grosse boule de poils allait, elle aussi, énormément lui manquer…

Ce fut Sophie qui, en premier, remarqua le bagage de la jeune femme.

— Isa ?! appela-t-elle, soudain soucieuse.

L'intéressée se leva.

— Je suis là…

Sophie trottina jusqu'au salon et regarda son amie, incrédule.

— Tu… t'en vas ?

Isadora haussa les épaules en signe d'impuissance.

— J'ai reçu un coup de fil de mon patron… Il a besoin de renfort à Paris, il me demande de revenir.

— Aujourd'hui ?! s'exclama une voix masculine derrière Sophie.

Julien darda un regard furieux sur Isa.

— Tu t'en vas aujourd'hui ?! répéta-t-il.

La colère qu'elle lut dans ses yeux la déstabilisa. Pourquoi lui en vouloir de ce départ ? Il savait bien que cela arriverait…

C'était même sans doute l'une des raisons qui l'avaient incité à la repousser.

—Je… n'ai pas le choix.

—Tu ne pouvais pas demander un délai à ton supérieur ? Le temps que Philippe se réveille ?

—Julien…, intervint Matthias. Isa était aussi ici pour une mission professionnelle, je te rappelle. Elle ne fait pas ce qu'elle veut…

—Ah, je vois, maintenant qu'elle a obtenu ce pour quoi elle était venue, il n'y a plus rien qui la retient…

La dureté des mots prononcés par Julien lui brisait le cœur. Ce qu'il pouvait être injuste ! Comment osait-il prétendre que sa démarche n'avait été qu'intéressée, qu'elle ne s'était pas attachée à eux… à lui ?!

—Et c'est toi qui dis ça, Julien ?! s'insurgea Sophie. Qu'est-ce que tu as fait, toi, pour lui donner envie de rester ?!

Julien reçut le reproche de sa sœur en pleine face, mais ne répliqua pas. Il savait en son for intérieur qu'elle avait raison et qu'il n'avait aucune légitimité à blâmer Isadora. Mais la colère était le seul moyen qu'il avait trouvé pour exprimer sa déception. Il n'avait pas le droit de lui demander de rester alors qu'il avait tout mis en œuvre pour la faire fuir. Il serra les poings et leur tourna le dos pour se diriger vers l'entrée. Quelques secondes après, la porte du chalet claqua. Ni Matthias ni Sophie ne tentèrent de le retenir.

Le jeune Lacroix s'approcha d'Isa et, contre toute attente, la prit entre ses bras.

—Il est injuste, ça me crève le cœur de m'en aller maintenant… Surtout avec Philippe à l'hôpital. Vous comptez tous pour moi…

—On sait, Isa. Tu ne dois pas en vouloir à Julien, il est perdu dans ses propres contradictions : il souhaiterait que tu sois là tout en mettant le plus de distance entre vous… Et ne t'inquiète pas, mon père comprendra que tu aies dû partir.

Sophie vint se joindre à eux pour un câlin général.

— Matthias a raison, et ce n'est pas un adieu. Il est hors de question qu'on se perde de vue. Tu seras toujours la bienvenue ici.

— Tout à fait, tu reviens quand tu veux. Et puis, on est amenés à se revoir pour le travail…

— Comment ça ? demanda Sophie en s'écartant.

Isadora regarda Matthias d'un œil interrogateur. N'avait-il pas encore évoqué avec la jeune femme sa décision de publier son histoire ?

— Je vais étudier la proposition de la maison d'édition qui emploie Isa.

— C'est vrai ? Oh, je suis tellement heureuse que tu aies dit oui ! Et Philippe sera si fier ! s'exclama-t-elle en lui sautant au cou.

Matthias lâcha Isa et lui adressa un regard reconnaissant par-dessus l'épaule de Sophie.

— D'ailleurs, quand tu seras à Paris, tu pourras leur demander de m'envoyer le contrat ? chuchota-t-il à son intention.

Isadora sourit en signe d'assentiment et les observa, pensive. Elle aurait voulu connaître cet amour-là, elle aussi, mais n'éprouvait pour l'heure aucune jalousie à les voir ainsi enlacés. Elle était juste heureuse pour eux. Comme le serait n'importe quelle amie…

Avant de grimper dans le taxi ce jour-là, Isadora observa une dernière fois les alentours du chalet dans l'espoir d'y apercevoir une silhouette masculine familière, mais aucune chevelure brune arborant une singulière mèche blanche n'attira son œil.

Elle devait se faire une raison. Cette parenthèse avec Julien n'avait sans doute été que cela : une simple parenthèse. Pourtant, elle sentait que grâce à ce doux intermède, quelque chose avait changé au fond d'elle-même, lui avait insufflé un nouvel élan, une envie d'avancer et de croire en l'avenir. Elle savait désormais ce que son cœur désirait et c'était là l'essentiel.

Chapitre 38

Assise dans l'obscurité de son petit appartement parisien, Isadora fixait d'un œil morne sa valise qui gisait près de la porte d'entrée. Elle était revenue chez elle depuis plus d'une heure et elle ne l'avait toujours pas défaite. Que craignait-elle ? D'en voir surgir les souvenirs comme les maux de l'humanité de la boîte de Pandore ? Elle ne savait pas bien ce qui la retenait, ou plutôt si… Elle en avait une idée certaine. L'ouvrir enfin, ranger ses affaires, c'était tirer un trait sur ces trois semaines chamoniardes. Une fois que son bagage serait vidé de son contenu, il n'y aurait plus de trace concrète de son séjour là-bas… hormis les marques indélébiles qui subsistaient désormais dans son esprit et dans son cœur.

En peu de temps, elle était passée par des émotions diverses au sein même de l'enceinte du chalet… et un peu plus loin, lors de cette inoubliable balade à la cascade de Bérard. Plus qu'elle n'en avait jamais ressenti depuis qu'elle habitait la capitale. Là-bas, elle avait l'impression d'être vivante. À Paris, elle se fanait… Pourtant, cette vie, elle l'avait désirée, appelée de tous ses vœux… Huit ans auparavant, oui, mais aujourd'hui ?

Isadora vérifia l'heure. Il était tard, mais elle était presque sûre qu'Érick Schneider se trouvait encore dans les murs de L'Escapade littéraire. Les heures supplémentaires ne lui faisaient pas peur. Elle aurait pu lui téléphoner pour l'informer qu'elle était bien arrivée, mais elle y avait renoncé.

Il aurait bien été capable de lui demander de passer le soir même et elle avait besoin de temps avant de reprendre le cours de sa vie. Cette transition lui était précieuse, voire indispensable.

Demain. Demain, elle pourrait retrouver son poste le sourire aux lèvres comme si de rien n'était. Comme si une partie de son cœur n'était pas restée là-bas, dans cette jolie bourgade de Haute-Savoie. Mais ce soir-là, elle était encore loin de Paris, avec eux… avec lui.

Ce ne fut que sur les coups de 23 heures que Julien revint au chalet pour récupérer sa moto. Il avait marché une bonne partie de l'après-midi et la grande demeure était désormais plongée dans l'obscurité. Les voitures de Sophie et de Matthias stationnaient toujours dans la cour. Sa sœur n'avait sûrement pas envie de quitter son ami ce soir-là. Il était même probable qu'elle passe la nuit auprès de lui. Quoi de plus normal ?

Julien décrocha son casque du guidon et le mit avant d'enfourcher son engin. Isadora devait déjà être profondément endormie dans son lit parisien à l'heure qu'il était et il ne serait bientôt pour elle qu'un souvenir. Mais de quoi se plaignait-il ? C'était exactement ce qu'il avait voulu après tout, qu'elle se tienne éloignée de lui, qu'elle ne lui brise pas le cœur. Il devait s'estimer heureux : elle était partie à des centaines de kilomètres, c'était chose faite. Quant à son cœur… son état était bien différent de ce qu'il avait escompté.

À peine Isadora eut-elle franchi les portes des locaux de la maison d'édition qu'elle fut assaillie de questions par la secrétaire d'accueil : « As-tu percé le mystère Matthias Lacroix ? », « À quoi il ressemble ? », « Il va signer chez nous ? »… Des questions qu'elle balaya d'un sourire en se dirigeant vers son bureau, dans lequel elle eut la surprise de trouver… son patron. Décidément, son répit était de courte durée.

— Bonjour Isa ! s'exclama-t-il en quittant le fauteuil. Bon retour à la maison !

La maison…

— Bonjour, Érick, répondit-elle simplement en accrochant sac à main et manteau sur la patère près de la porte.

— Désolé de vous harceler de si bon matin alors que vous venez tout juste d'arriver, mais… dites-moi tout. Ce Matthias Lacroix, comment est-il ?

C'est un homme sensible et attachant, dévoué à son père et à ses amis, pensa-t-elle.

Mais non. Ce n'était pas la réponse professionnelle qu'attendait son patron.

— Un Chamoniard de vingt-huit ans, diplômé en journalisme. Il était reporter il y a encore un an.

— Vraiment ? Et pourquoi a-t-il tout arrêté ?

Après tout, elle avait déjà mentionné que Philippe Lacroix était à l'hôpital lors de leur dernier échange téléphonique.

— Pour s'occuper de son père.

— Hum… intéressant. Il y avait donc bien une grande part autobiographique dans ce roman. Ça passionnera sûrement les lecteurs !

Vautour !

Isadora se surprit elle-même à avoir cette pensée. Elle avait toujours apprécié la franchise de Schneider, mais en cet instant elle n'aimait pas du tout la curiosité malsaine de son patron à l'égard de la vie personnelle de Matthias.

— Bon, parlons peu, parlons bien, embraya-t-il en se frottant les mains. Le contrat, est-il prêt à le signer ?

— Il a demandé que vous le lui envoyiez.

— Magnifique ! Vous avez fait du bon boulot, Isa, vraiment ! Vous avez amplement mérité votre avancement !

—Merci…, se força-t-elle à sourire.

—En revanche… je dois vous faire part d'un léger changement par rapport à ce dont nous avions parlé.

Le rythme cardiaque d'Isa s'accéléra. Un changement ?

—Vous serez, comme convenu, promue au poste de responsable éditoriale, cependant, en concertation avec les autres membres de la direction, nous avons décidé que vous vous occuperiez du secteur jeunesse. La nouvelle collection « Tranche de vie » sera allouée à quelqu'un de plus… expérimenté.

—Vous… voulez dire que je ne serai pas chargée du suivi du contrat Lacroix ?

Érick Schneider afficha une mine de circonstance.

—Je suis désolé, Isa. Matthias Lacroix est un primo-romancier, très prometteur de surcroît, je dois choisir quelqu'un ayant les épaules pour mener à bien ce genre de projet, il y aura beaucoup de choses à gérer. Et il faut que tout soit parfait, que notre auteur soit traité comme un roi…

—Mais… vous n'avez jamais eu à vous plaindre de mon travail, Érick. Je pense sincèrement être capable de…

—Dans quelque temps peut-être, Isa. Mais là, c'est encore trop tôt. Vous avez besoin de gagner en confiance.

Isadora avait l'impression qu'on venait de lui enfoncer un poignard dans le dos. Elle ne savait plus si elle était simplement déçue ou en colère.

—Vous… devez quand même être informé du fait que Matthias Lacroix a manifesté son désir que je sois son interlocutrice privilégiée pour ce contrat.

Érick Schneider afficha un sourire légèrement ironique.

—Allons, Isa, vous n'ignorez pas que ce n'est pas l'auteur qui décide de ce genre de choses… Ce nouveau poste est une chance pour vous, il comprendra.

Non… Il était évident qu'en tout état de cause, l'auteur n'avait pas voix au chapitre dans l'affaire. Étrangement, en cet instant, c'était davantage pour Matthias qu'elle se sentait triste que pour elle-même.

— Sa moto n'est plus dans la cour, il a dû rentrer à la maison…

Debout dans l'entrée du chalet, Sophie laissa retomber le rideau de la fenêtre qu'elle venait d'écarter pour jeter un œil dehors.

— Je devrais le rejoindre, ajouta-t-elle en se tournant vers Matthias. Quand il est tout seul, il n'arrête pas de ruminer, et avec le départ d'Isa hier…

— Je sais, déclara-t-il en l'enlaçant. Mais cette situation, c'est lui qui l'a créée, on ne peut pas décider à sa place. S'il est malheureux, il ne peut s'en prendre qu'à lui-même.

Sophie pencha la tête en arrière pour mieux voir son visage.

— Je te trouve bien dur avec lui. Je t'ai connu plus conciliant.

— Peut-être qu'il est temps qu'on arrête de l'être alors… Julien sait très bien ce qu'il fait, c'est un adulte, même si parfois il a le comportement d'un gosse. Il aurait pu être heureux avec Isa, mais il a préféré la repousser.

— Tu oublies qu'elle habite à Paris.

— Elle m'a laissé entendre qu'elle aurait été prête à ce que sa vie prenne un nouveau tournant s'il avait voulu d'elle.

— Un nouveau tournant ?

— Ce sont ses propres mots.

Le regard de Sophie se perdit dans le vide.

— Il compte à ce point-là pour elle ? murmura-t-elle. Ils ont passé tellement peu de temps ensemble…

— Ce n'est pas la quantité, mais la qualité des moments qu'ils ont partagés qui importe. Et puis, il y a des choses qui ne s'expliquent pas. Elles nous tombent dessus sans prévenir et on doit apprendre à gérer ce qu'on ressent.

— C'est valable pour nous aussi ?

Matthias baissa les yeux vers Sophie et lui sourit.

— D'une certaine façon. Sauf que pour nous, c'était écrit depuis longtemps. On a eu qu'à se laisser porter...

Il s'apprêtait à l'embrasser lorsque le bip du fax se fit entendre. Matthias fronça les sourcils, s'avança vers l'appareil et récupéra les feuillets qui en sortaient. Il en parcourut rapidement le contenu.

— C'est le contrat, déclara-t-il simplement à l'intention de Sophie.

Il s'attarda un peu plus longtemps sur le courrier accompagnant le document et son visage afficha l'incompréhension la plus totale. Inquiète de le voir ainsi perturbé, Sophie s'approcha.

— Il y a un problème ?

— J'en ai bien l'impression..., lâcha-t-il avant de se saisir du téléphone.

Les passagers qui occupaient la même rame qu'elle devaient avoir l'impression de voyager avec une illuminée. Un sourire extatique ne quittait plus les lèvres d'Isadora depuis qu'elle était sortie des locaux de L'Escapade littéraire. Elle l'avait fait ! Elle ne savait pas si la décision qu'elle avait prise était la bonne, mais en tout cas, sur le coup, c'était celle qui lui avait semblé la meilleure. Parfois, il n'y avait nul besoin de réfléchir pendant des heures, la solution apparaissait d'elle-même de la façon la plus spontanée et imprévisible qui soit.

Si elle ignorait encore ce qu'elle allait faire dans les jours, voire les semaines à venir, au moins était-elle sûre de ce qu'elle ne voulait plus : travailler dans une maison d'édition dont les responsables avaient perdu leur âme littéraire, leur amour des mots, au profit d'intérêts plus commerciaux… et qui bafouaient leur parole sans le moindre scrupule. Elle croyait dur comme fer en Matthias, elle se serait battue comme une lionne pour donner la meilleure visibilité possible à son roman, pour faire en sorte qu'il n'ait jamais le sentiment d'être un pur produit marketing. Mais voilà, il en avait été décidé autrement et elle n'arrivait plus à se projeter dans cet avenir professionnel-là. La passion des livres et de leurs auteurs l'animait toujours, mais elle ne voulait pas exercer son métier à n'importe quel prix. Elle redeviendrait l'idéaliste qu'elle avait été à ses débuts et qu'elle avait mise de côté pour faire évoluer sa carrière. Elle s'était perdue en route et comptait bien se retrouver.

Elle n'influencerait pas Matthias en quoi que ce soit. Il prendrait seul sa décision de signer ou non avec L'Escapade littéraire. Elle savait qu'il allait très rapidement être informé de sa non-implication dans le projet, voire de sa démission. Cette maison d'édition avait le potentiel nécessaire pour faire de son livre un succès, c'était une chance pour lui, elle refusait qu'il passe à côté, mais le choix n'appartenait qu'à lui. Quel qu'il soit, elle serait à ses côtés, pour le soutenir et le conseiller.

Sophie était allée rejoindre son frère chez eux. Matthias demeurait donc seul au chalet, perdu dans ses pensées. Après avoir eu au bout du fil l'un des directeurs éditoriaux de L'Escapade littéraire, visiblement furieux du départ inopiné d'une de ses employées, il avait essayé d'appeler Isa, sans succès. Elle avait démissionné sur un coup de tête, selon les dires d'Érick Schneider. Malgré la promotion qui lui avait été offerte sur un plateau d'argent, elle avait quitté les locaux en claquant la porte, sourde aux menaces de son supérieur qui lui avait pourtant signifié qu'elle avait un préavis à respecter. Il comprenait pourquoi. Elle s'était sentie trahie et était déçue. Sa hiérarchie lui avait fait croire qu'elle pourrait prendre Matthias sous son aile une fois promue, mais elle n'avait pas tenu parole. Il lui était impossible de lui en vouloir ; de toute façon il n'avait pas l'intention de parachever son projet sans elle. C'était la condition qu'il avait posée pour signer chez L'Escapade littéraire. Matthias n'avait confiance qu'en elle et si plusieurs mois étaient nécessaires avant qu'elle retrouve un autre poste, il attendrait.

Bien sûr, il aurait souhaité, au réveil de son père, pouvoir annoncer à celui-ci que son livre allait être édité. La joie qu'il aurait lue alors sur son visage aurait été le plus beau des cadeaux. Il avait conscience que le temps lui manquait, que peut-être son père n'aurait pas le loisir de voir son roman en librairie, mais le connaissant, il savait pertinemment que Philippe n'aurait pas voulu qu'il signe un document à l'encontre de ses principes. Sa loyauté envers Isa était sans faille. Il la soutiendrait jusqu'au bout, comme elle l'avait fait pour lui.

Chapitre 39

Au sortir de la librairie, son sac en toile débordant de nouvelles lectures, Isadora, qui remerciait une dernière fois le commerçant pour ses conseils avisés, se demanda, amusée, comment ses parents réagiraient lorsqu'elle rapporterait ses achats à la maison. Le sol de sa chambre d'adolescente était jonché de piles de livres qu'elle n'avait pas pu ranger sur ses étagères déjà bien encombrées et elle ne savait pas encore où elle allait les entreposer.

Lorsqu'Isa avait démissionné quatre semaines plus tôt, revenir vivre à Grenoble lui avait paru une évidence. Elle aurait sans doute pu trouver une autre maison d'édition où travailler à Paris, plus en adéquation avec ses valeurs, mais elle n'avait pas eu l'envie de chercher. Elle avait ressenti le besoin de regagner ce cocon familial qu'elle avait négligé ces dernières années. Ses parents ne lui avaient fait aucune remarque, trop contents de retrouver leur fille adorée. Les questions étaient venues un peu plus tard, lorsqu'ils avaient compris qu'Isa était prête à y répondre. Isadora leur avait bien sûr assuré que cet hébergement n'était que provisoire, le temps pour elle de trouver un autre emploi et de pouvoir, de nouveau, s'assumer financièrement. En attendant, pour « mériter le gîte et le couvert », comme elle le disait, elle participait aux tâches ménagères et allait faire les courses. Ces livres qu'elle venait de se procurer étaient une petite folie qu'elle pouvait se permettre, ayant toujours fait attention à son budget depuis qu'elle avait intégré le monde du travail.

La jeune femme s'accordait une pause, prenait le temps de bien réfléchir à ses aspirations avant de commencer à prospecter activement dans le milieu de l'édition grenobloise, bien loin d'être aussi vaste que celui de Paris. Peu après sa démission, Matthias l'avait appelée pour l'informer qu'il ne signerait pas avec L'Escapade littéraire. Malgré elle, elle en avait éprouvé une sorte de soulagement, même si elle était déçue qu'il reporte la publication de son histoire. Quand il lui avait avoué qu'il préférait attendre qu'elle puisse elle-même s'en occuper, elle était restée un moment sans voix, touchée par sa confiance. Elle savait à quel point il était important pour son père, comme pour lui, que son projet se concrétise ; aussi le repousser était peut-être un luxe qu'il ne pouvait pas se permettre étant donné la santé précaire de Philippe.

Les médecins l'avaient sorti de son coma artificiel trois jours auparavant et si Isadora n'avait pu, pour l'heure, lui rendre visite, elle avait eu le plaisir de l'avoir au bout du fil la veille. Il lui avait semblé toujours aussi fatigué et son élocution demeurait laborieuse, mais il était heureux d'être en vie, bien que lucide sur sa situation. Il lui avait affirmé ne pas lui tenir rigueur d'avoir quitté sa maison d'édition au moment où Matthias était finalement disposé à signer. Il comprenait sa décision et celle de son fils qui en découlait directement. Il l'avait remerciée avec émotion d'avoir donné ce coup de pouce au destin qui avait permis à Matthias et Sophie de s'avouer enfin leurs sentiments.

Seuls lui, Sophie et Matthias étaient au courant de l'installation d'Isadora à Grenoble. Elle leur avait expressément demandé de ne pas en parler à Julien. D'une certaine façon, elle lui en voulait encore de sa réaction lors de son départ. Elle avait décrété que ce n'était pas parce que la distance géographique entre eux s'était réduite qu'elle était prête à le revoir et à lui pardonner ses mots cruels. Il était peut-être perdu et en colère, mais cela ne lui donnait pas le droit de la traiter de la sorte.

Depuis son retour à Grenoble, elle avait passé beaucoup de temps à discuter de ses sentiments pour lui avec sa mère. Celle-ci, même si elle avait eu très peu le loisir d'échanger avec le jeune homme, avait néanmoins beaucoup apprécié sa franchise et son mea-culpa d'alors concernant sa fille. Et bien qu'il ait meurtri son enfant d'une façon qu'elle réprouvait, elle ne le condamnait pas et restait plus ouverte qu'Isadora sur les raisons qui l'avaient poussé à agir ainsi. Pour elle, Julien était un homme blessé qui avait encore du mal à faire face à ses peurs. Il avait sans doute besoin de temps pour lui abandonner complètement son cœur. Isadora n'avait pas répondu. Son cœur à elle, pour sa part, tentait de se remettre doucement des atermoiements de Julien.

Marchant sur le trottoir le nez baissé sur ses chaussures, Isadora ne vit pas le quidam qui sortait d'une boulangerie comme s'il avait le feu aux trousses et leur choc de plein fouet lui fit lâcher son sac. Elle contempla avec horreur les livres acquis quelques minutes plus tôt se répandre sur le sol.

—Mais vous ne pouvez pas faire attention ! s'écria-t-elle en s'accroupissant pour les ramasser avec précaution.

—Je constate que tu es toujours aussi passionnée par les livres et que ta tête ne se plaît que dans les nuages…, répondit une voix masculine.

Surprise, Isadora leva les yeux sur l'homme qui s'était penché pour l'aider à rassembler ses achats et qui l'observait, un sourire aux lèvres.

—M… Monsieur Dupin ? C'est bien vous ?

—Tu as une excellente mémoire, Isa.

Ils se relevèrent d'un même mouvement.

— Il y a des rencontres qui marquent plus que d'autres…, avoua-t-elle.

Elle fixa avec tendresse le septuagénaire qui lui souriait. Antoine Dupin, libraire de son état, l'avait accueillie à bras ouverts dans sa boutique pendant ses trois années de lycée. Elle lui devait aussi l'argent de poche qu'elle avait mis de côté pendant deux étés en travaillant dans son échoppe, argent grâce auquel elle avait pu s'offrir son permis moto.

— C'est toujours un plaisir de revoir une de ses clientes les plus assidues. Et je constate que tu t'approvisionnes désormais chez la concurrence, ajouta-t-il en désignant le sac en toile estampillé de l'enseigne de la librairie qu'elle venait de quitter.

— Vous ne pouvez pas me le reprocher, vous avez fermé boutique depuis des années.

— Il faut bien prendre sa retraite un jour ou l'autre…

— Je suis passée devant votre vitrine un soir, en rentrant du lycée. Ça m'a fendu le cœur de voir la pancarte « À vendre ».

— Ça m'a fait le même effet quand je l'ai accrochée…

— Je me doute bien, se désola-t-elle.

Antoine Dupin avait eu la chance de travailler toute son existence entouré de livres. Sa librairie, c'était son bébé, sa vie.

— Et qu'est-ce que tu deviens ? Si je me souviens bien, tu voulais intégrer le milieu de l'édition.

— Je l'ai fait… Mais j'ai quitté mon emploi il y a presque un mois.

Le vieux monsieur fronça les sourcils.

— Que dirais-tu de discuter de tout ça devant une bonne tasse de café, chère Isa ?

La jeune femme lui sourit.

— Avec plaisir. Après tout… des livres, un café… c'est le début du bonheur, non ?

Lorsque, deux heures plus tard, Isadora sortit du troquet le sourire aux lèvres, elle songea que décidément oui, sa rencontre avec Antoine Dupin serait à jamais l'une des plus importantes de sa vie. Elle regarda une nouvelle fois la carte de visite qu'il lui avait confiée et où il avait inscrit le numéro de téléphone d'un ami, éditeur à Grenoble.

« Il souhaite donner un coup de jeune à sa maison d'édition, qui marche pourtant déjà très bien, en y intégrant du sang neuf », lui avait-il dit. « Responsables éditoriaux, chargés de communication, graphistes... Il veut des gens passionnés et dynamiques dans son équipe ! Appelle-le, tu as exactement le profil qu'il recherche ! »

Et quand il lui avait conseillé de mentionner qu'il la recommandait chaleureusement, ce qu'elle n'oserait jamais faire, bien entendu, elle n'avait pu s'empêcher de venir plaquer une bise sur sa joue, le faisant rougir jusqu'aux oreilles.

— Tu sais pourquoi il veut nous voir tous les trois ? demanda Julien à sa sœur.

Sophie fixa son frère, le regard troublé, avant de baisser les yeux et de hausser les épaules en signe d'ignorance. Depuis que Matthias avait reçu une heure plus tôt un coup de fil d'une soignante l'informant du souhait de son père de les recevoir dans sa chambre, un malaise ne l'avait pas quitté. Son intuition lui soufflait que le désir de Philippe de les voir tous ensemble ne présageait rien de bon. L'infirmière que Matthias avait eue au téléphone n'avait pas été très bavarde, mais il avait ressenti une certaine urgence dans sa voix. Sophie avait donc quitté le chalet où elle passait le plus clair de son temps ces dernières semaines, et était venue récupérer Julien en voiture. Elle ignorait ce que Philippe désirait leur dire, mais dans tous les cas, son frère serait sûrement émotionnellement incapable de prendre sa moto pour rentrer.

Julien la suivit alors sans broncher, non sans avoir gratifié Pixel d'une ultime caresse. Le leonberger ne pouvant entrer dans l'hôpital, était assigné à demeure.

— Je reviens vite, mon gros, le rassura-t-il en évitant de croiser ses yeux implorants.

Lorsqu'ils arrivèrent sur les lieux, Matthias les attendait déjà sur le parking. Les deux amis se donnèrent une longue accolade sans prononcer le moindre mot, de toute façon, cela aurait été inutile. Il y avait des années qu'un seul regard suffisait entre eux pour exprimer à l'un ce que l'autre ressentait. Ils entrèrent et rejoignirent le service dans lequel Philippe était hospitalisé depuis qu'on l'avait sorti de son coma artificiel. L'infirmière qui avait appelé Matthias un peu plus tôt les accueillit d'un sourire empreint de compassion. Un médecin l'accompagnait.

— Vous avez fait vite, c'est bien, déclara-t-elle simplement. Au début, monsieur Lacroix voulait vous recevoir individuellement, mais comme il s'épuise rapidement, nous l'avons convaincu de vous voir tous ensemble.

— Ce n'est pas plus fatigant pour lui ? Plusieurs personnes en même temps ? s'enquit Julien.

— En général, on refuse qu'il y ait trop de monde dans la chambre, c'est vrai..., intervint le médecin.

— Vous... pensez que c'est l'heure des adieux, c'est ça ? demanda Matthias, la voix cassée par l'émotion.

Le soignant poussa un soupir.

— C'est ce que votre père ressent et il nous en a fait part ce matin. Médicalement, rien ne permet de confirmer son... intuition. Même s'il est très affaibli et que son cœur a été mis à très rude épreuve dernièrement, avoua le médecin.

Les reins de Philippe ne fonctionnaient plus et l'aide apportée par la dialyse ne suffisait pas. La greffe était inévitable, mais il n'y avait pas, à l'heure actuelle, d'organe compatible pour lui. Son corps luttait, s'épuisait pour voler quelques heures supplémentaires, quelques jours au mieux.

— Il vous attend…, termina l'infirmière.

Elle ne leur proposa pas de les accompagner, ils connaissaient le chemin. Sophie passa entre les deux hommes et leur prit la main. Ce moment serait difficile à vivre pour chacun d'entre eux, mais ensemble ils seraient plus forts. Parvenus devant la porte, les trois jeunes gens échangèrent un regard. Voilà, l'instant tant redouté était arrivé. Si Philippe pensait que son destin serait bientôt scellé, ce n'était sans doute pas sans raison. Matthias toqua à la porte et ils entrèrent.

Philippe était, comme d'habitude, en position semi-assise sur son lit. Celui-ci était entouré de pieds à perfusion auxquels étaient accrochées des poches contenant différents produits qui coulaient jusqu'à ses veines par des tubes. Son index droit était prisonnier d'un oxymètre de pouls destiné à contrôler sa saturation en oxygène.

— Bonjour, mes enfants.

Sa voix, encore éraillée par l'extubation qu'il avait subie quelques jours plus tôt, était presque un murmure.

— Approchez… J'ai… j'ai des choses à vous dire.

Il n'y avait pas assez de chaises dans la chambre, aussi vinrent-ils se placer de part et d'autre du lit médicalisé, Matthias et Sophie à sa droite et Julien de l'autre côté. Philippe regarda le jeune couple avec tendresse.

— Ça me fait toujours autant de bien de vous voir enfin réunis tous les deux…, avoua le quinquagénaire, les yeux brillants. Tu ne peux pas… pas savoir à quel point je suis heureux que mon fils ait trouvé son trésor, ma petite Sophie. Je… ne pouvais pas rêver mieux comme belle-fille.

La jeune femme émit un rire nerveux, bataillant pour retenir ses larmes. Matthias entoura ses épaules de son bras et déposa un baiser sur le sommet de son crâne.

— Je suis fier de toi, mon fils. Je l'ai toujours été, mais… mais je ne te l'ai pas assez dit… peut-être jamais d'ailleurs…

Matthias se mordit la lèvre. Depuis le coup de fil du matin, il luttait pour ne pas craquer, il voulait se montrer fort, mais son émotion gagnait en puissance et prenait peu à peu le dessus.

— Ne t'empêche pas de pleurer, Matthias. Ce… n'est pas une faiblesse de pleurer. On n'en est pas moins un homme quand on exprime sa… peine.

Une larme s'échappa et roula sur la joue de Matthias.

— Tu es le plus beau cadeau que m'a fait la vie, mon fils. Je t'aime… n'en doute jamais.

Matthias sentait le barrage céder peu à peu, mais tenait bon. Il savait que son père n'avait pas fini de vider son cœur et ne voulait pas l'interrompre. Il le fit seulement pour lui confesser :

— Je t'aime aussi, Papa…

De l'autre côté du lit, Julien, à qui Philippe ne s'était pas encore adressé, assistait avec émotion à l'échange entre le père et le fils.

— Et toi, mon Julien… Mon petit électron libre qui n'en fait qu'à sa tête, se moqua gentiment Philippe. Tu n'as pas idée de ta valeur. Arrête d'avoir peur… Aime !

L'intéressé sourit et baissa les yeux. Le père de son ami n'avait pas pu s'en empêcher. Sous couvert de conseil, il faisait directement allusion à son histoire avec Isa.

— Je souhaite voir Matthias heureux, mais je veux la même… la même chose pour toi, Julien. Après tout… tu es également mon fils… là, ajouta-t-il en posant la main sur son cœur.

Avisant son frère, au bord des larmes, Sophie se détacha de l'étreinte de Matthias et contourna le lit pour le rejoindre et le prendre dans ses bras, dans lesquels il s'abandonna sans opposer de résistance. Matthias hésita quelques secondes avant d'aller lui aussi enlacer son meilleur ami. Philippe observa la scène, ému.

— Vous êtes une famille, souffla-t-il. Vous l'avez toujours été. Tant... tant que vous pourrez compter les uns sur les autres... tout ira bien. Tout ira bien, mes enfants.

Les trois jeunes gens interrompirent leur tendre échange pour aller affectueusement étreindre leur « père ». Unis par les liens du sang ou du cœur, peu importait. L'amour se moque bien de l'état civil.

Ils sortirent moins d'une heure plus tard, pressés par les soignants préoccupés par l'épuisement de leur patient, et par Philippe lui-même qui, même s'il ne l'avait pas formulé à voix haute, refusait qu'ils assistent à ses derniers instants. Lorsqu'ils regagnèrent le parking, Julien s'immobilisa à quelques mètres de la voiture de Sophie. Elle se tourna vers lui, inquiète.

— Ça va, mon Juju ?

— Oui... Je me disais seulement que... Pixel fait également partie de cette famille. Je suis sûr que Philippe aurait aimé qu'il soit là lui aussi...

Chapitre 40

Isadora avait passé des minutes interminables à fixer son téléphone avant de se décider à contacter l'ami de monsieur Dupin. Pour une raison qu'elle ne saisissait pas, elle ressentait une certaine appréhension. Pourtant, le vieux libraire lui avait assuré que Charles Roman, un nom prédestiné pour un éditeur, avait la passion de son métier. Sa maison d'édition était certes modeste par rapport aux moyens que possédait L'Escapade littéraire, mais elle perdurait depuis plus de vingt ans avec à son bord des partenaires fidèles et des professionnels compétents et aux petits soins pour leurs auteurs. Sur le papier, c'était exactement ce que recherchait Isadora dans sa quête d'absolu, elle avait donc tout à y gagner.

Lorsqu'elle raccrocha cet après-midi-là, le sourire aux lèvres, avec un rendez-vous fixé au jeudi suivant, soit trois jours plus tard, Isadora remercia le destin qui avait une nouvelle fois mis Antoine Dupin sur sa route… Lui et toutes les autres personnes devenues, en peu de temps, si chères à son cœur et qui l'avaient aidée, sans le savoir, à comprendre ce dont elle avait réellement besoin.

— Julien… lève-toi ! chuchota Matthias en secouant énergiquement son ami endormi sur le canapé du salon.

Le jeune homme se redressa d'un bond.

— Hein ? Quoi ? Matthou ? Mais… C'est Philippe, c'est ça ? s'enquit-il, inquiet.

— Non, pas du tout, le rassura-t-il.

— Bah pourquoi tu me réveilles à… Purée, il est minuit !

— Je sais, mais… Je n'arrête pas de repenser à ce que tu as dit en sortant de l'hôpital.

— Euh… qu'est-ce que j'ai dit, déjà ? réfléchit Julien en glissant une main dans ses cheveux hirsutes.

— Pixel. On va l'emmener voir mon père.

Julien fixa son ami, effaré.

— Tu es tombé sur la tête, Matthou ? Les couloirs sont bondés et Pixou ne passe pas inaperçu. Tu as vu sa taille ?!

— C'est pas comme si on n'était jamais entrés par effraction quelque part…

Julien fronça les sourcils, essayant de se remémorer à quel moment il avait déjà commis ce genre de stupidité avec son ami. Cela lui revint au bout de quelques secondes.

— Madame Blanchard, classe de CM1… Mais on était des gosses et il n'y avait pas un chat dans l'école ! Et je te rappelle qu'on a fini par se faire prendre ! Tout ça pour récupérer une boîte de pastels qu'elle m'avait confisquée…

Matthias regarda Julien d'un air réprobateur.

— Tu me déçois, Julien. Je t'ai connu plus aventureux que ça, le taquina-t-il.

— Et moi, je t'ai connu plus raisonnable ! Mais qui êtes-vous et qu'avez-vous fait de Matthias Lacroix ?!

— Chut ! Parle moins fort, Sophie dort à l'étage.

— Aucun risque qu'elle se réveille, tu as dû l'épuiser…

Matthias lui enfonça son poing dans le bras.

— Mais pas du tout ! Et arrête tes sous-entendus graveleux, c'est ta sœur, bon sang ! s'exclama-t-il, les joues rosies par l'embarras.

— Bah voyons, tu vas me faire croire que vous passez la nuit dans le même lit sans rien faire, ironisa-t-il.

Matthias poussa un soupir irrité et se releva avant de prendre la direction de l'entrée.

— Tu m'énerves… Laisse tomber, je vais le faire tout seul ! lança-t-il en lui tournant le dos, la laisse du chien à la main.

Julien regarda, incrédule, son ami s'éloigner.

— Non ! Non, Matthou, c'est bon ! Je viens ! Mais je te préviens, si on se fait choper, je dirai que c'était ton idée.

— C'EST MON IDÉE !

— C'est une idée de m…

— Chuuut ! intima Matthias à son ami.

Ils étaient arrivés sur le parking de l'hôpital et Pixel, relégué à l'arrière de la voiture, commençait à trouver le temps long et le faisait savoir aux deux compères.

— S'il ne sort pas d'ici rapidement, il va se mettre à aboyer, Matthou, je te préviens.

— Je réfléchis.

— Alors, réfléchis vite…

Matthias ouvrit brusquement la portière avant de s'extirper du véhicule et de libérer le leonberger, qu'il maintint par son collier avant d'y accrocher la laisse. Julien descendit à son tour.

— C'est quoi ton plan ?

— On improvise…

Matthias ne laissa pas le temps à son ami de rétorquer quoi que ce soit et avança vers le bâtiment en prenant bien soin de se tenir à distance raisonnable des réverbères. Aux abords de l'entrée, il s'agenouilla face au chien et le regarda droit dans les yeux.

— Pixel, j'ai une énorme faveur à te demander…

Julien leva les yeux au ciel : voilà qu'il se mettait à négocier avec lui à présent !

— Il va falloir que tu sois le plus discret possible. On ne doit pas te voir ni t'entendre. Opération fantôme, OK ?

La grosse boule de poils frétilla de la queue sans quitter Matthias du regard.

— Tu crois qu'il comprend ce que je lui dis ? demanda le jeune homme à son ami.

Julien faillit éclater de rire devant sa mine sérieuse, mais se retint.

— Tu l'as supplié d'être silencieux. Tu veux quoi ? Qu'il se mette à aboyer en signe d'assentiment ? Il est intelligent, il a pigé, t'inquiète, il ne fera pas de vague… Hein, Pixel ? Tu te tiens tranquille ! intima-t-il à son chien en lui caressant affectueusement la tête. Tu vas aller voir Philippe, mais personne ici ne doit le savoir.

La queue de l'animal continua à battre frénétiquement et il se mit à tourner autour de son maître.

— Bon, on y va ? s'impatienta Julien.

Une fois sur place, Matthias et Julien prirent conscience d'un inconvénient majeur. Dans les hôpitaux, les couloirs étaient constamment éclairés. Il allait être très difficile, voire impossible, d'y évoluer sans se faire repérer. De plus, les chiens n'étaient pas les seuls visiteurs proscrits dans les locaux : les invités nocturnes n'étaient pas très bien vus non plus. Par miracle, ils parvinrent tout de même à atteindre l'étage où Philippe était admis, mais bien entendu, pour rejoindre la chambre, ils devaient obligatoirement passer devant le bureau des infirmières, pièce qui était toujours occupée et dont la porte était maintenue ouverte.

— Il faut faire diversion, lâcha soudain Matthias en regardant Julien avec insistance.

— Et c'est évidemment à moi que revient cette tâche…

— Tu as accepté de m'accompagner ! Je pensais que c'était pour te rendre utile ! s'énerva Matthias en chuchotant.

— OK, OK. Je me dévoue..., capitula Julien en commençant à avancer dans le couloir.

— Fais-leur ton numéro de charme..., plaisanta Matthias.

Julien revint sur ses pas.

— Et pourquoi c'est pas toi qui t'y colles ? Avec ta gueule d'amour, tu les embobinerais en moins de deux !

— Je ne fais pas le joli cœur. Je te rappelle que je suis en couple avec ta sœur...

Julien réfléchit quelques secondes.

— C'est une bonne excuse, effectivement, reconnut-il avant de repartir en direction du bureau.

Matthias secoua la tête en riant silencieusement.

Julien joua son rôle à la perfection, permettant à son ami de s'introduire en catimini dans la chambre de son père en compagnie de Pixel. Oui, tout se passa bien jusqu'à ce que cette grosse boule de poils, emportée par l'enthousiasme de retrouver son vieux copain Philippe, pousse des aboiements forcenés en réveillant quasiment tous les patients de l'étage... et en alertant bien entendu les infirmières occupées à discuter avec Julien.

Les deux jeunes gens se firent vertement réprimander par les soignantes, mais devant la mine suppliante de Philippe qui les priait de consentir à ce qu'il passe quelques minutes avec son ami canin, elles n'eurent pas le cœur d'appliquer le règlement à la lettre. Le père de Matthias resta donc avec Pixel le temps de lui accorder ce tête-à-tête dont il avait été jusque-là privé. Les deux amis demeurèrent assis sur un banc dans le couloir, sous le regard mi-amusé, mi-fâché des infirmières qui, attendries, finirent par leur offrir une boisson chaude au distributeur.

Trois heures à peine après le départ du trio, Philippe Lacroix rendit son dernier souffle. Le visage étonnamment serein, un sourire sur les lèvres, il laissa son cœur s'arrêter tout simplement de battre pendant son sommeil. Il avait eu le temps de s'ouvrir à ceux qu'il chérissait et s'était endormi pour toujours, l'esprit en paix.

Chapitre 41

L'appel matinal avait réveillé tout le chalet et aucun des trois amis n'avait voulu y demeurer après l'annonce du décès de Philippe. De toute façon, ils n'auraient pas pu trouver le sommeil. Ils étaient restés à l'hôpital jusqu'à ce que leur présence ne soit plus jugée pertinente. On avait demandé à Matthias si son père était donneur. Il avait été incapable de répondre. C'était un sujet qu'ils n'avaient jamais abordé. D'ailleurs, pour l'heure, il n'était même pas en état de parler démarches administratives et organisation de funérailles, ni de choisir entre une inhumation et une crémation. Cela lui était viscéralement intolérable.

Lorsqu'ils rentrèrent en fin de matinée au chalet, après avoir fait le trajet de retour dans un silence quasi religieux, Matthias surprit Sophie et Julien en déclarant :

— Il faut prévenir Isa. Elle envisageait de venir à Chamonix pour lui rendre visite…

— Je… vais le faire, lâcha Sophie.

— Non, laisse, je m'en occupe. Reste avec Matthou…

Sophie fixa son frère, incrédule.

— OK. Alors tu devrais essayer de la joindre directement chez ses parents. Je… ne suis pas sûre qu'elle te réponde si elle voit ton numéro s'afficher sur son portable.

Julien observa sa sœur sans comprendre.

— Chez ses parents ?

Sophie, qui s'apprêtait à quitter l'entrée avec Matthias, s'immobilisa. Ils échangèrent tous deux un regard gêné.

— Il y a quelque chose que je devrais savoir ? insista Julien.

Matthias soupira.

— Isadora ne vit plus à Paris depuis trois semaines. Pour l'instant, elle habite chez ses parents, à Grenoble.

— Vous l'avez toujours su ? demanda Julien d'une voix à peine audible.

— Oui. Mais elle refusait qu'on t'en parle, intervint Sophie. Elle t'en voulait beaucoup…

Julien resta silencieux. Évidemment qu'Isadora lui en voulait, il l'avait blessée au-delà du possible en suggérant qu'elle n'était à Chamonix que par intérêt professionnel et qu'ils ne représentaient rien pour elle. Il ne pouvait décemment pas tenir rigueur à sa sœur et à Matthias d'avoir accédé à sa requête.

— Juju ? s'inquiéta Sophie.

— Je vais l'appeler chez les Marquez, lâcha-t-il en sortant son téléphone avant de se diriger vers la terrasse.

Sophie et Matthias le regardèrent s'éloigner.

— Ça aurait dû être à moi de faire ça…, gémit Matthias en se laissant tomber sur une chaise dans l'entrée.

La jeune femme prit place à ses côtés et caressa son dos, tandis que, les coudes calés sur ses genoux, Matthias se tenait la tête entre les mains et commençait à sangloter.

— Il a envie de faire ça pour toi, mon amour, lui chuchota-t-elle en posant sa joue sur son épaule. Il en a besoin.

Profitant de son jour de repos, Alice Marquez avait décidé de mettre les petits plats dans les grands et de concocter le mets préféré de sa fille. Isadora n'avait pas encore obtenu le poste pour lequel elle allait passer un entretien, mais sa mère estimait qu'il y avait tout de même quelque chose à fêter.

Isa s'était rendue à la station-service la plus proche pour faire le plein de la voiture paternelle en vue de sa visite à Chamonix, visite qu'elle avait, selon elle, bien trop longtemps repoussée. Elle avait prévu de partir en début d'après-midi. La mère d'Isa s'affairait donc dans la cuisine lorsque le téléphone se mit à sonner dans l'entrée. Seule à la maison, elle s'empressa d'attraper un torchon afin de s'essuyer les mains puis se précipita sur l'appareil avant que l'appel bascule sur le répondeur.

— Allô ?!

— Euh… Bonjour madame Marquez. C'est Julien… Julien Charpentier. Je ne sais pas si vous…

— Oui, Julien, je me souviens de vous…

— D'accord… Je… Est-ce que… Isadora est là ?

Alicia Marquez était toujours émue en entendant prononcer le prénom de sa fille.

— Non, elle est sortie…

— OK.

Elle ne pouvait pas voir le visage de Julien en cet instant, mais elle ressentait toute la nervosité qui l'habitait… La nervosité, et un certain émoi qui la troubla.

— Tout va bien, Julien ? s'inquiéta-t-elle.

Elle perçut un soupir à fendre l'âme à l'autre bout du fil.

— Est-ce… est-ce que vous pouvez lui dire que… que… Bon sang, je n'y arrive pas…, l'entendit-elle gémir.

Soudain, la lumière se fit dans l'esprit d'Alice Marquez. Julien était bouleversé, et son émotion n'avait rien à voir avec Isa.

— Julien, est-ce que vous appelez au sujet du père de Matthias ? demanda-t-elle d'une voix blanche.

— Oui…, lâcha-t-il dans un souffle.

La mère d'Isa se laissa tomber sur le siège près du téléphone.

— Dites-lui que… qu'il est parti cette nuit dans son sommeil… Il n'a pas souffert.

Les bips qui résonnèrent dans l'appareil lui indiquèrent que Julien avait raccroché précipitamment. Elle imaginait sans mal dans quel état il devait se trouver. Il avait eu le courage de passer ce coup de fil pour faire part du décès de Philippe Lacroix à sa fille, mais cela n'avait fait que lui rappeler la triste réalité. Il avait perdu un être cher, un homme qui était pour lui un père et son chagrin était immense.

Comme au ralenti, Alice Marquez se leva et reposa le combiné sur son socle. Elle se demandait quelle était la meilleure façon d'annoncer la nouvelle à sa fille. Y avait-il une bonne façon de le faire, d'ailleurs ? Quels que soient les mots qu'elle prononcerait, cela n'atténuerait pas la peine d'Isa. Sa peine et sa culpabilité, car, connaissant sa fille, elle était certaine que celle-ci se sentirait coupable. Coupable de ne pas avoir été aux côtés de ses amis lorsqu'ils avaient appris la mort de Philippe… et coupable de ne pas avoir vu le père de Matthias une dernière fois.

Soudain, la porte claqua et Isadora fit son apparition dans l'entrée. En apercevant le visage décomposé de sa mère, elle s'alarma.

— Maman, que se passe-t-il ? On dirait que tu as vu un fantôme…

Alice leva son regard sur elle.

— Ma chérie, il va falloir que tu sois très forte…

— Que… De quoi tu parles ? s'inquiéta Isa, le cœur battant.

Alice posa tendrement la main sur la joue de sa fille dont les grands yeux caramel étaient, en cet instant, emplis d'appréhension.

— Philippe Lacroix est décédé cette nuit…

Isadora plaqua ses deux mains sur sa bouche et son regard s'embua. Elle secoua la tête.

— Non… non, c'est pas possible, hoqueta-t-elle. Je l'ai… je l'ai eu au bout du fil avant-hier, il se sentait bien et…

— Isa…

— Je devais lui rendre visite aujourd'hui ! Ça devait être une surprise ! s'exclama-t-elle, en pleurs.

— Je sais, ma puce… Viens là, ajouta-t-elle en lui ouvrant ses bras.

Plus grande que sa mère, Isadora blottit sa tête contre son épaule sans opposer de résistance. Elle songea, hagarde, qu'elle avait attendu trop longtemps avant de se rendre à Chamonix. Elle avait quitté ses amis au moment où Philippe avait été hospitalisé et elle n'était même pas près d'eux alors qu'ils traversaient la pire des épreuves. Elle se redressa soudain.

— Qui… a appelé ? bégaya-t-elle en regardant sa mère droit dans les yeux.

— Julien…

La surprise se lut sur son visage. Elle n'aurait jamais imaginé qu'il puisse prendre l'initiative de lui annoncer la nouvelle lui-même.

— Et… tu l'as senti comment ?

— Bouleversé.

Isadora se mordit la lèvre. Matthias n'était pas le seul à avoir perdu un père cette nuit-là…

— Je dois y aller, décida-t-elle.

— Quoi ? Maintenant ? Mais…

— Je veux être près d'eux, Maman, pour les aider et faire en sorte qu'ils n'aient à se préoccuper de rien d'autre que… de leur peine.

— Mais mon cœur, tu es triste toi aussi.

— Oui, mais… moi j'ai plus de recul. Ils ont besoin que quelqu'un d'extérieur se charge des formalités.

— Je doute fort qu'ils te considèrent comme quelqu'un d'extérieur, mon ange. La preuve, ils ont tenu à te mettre au courant parce qu'ils te jugeaient concernée.

— Tu as probablement raison, Maman, mais de toute façon je ne peux pas rester ici alors qu'ils ont mal. Ce sont… mes amis.

— Et peut-être davantage, ajouta madame Marquez en songeant à Julien.

Isadora fixa sa mère, troublée.

— Oui…

Alicia poussa un soupir résigné. Elle ne pouvait aller contre l'élan du cœur de sa fille et, si elle était honnête envers elle-même, savait qu'elle aurait certainement agi comme elle dans la même situation.

— D'accord, ma puce. Mais si tu sens que l'émotion est trop grande, fais une pause sur la route, s'il te plaît.

Lorsque Sophie ouvrit la porte du chalet trois heures plus tard après avoir entendu la sonnette de l'entrée et qu'elle trouva Isadora sur le seuil, elle ne put s'empêcher de fondre en larmes. Des larmes où se mêlaient à la joie et le soulagement de l'avoir à ses côtés, le chagrin de la perte qu'elle ressentait. Si les deux jeunes femmes ne s'étaient pas revues depuis près d'un mois, elles se parlaient régulièrement au téléphone ; pour autant jamais elles n'avaient été aussi heureuses de se retrouver. Isa ne lui demanda pas comment elle allait, la question était totalement superflue dans ce contexte.

— Je suis vraiment contente que tu sois là, avoua Sophie. Julien ne m'avait pas dit que tu viendrais…

— En fait, il l'ignore. C'est ma mère qu'il a eue au téléphone. Je… j'avais prévu de rendre visite à Philippe aujourd'hui, mais…

Sophie se mordit la lèvre.

— Je comprends… C'est l'intention qui compte, personne ici ne t'en veut, Isa.

— Personne ? Tu en es sûre ?

— Il s'est proposé de t'appeler, ça veut bien dire qu'il s'est calmé…

Des pas se firent entendre dans l'escalier et quelques secondes plus tard, Matthias apparut. Les épaules tombantes et le regard abattu, il semblait être passé sous un rouleau compresseur. Quand il aperçut la visiteuse, un pâle sourire affleura ses lèvres et il s'avança vers elle pour l'étreindre.

— Merci d'être là, souffla-t-il.

Sophie les observa, attendrie. Matthias était comme ça : affectueux et très tactile avec ses amis. Il avait besoin de les serrer dans ses bras, de partager leur chaleur et de ressentir leur cœur contre le sien.

— Je n'aurais pas voulu être ailleurs aujourd'hui, murmura-t-elle, le menton posé sur son épaule.

Elle perçut soudain un léger bruit en provenance de la cuisine.

— Julien est là ?

À son arrivée, elle n'avait pas aperçu de moto garée dans la cour.

— On a décidé de rester tous ensemble au chalet, répondit Sophie.

— Comme une famille…

— Tu en fais partie, assura Matthias. Tu devrais aller le voir… qu'il sache que tu es là.

Isadora adressa un regard incertain au jeune homme, qui hocha la tête comme pour lui confirmer que tout se passerait bien. Elle lui sourit et s'écarta pour se diriger vers le salon avant de rejoindre l'office. Julien était debout face à la fenêtre, un mug à la main, et observait Pixel qui courait dans le jardin.

— Salut…

Julien eut un léger sursaut avant de se tourner vers elle. La stupéfaction se lisait sur son visage. Il l'avait appelée, pour la prévenir, comme le désirait Matthias, mais il était à mille lieues de s'imaginer qu'elle ferait la route dans la journée pour venir à Chamonix.

— Isa ?

Immobiles de chaque côté de la table, ils se regardaient sans oser faire un pas vers l'autre. En la voyant là, il réalisa à quel point son attitude le jour de son départ avait été indigne. Il n'aurait jamais dû prononcer ces paroles cinglantes. Elle était venue pour être auprès d'eux dans l'épreuve qu'ils traversaient. Et ses yeux rougis trahissaient la tristesse qu'elle avait dû ressentir à l'annonce de la terrible nouvelle. Sa présence n'était pas motivée par un quelconque intérêt peu louable, mais par la générosité. Aussi, lorsqu'il vit une larme couler le long de sa joue, il ne se posa pas plus de questions. Il abandonna sa tasse sur le plan de travail derrière lui et contourna la table pour la prendre dans ses bras.

— Pardon, Isadora…, murmura-t-il. Pardon…

Ils passèrent tous les quatre le reste de l'après-midi dans le salon, devant la cheminée, les uns assis sur le canapé, les autres, sur des coussins posés à même le sol, à se raconter des anecdotes sur Philippe. Isadora le connaissait depuis bien moins longtemps que ses amis bien sûr, mais elle prenait plaisir à écouter ces vieilles histoires tout droit sorties de leurs souvenirs d'enfance et d'adolescence.

Lors d'un intermède silencieux empli de nostalgie, le son d'un vibreur de téléphone se fit entendre. Matthias extirpa l'appareil de sa poche et vérifia la provenance de l'appel avant de pousser un long soupir.

— Encore l'hôpital ? s'enquit Sophie.

Le jeune homme hocha la tête.

— Qu'est-ce qu'ils veulent ? s'étonna Isadora.

— Que je leur apporte un costume pour mon père… Je crois qu'il en a un, mais avec le poids qu'il a perdu… Et puis je n'ai pas le courage d'aller fouiller dans son armoire.

Pendant quelques secondes, on aurait pu entendre une mouche voler.

— J'ai peut-être une idée, lâcha soudain Julien en abandonnant son coussin.

Les trois amis le regardèrent quitter la pièce, médusés.

— Mais où tu vas, lui lança sa sœur en le voyant s'affairer dans le hall avant d'ouvrir la porte d'entrée.

— Je prends tes clés, Fifi. J'en ai pas pour longtemps.

Lorsqu'il revint une demi-heure plus tard avec une housse de vêtement noire, Isa, Matthias et Sophie n'avaient pas bougé d'un pouce. Seul Pixel, qui était sorti se dégourdir les pattes, manquait à l'appel.

— Qu'est-ce que c'est ? demanda Isa en se levant.

Julien ouvrit la fermeture Éclair de la housse, révélant son contenu. Un costume trois-pièces anthracite avec chemise blanche et cravate. Matthias sourit.

— Tu l'as gardé ? fit-il en rejoignant son ami.

— Ouais… Je ne l'ai porté qu'une fois, je n'ai jamais réussi à m'en séparer. Il est devenu un peu étroit pour moi, mais… au niveau de la longueur, ça devrait coller. Philippe me l'avait offert pour mes seize ans, précisa-t-il à l'intention d'Isa. Il avait été invité à un vernissage et vu que j'adorais l'artiste, il m'avait proposé de l'accompagner. Comme on n'avait pas trop les moyens, à l'époque…

— Ça ira très bien, approuva Sophie. Tu étais déjà aussi grand que lui.

Isadora sourit avec tendresse en imaginant l'adolescent qu'il devait être alors, engoncé dans ce costume dans lequel il avait dû se sentir mal à l'aise, mais qu'il avait tout de même porté, pour faire plaisir au père de son ami.

— Merci Julien. On l'apportera demain… On ferait mieux d'aller se coucher. Les prochains jours vont être difficiles…, déclara Matthias, la mine sombre.

Matthias était bien loin de la vérité. Les journées qui suivirent furent terribles pour la petite tribu. Isadora l'avait aidé comme elle le pouvait pour les démarches auprès de la mairie et des pompes funèbres : obtention du permis d'inhumer, choix du cercueil… Philippe avait beau ne pas être un proche parent pour elle, Isa avait eu tout de même bien du mal à garder la tête froide, mais elle avait voulu tenir le coup jusqu'au bout. Et lorsqu'elle avait découvert, le jour de l'enterrement, Matthias assis à la table de la cuisine, devant une feuille blanche, l'air perdu, elle n'avait pas pu s'empêcher de s'inquiéter de nouveau pour lui.

— Qu'est-ce que tu fais ? s'était-elle enquise en prenant place face à lui.

— J'essaie de trouver les mots justes… pour l'oraison funèbre. Je suis un aspirant écrivain, ça devrait venir tout seul, non ?

— Ces mots ne doivent pas émaner de l'écrivain, Matthias, mais du fils…

— Je ne vais pas y arriver, avait-il lâché en secouant la tête.

— Tu n'es pas obligé de t'exprimer en public. Les gens comprendront que tu sois trop triste pour parler.

— Non, je veux lui rendre hommage, Isa, c'est important pour moi.

— OK, alors ne cherche pas les mots dans ton esprit, Matthias, ce n'est pas là qu'ils sont…

Matthias avait levé la tête et regardé Isa, ému.

— Tu n'as pas à préparer de discours. Le moment venu, laisse-toi guider par ce que tu ressens et tout ira bien, avait-elle ajouté.

Centrée sur ses amis et sur sa propre peine, Isadora avait complètement oublié son rendez-vous avec Charles Roman. Et lorsque sa mère l'appela pour la prévenir qu'elle avait expliqué la situation à l'éditeur et que celui-ci lui avait répondu qu'elle était tout excusée et qu'ils se rencontreraient à un moment plus propice, elle en fut soulagée.

Ce fut donc l'esprit plus léger, mais le cœur tout aussi lourd qu'elle s'installa près de ses amis à l'église, sur le banc réservé à la famille. Matthias avait insisté en lui affirmant qu'elle y avait sa place. Il y avait, tout au plus, une vingtaine de personnes dans le lieu de culte, mais Sophie lui avait dit que les gens présents avaient tous noué des liens avec Philippe depuis qu'il résidait à Chamonix avec Matthias, et ils venaient également en soutien au jeune homme qu'ils avaient appris à connaître et apprécier. La mère de Matthias lui avait proposé de venir aux funérailles pour le soutenir, mais il avait décliné. Cela faisait beaucoup de route depuis le Finistère et il savait très bien que Béatrice gardait une trop grande rancœur envers son ex-mari. Elle ne se serait pas sentie à sa place.

Lorsque ce fut le moment pour Matthias de prononcer l'éloge funèbre, elle le vit serrer très fort les doigts de Sophie entre les siens avant de se lever pour rejoindre le pupitre installé près de l'autel. Isadora remarqua le léger tremblement qui agitait ses mains. Elle savait l'exercice difficile pour lui. Au-delà de l'émotion due à la perte de son père qu'il ressentait, sentir tous ces yeux braqués sur sa personne le mettait mal à l'aise. Mais il souhaitait lui rendre ce dernier hommage et rien n'aurait pu l'arrêter.

Quand il se fut glissé derrière le pupitre, il garda la tête baissée un long moment avant de se décider à porter son attention sur l'assistance… ou plutôt sur les seules personnes dans cette assemblée dans le regard desquelles il espérait trouver le courage nécessaire pour parler. Isa, Julien et Sophie lui sourirent dans un même élan et il commença.

— Peu de gens ici connaissaient mon père comme je le connaissais. Dix années de ma vie se sont écoulées sans qu'il en fasse partie, et pourtant, lorsque je l'ai retrouvé il y a un an, c'est comme si nous ne nous étions jamais quittés. Il était toujours le même homme : fort, sûr de lui, généreux avec ceux qu'il aimait… Il était l'image du père que j'avais gardée de lui.

Matthias fit une pause avant de prendre une longue inspiration.

— Mes parents n'ont pas eu d'autre enfant que moi, mais la vie m'a offert un ami, un frère, déclara-t-il, les yeux rivés sur Julien. Et ce frère pleure autant que moi ce père, cet homme à qui nous rendons hommage aujourd'hui.

Les doigts de Julien se crispèrent sur sa cuisse. Sans le regarder, Isadora posa la main sur la sienne. Les mots de Matthias le touchaient, elle le sentait et voulait lui insuffler un peu de sa force.

— La vie m'a aussi fait don d'un trésor inestimable…, poursuivit-il en fixant Sophie. Mais ma boussole a eu quelques ratés et j'ai mis énormément de temps à réaliser qu'il était là, juste sous mon nez… au grand désarroi de mon père.

De l'humour… ça y est, il se détend, songea Isa en souriant.

— Mon père avait raison. Rien n'arrive par hasard. Tout ce que la vie nous inflige, toutes les épreuves qu'elle sème sur notre route, tous ces détours qu'elle nous fait prendre avant d'accéder au bonheur... tout ça nous aide à construire ce que nous sommes.

Matthias regarda tour à tour Isadora et Julien.

— Peu importe le mal que cette vie nous a fait, il faut lui pardonner. « Pardonne à la vie ! », me disait souvent mon père, « tu n'en as qu'une et elle a encore tant de choses à t'offrir ! »

Matthias leva alors la tête, ses yeux fixés sur les voûtes de la nef comme s'il contemplait le ciel, et dit dans un murmure que seules les personnes du premier rang entendirent :

— Je lui pardonne, Papa...

Après le rituel de la présentation des condoléances à Matthias et l'inhumation au cimetière, les quatre jeunes gens, accompagnés de Pixel, rentrèrent au chalet. Isadora resta deux jours de plus avant d'annoncer à ses amis qu'elle devait retourner à Grenoble pour passer un entretien, mais qu'elle reviendrait.

Le jour de son départ, après un tendre au revoir à Matthias et Sophie, Isadora resta quelques minutes en tête à tête avec Julien.

— Tu te souviens du soir où Philippe a été emmené aux urgences, quand il t'a prié d'aller récupérer un bagage dans sa chambre ?

Julien hocha la tête, sans la quitter des yeux.

— Il m'a supplié de lui promettre quelque chose, mais je n'ai pas pu...

— Qu'est-ce qu'il t'a demandé ?

— « Quoi que fasse ou dise Julien, ne baissez pas les bras, ne l'abandonnez pas... »

Le jeune homme prit une grande inspiration.

— Je lui ai répondu que ça ne dépendait pas que de moi…

La tête de Julien s'affaissa.

— Je ne peux pas décider à ta place, Julien, mais je veux que tu saches que, malgré nos différends, notre incompréhension mutuelle, mes sentiments pour toi sont intacts.

Il releva le menton et plongea son regard vert dans le sien, toujours silencieux.

— Je désire de toutes mes forces qu'un jour tu réalises quel homme extraordinaire tu es… et pas seulement pour ceux qui t'aiment. Et si jamais tu finis par croire à un possible avenir ensemble pour nous, je serai là… Mais ne tarde pas trop… Ce n'est pas que j'aie peur de t'oublier avec le temps, mais de me mettre à ne plus pouvoir espérer…

Elle hésita une seconde puis déposa un baiser au coin de ses lèvres avant de s'écarter et d'ouvrir la portière de sa voiture. Lorsque celle-ci s'éloigna, Julien fixa ce point mouvant jusqu'à ce qu'il disparaisse complètement et se retourna pour rejoindre le chalet.

Chapitre 42

Julien finissait de tailler son bouc lorsque l'alarme de son portable, posé près du lavabo, retentit. 9 h 30. Il lui restait trente minutes avant son rendez-vous. Il passa les mains dans ses cheveux en se demandant si les attacher ne le rendrait pas un peu plus présentable et sérieux aux yeux de son potentiel futur employeur. Enfin « employeur »... Il demeurerait son propre patron, mais c'était la première fois qu'il envisageait un partenariat régulier avec une entreprise. Il fixa son reflet. Il trouvait que sa mèche blanche avait pris plus d'ampleur ces dernières semaines... Depuis la mort de Philippe... Depuis le départ d'Isadora... Tout cela lui avait causé beaucoup de tourments, alors il ne s'étonnait guère que ces mèches nivéennes se multiplient.

Il glissa son téléphone dans sa poche et recula d'un pas. Non, il porterait ses cheveux détachés, tout comme sa tenue serait simple. Jean, chemise à carreaux. Julien Charpentier resterait Julien Charpentier. Après tout, il ne postulait pas à un emploi de bureau, il était un créatif... Un créatif qui travaillerait, de surcroît, chez lui. Il sortit de la salle de bains et attrapa sa pochette contenant quelques dessins qu'on lui avait demandé d'apporter.

— Tu viens, Pixel ?

Le monstre canin se redressa et rejoignit son maître à la porte d'entrée. Julien ne voulait pas le laisser seul dans cette chambre d'hôte pendant son absence, craignant que son compagnon fasse des dégâts. Il se présenterait donc à cet entretien accompagné de son chien et en avait averti son interlocuteur, qui lui avait assuré que cela ne posait pas de problèmes, à condition qu'il soit maintenu en laisse.

Les locaux n'étaient pas immenses, mais les pièces étaient réparties de telle façon que chaque employé avait son espace à lui. L'endroit était coloré et lumineux. Cela plut immédiatement à Julien qui, s'il ne devait pas s'y trouver tous les jours, aurait à y passer régulièrement pour le suivi des projets créatifs. Enfin… s'il obtenait le contrat. Il se présenta cinq minutes avant l'heure pour éviter de traîner trop longtemps dans les couloirs. Il fut satisfait, à peine arrivé sur les lieux, de voir la porte d'un bureau s'ouvrir sur l'homme qui devait le recevoir. Celui-ci s'avança vers lui, souriant, la main tendue.

— Julien Charpentier ?

— Lui-même, répondit-il en lui rendant son sourire et sa poignée de main.

— Enchanté. Je suis Charles Roman. Si vous voulez bien vous donner la peine…, ajouta-t-il en désignant son bureau.

— Très bien, Charlotte, on fait comme ça, répliqua Isadora à son interlocutrice au téléphone. Ne t'inquiète de rien, juste d'écrire ! Je te rappelle lundi prochain, bonne fin de journée ! ajouta-t-elle avant de raccrocher, le sourire aux lèvres.

Isadora se cala sur le fond de son siège et s'étira. Voilà l'idée qu'elle se faisait d'un travail idéal. Lire des manuscrits, avoir des rapports privilégiés avec des auteurs, gagner et mériter leur confiance et se charger de tous les aspects non créatifs afin qu'ils n'aient à se soucier que de leur art… tout ceci dans une ambiance vivifiante et sereine.

Charles Roman ne lui mettait aucune pression, désirant qu'elle prenne son temps pour apprivoiser ses nouvelles fonctions. Elle n'officiait dans cette maison d'édition que depuis un peu plus d'un mois, mais elle avait le sentiment d'être enfin à sa place. Isa quitta son fauteuil et marcha jusqu'à la fenêtre. En plus, d'ici la vue sur les montagnes environnantes était splendide. À Paris, son minuscule espace de travail n'était séparé de celui des autres employés que par une cloison peu esthétique et la plus proche ouverture sur l'extérieur faisait face à un bâtiment haussmannien, certes très élégant d'un point de vue architectural, mais très austère.

Elle fixait le paysage depuis quelques minutes lorsqu'elle entendit du grabuge dans le couloir. On aurait dit que des objets se fracassaient au sol. Le bruit fut bientôt accompagné d'un autre, encore moins habituel en ces lieux : un aboiement. Intriguée, Isa ouvrit la porte de son bureau. À quelques mètres d'elle apparut un énorme leonberger. Il courait dans sa direction, sa laisse traînant sur la moquette.

— Pixel ?!

Dans un geste instinctif, elle s'agenouilla pour recevoir juste à temps les tendres marques d'affection de son ami canin. L'agitation sembla peu à peu cesser dans le couloir au bout duquel elle vit se matérialiser, comme dans un rêve, une silhouette familière.

— Julien..., murmura-t-elle en se relevant.

Forcément, si le leonberger était dans ces murs, il n'y était pas arrivé seul... Mais croiser le jeune homme, ici, sur son lieu de travail, alors qu'elle n'avait pas eu de ses nouvelles depuis qu'ils s'étaient quittés quelques jours après les funérailles de Philippe, la déroutait. Que faisait-il à Grenoble ? Que faisait-il... là ?

— Bonjour Isadora...

— Bonjour Julien...

Ils se fixèrent un long moment en silence. Isa n'était pas étonnée de constater qu'après tout ce temps passé loin de lui, cette nouvelle proximité la troublait, surtout après les paroles qu'elle avait prononcées la dernière fois qu'ils s'étaient vus. Elle lui avait plus ou moins fait comprendre que la balle était dans son camp, que s'il la désirait dans sa vie, ce serait désormais à lui de faire le premier pas. Était-ce la raison de sa présence ici ?

— Que… qu'est-ce qui t'amène à Grenoble ?

— Le boulot. Mais j'ai décidé que j'allais en profiter pour venir te rendre visite… Ça ne te dérange pas ? s'enquit-il.

— Non… Je suis toujours heureuse de te voir, Julien. Je suis juste étonnée, c'est tout.

— J'aurais peut-être dû t'appeler pour te prévenir…

— Non, ça va, je t'assure.

Julien sourit et son regard glissa sur la tenue qu'arborait Isa.

— Très jolie cette robe, je crois que c'est la première fois que je te vois en porter une…

— On est en juin, le gros pull en laine n'est plus de rigueur, s'amusa-t-elle.

— C'est vrai…, admit-il en posant à nouveau ses yeux sur son visage. Tu as quelque chose de prévu, ce soir ?

— Ce… soir ?

— Oui. Je me disais qu'on pourrait aller dîner quelque part…

Un dîner avec Julien. Devait-elle se formaliser du fait qu'il agissait comme si de rien n'était ? Comme si elle ne lui avait pas ouvert son cœur lors de leur dernier tête-à-tête ? Elle décida que non. Après tout, elle lui avait promis que lorsqu'il reviendrait vers elle, peu importait dans quel contexte, elle serait là.

— Oui, bonne idée…

— Super ! s'exclama-t-il en récupérant l'extrémité de la laisse de Pixel. Tu es toujours chez tes parents ?

La jeune femme opina du chef.

— Alors, je passe te chercher à 19 h 30, l'informa-t-il en s'apprêtant à tourner les talons.

— Oh, Julien !

— Oui ?

— Un dress code particulier ?

Il l'avisa une nouvelle fois de la tête aux pieds.

— Je te dirais bien de te faire belle, mais… tu l'es toujours.

— Arrête de tourner autour de moi comme ça, Isa, tu me donnes le vertige ! se plaignit sa mère, affairée à préparer le repas qu'elle allait partager avec son mari.

— Désolée, Maman… Je suis un peu nerveuse.

Alice se retourna vers sa fille en souriant.

— Ce n'est qu'un dîner, ma puce, pas une demande en mariage…

— Il s'agit d'un dîner avec Julien, alors pour moi, c'est tout comme… Je… ne sais même pas ce qu'il veut !

— Peut-être qu'il a juste envie de passer un moment avec toi.

— Pourquoi est-ce qu'il a attendu aussi longtemps ? Pourquoi maintenant ? Pourquoi ce soir ?!

Alice s'apprêtait à lui répondre lorsque la sonnette retentit. Isadora se figea.

— Allons bon, maintenant qu'il est temps de bouger pour aller ouvrir cette maudite porte, tu restes immobile, lança la mère d'Isa avant de jeter son torchon sur la table pour aller accueillir le visiteur.

Isadora resta un moment dans la cuisine, l'oreille aux aguets.

— Bonsoir Julien ! Mais entrez, je vous en prie ! Ça vous va très bien cette coiffure !

— Merci, Alice.

Isa fronça les sourcils. Intriguée, elle avança à pas menus jusqu'au seuil de l'office pour épier discrètement la scène… et tomba nez à nez avec sa mère.

— Mais qu'est-ce que tu fabriques, Isa ?

La jeune femme rougit violemment, gênée d'avoir été prise sur le fait, et osa un regard rapide dans l'entrée. Julien l'observait, amusé. Elle resta bouche bée quelques instants. Les cheveux ramenés en arrière grâce à un simple élastique, vêtu d'un jean et d'un T-shirt, une veste gris foncé négligemment jetée sur son épaule, elle ne l'avait jamais trouvé aussi beau.

— Fais attention, tu baves, ma chérie, lui murmura sa mère au creux de l'oreille.

Isadora lui jeta un regard noir avant de passer discrètement un doigt au coin de ses lèvres… On n'était jamais trop prudent.

— Prête ? lui demanda-t-il en lui présentant son bras.

Autant qu'on puisse l'être…, songea-t-elle en hochant la tête.

Cela faisait maintenant dix bonnes minutes qu'Isadora et Julien patientaient devant la vitrine d'un restaurant et la jeune femme commençait à se demander pourquoi ils n'entraient pas. À quelques mètres de là, Pixel était sagement allongé à l'arrière de la voiture de location qui les avait menés là, repu après le repas pantagruélique que Julien affirmait lui avoir servi avant de partir.

— Julien ? On attend quoi exactement ?

— Elle ne devrait plus tarder, lança-t-il, nerveux, en regardant sa montre.

L'emploi du « elle » la déstabilisa quelques secondes.

— Ah ! La voilà ! s'exclama-t-il en se portant à la rencontre d'une femme d'une cinquantaine d'années, vêtue d'une façon à la fois simple et élégante.

— Mon Juju ! chantonna la quinquagénaire en serrant Julien dans ses bras avec effusion.

Isadora observa, médusée, la nouvelle arrivante plaquer des bises sonores sur les joues du jeune homme avant de prendre son visage entre ses mains pour le contempler.

— Que tu es beau, mon fils ! s'extasia-t-elle.

Isadora déglutit péniblement.

Sa mère ?! Il a aussi invité sa mère ?! songea-t-elle, paniquée.

En quelques secondes, ils l'avaient rejointe.

— Bonsoir, mademoiselle ! Vous devez être Isadora, Julien m'a tellement parlé de vous ! ajouta-t-elle avant de se saisir de ses mains avec tendresse.

Ah bon ? Il lui a parlé de moi ?

— Mon Juju, ta description n'était pas à la hauteur de la réalité, reprocha-t-elle à son fils avant de reporter son attention sur Isa. Vous n'êtes pas belle, vous êtes magnifique !

— M… merci.

La jeune femme, embarrassée, coula un regard interrogateur vers Julien. Celui-ci la fixait en souriant. Trouvait-il un malin plaisir à l'abandonner ainsi à la charmante exubérance de sa mère ?

— Bon, c'est pas tout ça ! J'ai une faim de loup ! Et si on entrait ? proposa cette dernière.

Si, au début de ce dîner presque surréaliste, Isadora était un peu dans ses petits souliers, sa gêne s'évapora peu à peu face au naturel désarmant de Valérie Fontaine, ex-madame Charpentier. La mère de Julien et Sophie vivait désormais dans le sud-ouest de la France et était arrivée la veille à

Grenoble à la demande de son fils qui voulait lui présenter, selon ses propres mots, « quelqu'un d'important pour lui ». Lorsqu'elle rapporta les paroles de Julien à Isa, celui-ci baissa la tête, embarrassé.

— Quoi, mon Juju ? C'est bien ce que tu m'as dit, non ? Mon pauvre chaton, tu sais pourtant que ta mère est « sans filtre » !

Isadora ne put retenir un rire.

— Il vous a avoué que c'est la première fois qu'il me présente une femme ?

— Maman…, répliqua-t-il mollement.

— Mais c'est vrai ! Même cette pimbêche de Sarah n'a pas eu droit à cet honneur, continua-t-elle avec orgueil. Heureusement, parce que si je l'avais eue face à moi, cette chipie…

Julien, la tête posée sur ses avant-bras, ne savait plus comment faire pour stopper la logorrhée de sa mère.

— Par chance, vous, vous n'êtes pas comme elle. Ça crève les yeux que vous l'aimez, mon Julien…, lâcha-t-elle, émue.

Le silence se fit soudain autour de la table. Isadora, encore troublée d'avoir appris qu'aucune relation féminine de Julien n'avait croisé la route de sa mère, resta muette face à l'incroyable clairvoyance de madame Fontaine. Elle avait raison, elle l'aimait « son » Julien, et elle aurait tant voulu qu'il reconnaisse qu'il tenait à elle, lui aussi…

Elle se rendit soudain compte que les yeux du jeune homme étaient braqués sur elle et soutint sans ciller son regard fiévreux. Il semblait ne plus avoir conscience de la présence de sa mère à leurs côtés ou alors, il s'en moquait royalement. C'était comme si le temps était suspendu, qu'il n'y avait plus personne autour d'eux et qu'une bulle magique les enveloppait. Elle avait déjà vu cette lueur dans ses yeux, plusieurs semaines auparavant, face à un coucher de soleil…

— Hum… Les enfants, ce n'est pas que je m'ennuie avec vous, mais je rêve d'une bonne nuit de sommeil. Je crois qu'il est l'heure pour moi de rentrer à l'hôtel.

La voix de sa mère sortit Julien de sa torpeur et il se leva en même temps qu'elle.

— Je… vais te ramener, proposa-t-il.

— Non, mon chéri, c'est inutile, mon hôtel est à quelques mètres sur l'avenue. Elle est très bien éclairée, je ne risque rien, ne t'inquiète pas pour moi, lui assura-t-elle en l'embrassant. Isadora… Je suis vraiment très heureuse de vous avoir rencontrée. J'espère sincèrement que nous serons amenées à nous revoir, ajouta-t-elle en jetant un regard insistant à son fils.

— Je l'espère aussi, madame Fontaine…

— Valérie ! Je crois savoir que mon fils appelle votre mère par son prénom, non ? lança-t-elle avec un clin d'œil.

Julien lui avait demandé de l'attendre devant le restaurant, le temps pour lui de régler l'addition. Bien qu'elle ait trouvé la présence de sa mère agréable, elle avait espéré ce moment toute la soirée : se retrouver seule avec lui pour pouvoir enfin parler de ce qui la préoccupait. Pendant toute la durée du dîner, elle avait eu de plus en plus le sentiment que Julien n'était pas à Grenoble seulement pour le travail. D'ailleurs, quel travail ? Sophie lui avait toujours dit que les clients qui faisaient appel à lui résidaient essentiellement à Chamonix et dans sa périphérie. Il était à Grenoble dans le seul but de la voir, elle, elle en était intimement persuadée. De plus, elle se souvenait très bien de ce qu'avait affirmé sa mère : il lui avait demandé de venir à Grenoble pour lui présenter quelqu'un d'important pour lui. Et après cette soirée, il paraissait évident à Isadora qu'il s'agissait d'elle.

— On y va ?

Isa sursauta en entendant la voix de Julien. Elle ne put s'empêcher de sourire en constatant qu'il avait détaché ses cheveux.

— C'était juste pour faire plaisir à ma mère. Elle se plaint toujours qu'on ne voit plus mes yeux quand je laisse ma tignasse libre.

— Ce qui est vraiment dommage…

— Quoi ? Je ne te plais pas comme ça ?

— Attends-tu réellement une réponse à cette question, Julien ?

Le jeune homme la fixa d'un air étrange et lui prit la main.

— Allez viens, on va libérer Pixel et se balader un peu…

Lorsque l'adorable monstre eut quitté l'habitacle de la voiture, ils avancèrent sans but précis le long des rues et parvinrent bientôt à proximité d'un parc ouvert où Julien laissa l'animal gambader à sa guise. Les deux jeunes gens n'avaient pas échangé un mot depuis un long moment et Isadora commençait à trouver ce silence angoissant. Julien n'avait pas lâché sa main, mais il conservait une certaine distance avec elle qui la mettait mal à l'aise. Elle s'immobilisa soudain. Il l'imita en lui lançant un regard interrogateur.

— Julien, pourquoi tu es venu à Grenoble ? Je veux que tu me donnes la vraie raison.

— Pour le boulot, je t'ai dit…

— Tu n'as pas de client ici !

— C'était le cas jusqu'à ce matin. J'ai décroché un contrat de graphiste free-lance dans la maison d'édition pour laquelle tu travailles.

— Que… quoi ?

— J'envisage de m'installer à Grenoble. Je préférais attendre avant de t'en parler.

— Attendre quoi ?!

— D'être sûr que tu voulais encore de moi…

Elle s'approcha de lui et porta sa main à sa joue.

— Julien… La question ne se pose même pas…, murmura-t-elle.

— Isadora… J'ai conscience de m'être comporté comme un imbécile avec toi et je comprendrais que tu refuses de risquer de souffrir encore par ma faute.

— C'est ce que tu comptes faire ? Me blesser une fois de plus ?

— Non, c'est fini tout ça…, répondit-il en collant son front au sien, son regard accroché à celui d'Isa. Isadora…

— Quoi ?

— Est-ce que tu connais la signification de ton prénom ?

La jeune femme sourit.

— Oui, il veut dire…

— Cadeau [1]. Isadora, c'est un prénom magnifique. Un prénom qui danse, qui chante et fait cogner mon cœur comme un malade… parce qu'il est TOI, tout ce que tu représentes pour moi : un cadeau.

Isa se mordit la lèvre, émue.

— Je me suis conduit comme un gamin capricieux qui refuse le présent qu'on lui offre. Je l'ai boudé, persuadé que je ne le méritais pas.

— Julien…

— Je t'aime.

Sur la joue d'Isadora roula une larme qu'il essuya tendrement du pouce.

— Je n'ai pas envie de te ramener chez tes parents ce soir…

1. Le prénom Isadora signifie plus précisément cadeau ou présent d'Isis… Nous dirons donc que Julien a pris un petit raccourci^^(*NdA*)

— Je n'en ai pas spécialement envie non plus…, répondit-elle, la voix cassée par l'émotion.

— Je te garde avec moi, alors…, affirma-t-il avant de déposer un baiser au coin de ses lèvres. Et demain matin, au réveil, je te promets que je serai toujours là…

Épilogue

Un an plus tard

Du premier étage de la librairie, Matthias observait avec une angoisse certaine la foule amassée devant les portes encore closes de la boutique. Il avait signé son contrat avec la maison d'édition de Charles Roman un an auparavant, et cela faisait moins de trois mois que son livre, *Si la vie tient ses promesses*, dont il avait tenu à conserver le titre, était officiellement paru. Aujourd'hui, il allait faire sa première séance de dédicaces depuis la publication. La communication autour de l'événement avait été assurée de main de maître et les ventes étaient au beau fixe, ce qui étonnait encore Matthias qui se considérait comme un parfait novice, un total inconnu dans le monde littéraire, et avait bien du mal à trouver de la légitimité dans tout cela [1].

« C'est normal d'avoir du mal à y croire, c'est nouveau pour toi », lui répétait sans cesse Isadora. « Tu vas finir par t'y faire, tu verras. »

Mais il avait sincèrement l'impression que non, il ne s'y ferait jamais. Il ne comprenait toujours pas pourquoi autant de gens s'étaient procuré son roman. Quelques articles

1. Un petit air de déjà-vu... Ce syndrome de l'imposteur, je le connais si bien ! (*NdA*)

avaient paru dans la presse locale, il avait été interviewé par plusieurs radios de la région, mais rien ne l'avait préparé à ça.

— Tu n'es pas Justin Bieber, Matthias, lança une voix dans son dos. Les gens qui lisent savent se tenir en général, poursuivit Isa. Je ne pense pas qu'on ait à craindre une émeute, rassure-toi. Même si j'ai pu remarquer que tu avais déjà beaucoup de succès auprès de la gent féminine…

Matthias se tourna vers elle.

— Je suis un homme marié, répliqua-t-il en agitant sa main gauche devant elle.

— Je sais bien, j'étais là, rappelle-toi !

— D'ailleurs, Sophie n'est pas encore arrivée ? Elle m'avait promis de venir me soutenir…

— Ta petite femme ne va plus tarder. Elle m'a envoyé un message il y a cinq minutes pour me prévenir qu'elle quittait l'hôtel. J'imagine que c'est pas la même chose, mais… je suis là moi, quand même, déclara-t-elle, boudeuse.

Matthias sourit avant d'attirer Isa contre lui dans une tendre étreinte amicale.

— Fais attention, nous sommes très près de la vitre, des paparazzis pourraient immortaliser ce moment, plaisanta-t-elle.

Le jeune homme rit doucement et lui rétorqua :

— Julien et Sophie savent combien on les aime. Même s'ils voyaient cette photo, qui n'aurait rien de compromettant soit dit en passant, ils n'éprouveraient pas la moindre jalousie… Au fait, tu as apprécié ta surprise ? demanda-t-il en la libérant de ses bras.

Le sourire d'Isadora s'étira jusqu'à ses oreilles.

— Oh oui, alors ! Merci !

Isadora et Julien avaient emménagé dans une petite maison six mois plus tôt, maison dans laquelle, jusqu'au week-end précédent, il restait encore quelques travaux à effectuer. Lorsqu'elle était revenue du salon littéraire pour lequel elle s'était absentée deux jours, elle avait eu le plaisir de trouver la dernière pièce en chantier complètement rénovée et transformée... en une bibliothèque. Julien et Matthias n'avaient pas ménagé leurs efforts pour recouvrir les quatre murs d'étagères qu'elle s'était empressée de remplir avec les nombreux livres qui traînaient dans des cartons depuis leur déménagement.

— Ne me remercie pas, c'était l'idée de Julien. Moi, j'ai juste tenu les planches! rit-il.

— Hum... Julien a été chaudement remercié, ne t'en fais pas pour ça...

— Je ne m'en fais pas du tout!

Isadora secoua la tête en riant, puis regarda sa montre.

— Bon, il va falloir penser à descendre, Matthias. La librairie va bientôt ouvrir ses portes. Les lecteurs et lectrices grenoblois n'attendent plus que toi.

Matthias ferma les yeux et prit une longue inspiration.

— OK, jetons-nous dans l'arène, accepta-t-il, résigné.

Peu de temps avant que la première lectrice se présente, déjà munie de son propre exemplaire, Sophie était entrée par une porte de service donnant sur la rue adjacente à celle où se situait la devanture de la boutique. Après qu'elle eut rejoint son mari dans la réserve pour plus d'intimité et gratifié celui-ci d'un baiser qui semblait ne plus avoir de fin, Sophie passa cinq bonnes minutes à assurer à Matthias que tout irait pour le mieux et qu'il ressortirait plus riche que jamais de cette dédicace... Humainement parlant, cela allait sans dire, car le jeune Lacroix, qui avait repris son métier de journaliste à mi-temps, ne croyait pas une seule seconde pouvoir vivre un jour de sa plume.

Les deux heures de dédicace se déroulaient effectivement sans encombre. Matthias recevait sourires et compliments des visiteurs, échangeait quelques mots avec eux avec un plaisir évident et fut même ému à plusieurs reprises par certains témoignages de lecteurs chez lesquels son histoire avait fait écho à leur propre vie.

Sophie et Isadora restaient en retrait et veillaient sur lui depuis leur poste d'observation : une table sur laquelle était présenté tout un assortiment de mignardises dans lesquelles la jeune madame Lacroix piochait allègrement.

— Sophie, tu devrais freiner un peu sur les tartelettes aux fraises, peut-être que quelqu'un d'autre aimerait en manger…, chuchota-t-elle, taquine.

— Hum… Impossible, elles sont trop bonnes… Je ne sais pas ce que j'ai en ce moment, dès qu'il y a des fraises dans les parages, je me mets à saliver…

Isadora tourna la tête vers son amie, un léger sourire aux lèvres.

— Sophie… Tu es en train de me dire que tu as régulièrement des envies de fraises ?

La jeune infirmière avala de travers et fut prise d'une quinte de toux. Le libraire qui, à l'autre bout de la boutique, avait vu son visage devenir vermeil, s'empressa de lui apporter un verre d'eau. Une fois qu'elle eut retrouvé son souffle, elle vociféra à voix basse :

— C'est malin de me sortir des trucs pareils, j'ai failli m'étouffer !

— Sophie ?

— OK, OK, c'est vrai, tu as raison… Je suis enceinte, mais chuuuut ! Matthias n'est pas encore au courant, je ne le sais moi-même que depuis hier soir. Je ne tiens pas à le perturber avec ça maintenant !

— Le perturber ? Tu plaisantes, j'espère ! Il va être fou de joie quand il va l'apprendre ! affirma Isa, le plus sincèrement du monde.

— Tu crois ? demanda Sophie d'une toute petite voix.

Isadora regarda son amie avec tendresse et passa un bras autour de son épaule.

— Non, je ne crois pas, ma belle… J'en suis persuadée.

Julien arriva quelques minutes avant la fin de l'horaire prévu pour la dédicace et se rendit directement auprès d'Isa dès qu'il l'aperçut. Les quatre jeunes gens avaient convenu de se retrouver à la librairie pour ensuite repartir tous ensemble passer le week-end chez Matthias et Sophie à Chamonix.

— Bonjour, mademoiselle Marquez, susurra-t-il à son oreille en se faufilant dans son dos et en enserrant sa taille de ses bras.

— Bonjour, monsieur Charpentier, murmura-t-elle en se calant contre lui. Vous êtes en retard…

— J'ai eu un mal fou à trouver une place. Vivement que je récupère la moto au garage… Bon, il s'en sort comment notre Matthou ?

— Comme un chef ! On dirait qu'il a fait ça toute sa vie.

Julien observa son meilleur ami et dut reconnaître qu'il semblait vraiment dans son élément. Le bonheur se lisait sur son visage et cela mit du baume au cœur de Julien. Rien ne pouvait lui faire plus plaisir en cet instant que de voir son beau-frère heureux. Il rencontra brièvement le regard de Matthias et lui fit un grand signe auquel celui-ci répondit.

— Ça se termine bientôt ? J'aimerais bien qu'on soit à Chamonix avant la nuit, moi…

— Il est à peine 16 h 30 et nous sommes en plein mois de juin, Julien. À moins de crever les quatre pneus sur la route, on arrivera forcément avant que le soleil se couche.

— Où est Sophie ?

— Partie aux toilettes. Elle a fait une overdose de tartelettes aux fraises.

— Vraiment ? Bizarre… D'aussi loin que je me souvienne, elle a toujours détesté les fraises…

Comme Isadora lui tournait le dos, Julien ne vit pas le petit sourire qui venait de se former sur ses lèvres. Si Matthias n'était pas encore au courant, elle n'allait sûrement pas vendre la mèche. Julien aurait été bien incapable de tenir sa langue, d'autant plus qu'il aurait eu du mal à cacher son enthousiasme à l'idée de devenir oncle. Non, l'annonce de la nouvelle n'appartenait qu'à Sophie, il était hors de question qu'elle la prive de cette joie.

Toutes les personnes venues pour les dédicaces étaient désormais parties et Matthias s'apprêtait à quitter la table de signature lorsqu'un adolescent entra dans la librairie. Le garçon, à la chevelure blonde, devait avoir à peu près seize ans et rasait les murs de la boutique recouverts de rayonnages, tout en jetant de temps à autre des regards timides à Matthias qui, sans en avoir l'air, ne perdait pas une miette de son manège.

Officiellement, la séance était terminée, mais le jeune Lacroix n'avait pu s'empêcher de remarquer que le gamin tenait son roman. Avait-il voulu éviter la foule et attendu que la dernière personne soit partie avant d'entrer ? Était-il seulement timoré ?

Matthias était troublé. Il ne comprit tout d'abord pas pourquoi ce gamin le perturbait tant, jusqu'à ce que l'évidence le frappe. Ce garçon ressemblait beaucoup à celui qu'il était au même âge : embarrassé par son corps, désireux de passer inaperçu… Une bouffée d'émotion le submergea. L'attitude de cet adolescent le bouleversait déjà alors qu'il ne lui avait pas encore adressé la parole. D'ailleurs, oserait-il le faire ?

Matthias regarda sa femme et ses amis. Ils étaient occupés à discuter avec le libraire, il avait donc un peu de temps devant lui. Il marcha lentement vers les rayonnages, sans poser les yeux sur le garçon, pour ne pas l'effrayer. Arrivé à sa hauteur, cependant, Matthias ne put continuer à faire semblant de l'ignorer et le salua.

— Bonjour.

— B'jour, marmonna le garçon.

— Tu l'as lu ? demanda-t-il en désignant du menton le roman qu'il serrait contre lui.

L'adolescent hocha vigoureusement la tête.

— Et… tu en as pensé quoi ?

Le gamin se mordit la lèvre, hésitant à répondre.

— J'ai… beaucoup aimé… En fait, je… j'avais un peu l'impression que c'était moi…

Le cœur de Matthias se mit à battre plus vite.

— Que c'était toi ?

— Le fils dans votre roman… Mon père aussi est malade.

— Co… comment t'appelles-tu ?

— Matthias, comme vous…

Le jeune Lacroix sourit et tendit la main pour que le garçon lui donne son exemplaire. Celui-ci hésita un moment avant de s'exécuter. Matthias récupéra son stylo dans la poche de sa veste et ouvrit le livre à la page de garde. Il prit plusieurs minutes pour y griffonner quelques mots puis le lui rendit.

— Je ne sais pas de quoi souffre ton père, mais je suis certain qu'il est heureux d'avoir son fils à ses côtés dans cette épreuve…

Pour la première fois, l'adolescent osa un timide sourire.

— Je ne peux pas faire grand-chose pour l'aider pourtant…

—Détrompe-toi. Avoir ses proches autour de soi, c'est très important pour le moral et le moral… c'est essentiel pour se battre contre la maladie.

—Merci, monsieur… Vous êtes sur les réseaux sociaux ? Enfin pour vous contacter, au cas où…

Matthias sourit.

—Non, désolé, je ne m'y suis pas encore mis.

—Ah…, lâcha le garçon, déçu.

—Mais j'ai une adresse mail, elle est inscrite sur le marque-page. Je te répondrai volontiers.

L'adolescent hocha la tête et tourna les talons en direction de la sortie. Une fois sur le trottoir, il s'empressa d'ouvrir le roman pour y lire ce que Matthias avait écrit :

« J'ai connu un jeune Matthias qui n'a jamais cessé de croire en son père, même quand il se trouvait loin de lui. Ce père n'est malheureusement plus de ce monde, mais il l'a quitté en lui laissant ce message :

Les épreuves ne sont que des étapes dont tu sortiras grandi. Pardonne à la vie si elle te fait du mal, le bonheur n'est jamais très loin… »

Mots de l'autrice

Je l'avais déjà mentionné dans un article sur mon blog : ce roman est sans doute le plus personnel qu'il m'a été donné d'écrire par beaucoup d'aspects. Parce qu'il évoque des thèmes qui me touchent particulièrement et qui font partie de mon vécu, passé et présent. Matthias, c'est un peu moi au masculin, nous avons énormément de points communs. J'aime infiniment ce personnage, fort et fragile à la fois, qui ne juge pas, qui pardonne et qui se sent si différent des autres.

Pour autant, dans cette histoire, je me suis attachée à tous mes personnages, j'éprouve une tendresse égale pour chacun d'eux. Cette petite tribu a été pendant plusieurs semaines une seconde famille, à l'image de celle qu'ils forment déjà entre eux, liée par le sang ou par le cœur. J'ai eu énormément de mal à les quitter, vous vous en doutez, et passer à autre chose, à une autre histoire, ne va pas être simple.

L'hypersensibilité est un thème qui me tient à cœur. Il est mon quotidien depuis toujours et j'ai voulu, dans ce roman, le mettre à l'honneur à travers le personnage de Matthias. J'ai souhaité montrer toute la richesse de cette singularité. Quand on est hypersensible, on se sent souvent différent, en décalage, alors que force est de constater que les personnes hypersensibles ne sont pas une minorité. Pour un hypersensible, le harcèlement scolaire, autre thème important que j'aborde dans ce roman, peut être particulièrement ravageur. Il l'est pour tous…

Ce n'est pas non plus quelque chose qui m'est totalement étranger, malheureusement. Je trouvais essentiel de délivrer ce message à travers la parole de Matthias : il n'y a pas de petit harcèlement. La violence des mots peut être aussi dévastatrice que celle des coups. Attaquer quelqu'un sur son apparence, sa personnalité, son nom… sa différence n'a rien de glorieux. Rien ne peut justifier un tel comportement. Il y a des personnes harcelées qui s'en sortent, même si les cicatrices, physiques ou morales, perdurent, mais le harcèlement peut également conduire à des drames. Évoquer ce thème, encore une fois, me tenait à cœur.
Et parce qu'il y a des sujets qui m'interpellent, me questionnent, me touchent et me révoltent, la meilleure façon pour moi d'en parler est d'en faire des histoires. C'est aussi le seul moyen que j'ai trouvé pour laisser s'exprimer ma sensibilité. Parce que je n'écris pas seulement mes romans, je les vis. Et quoi de mieux que des mots, des personnages pour faire vivre ces histoires ?

Remerciements

Pour de nombreuses raisons qu'elle seule comprendra, j'adresse un merci sincère à Lucie Renard, autrice autoéditée sensible et talentueuse.

Ce roman ayant d'abord fait l'objet d'une publication en autoédition, je remercie les fabuleuses têtes chercheuses qui m'ont permis alors de présenter aux lecteurs une histoire (presque) parfaite. Merci donc à René, Emma, Ninon, Jean-Michel, pour leurs suggestions et retours avisés.

Merci à Ninon Amey, l'amie cette fois, pour toutes ces traversées du désert que nous rencontrons parfois et qui nous égratignent, mais dont nous ressortons plus fortes, parce que soudées.

Merci à mes enfants, ma famille de sang et celle de cœur, et un tout spécial à mon talentueux mari.

Merci à Librinova, particulièrement à Andrea, mon agent littéraire, d'avoir porté avec enthousiasme ce roman auprès des éditeurs et aux éditions Hauteville, notamment à Isabelle, d'avoir cru en ce texte et permis de lui donner une seconde vie en édition traditionnelle.

Et enfin, un ÉNORME merci à vous, chers lecteurs et lectrices, qui dévorez avec un appétit insatiable toutes mes histoires, et à ceux que je ne connais pas encore et qui, je l'espère, auront apprécié ce roman.

Achevé d'imprimer en mai 2023
Par CPI Brodard & Taupin à La Flèche
N° d'impression : 3052044
Dépôt légal : juin 2023
Imprimé en France
38122202-1